*Arsène Lupin
und der Automatenmensch*

MARTIN BARKAWITZ

ARSÈNE LUPIN

UND DER

AUTOMATEN MENSCH

BE
Belle Époque Verlag

Martin Barkawitz
c/o Autorenservices.de
Birkenallee 24
36037 Fulda

www.autor-martin-barkawitz.de

Lizenzausgabe des Belle Époque Verlags, Dettenhausen, mit
freundlicher Genehmigung des Autors.

Korrektorat: Christel Baumgart
Innenlayout und Schriftsatz: Hans-Jürgen Maurer
Cover: Marie-Katharina Wölk

Herstellung: Sowa Sp. z o.o., Piaseczno, Polen

ISBN: 978-3-96357-094-0

✳ 1 ✳

Lupin hing über einem Bottich voller Säure. Er war dermaßen stark gefesselt, dass der Meisterdieb in diesem Moment an eine Dauerwurst in Menschenform erinnerte. Graf de Tabiac stand auf einem Podest, das sich nur wenige Meter von Lupin entfernt befand. Der schurkische Adlige genoss offenbar den Anblick seines scheinbar wehrlosen Gefangenen über alle Maßen.

»Nun, mein lieber Lupin«, begann de Tabiac, wobei er seine Schnurrbartspitzen zwirbelte, »so hatten Sie sich den Ablauf der Ereignisse gewiss nicht vorgestellt, als Sie meine Familienjuwelen entwenden wollten?«

Der Meisterdieb würdigte seinen Widersacher zunächst keiner Antwort. Stattdessen machte er sich mit seiner Umgebung vertraut. Lupin wusste nicht, wie lange er bewusstlos gewesen war. Er schrieb es seiner eigenen Nachlässigkeit zu, dass Tabiacs Leibwächter ihn überrumpelt und niedergeschlagen hatte. Zweifellos befand Lupin sich nicht mehr in de Tabiacs Stadtpalais im vierten Pariser Arrondissement, wo der skrupellose Graf sein Vermögen in einem lächerlich einfach zu öffnenden Geldschrank hortete. Nein, dort hielt sich Lupin nicht mehr auf. Stattdessen war er mithilfe eines an Haken befestigten Flaschenzugs über dieses Säurebad gezogen worden. Zumindest legten die aufsteigenden Dünste nahe, dass es sich um eine üble Teufelsbrühe handelte.

Der Kessel stand inmitten eines mittelalterlich anmutenden Gewölbes. Es roch nach Moder, Schimmel und altem Staub. Außerdem war es feucht. Doch Lupin würde wohl nicht mehr lange genug leben, um sich hier Rheumatismus holen zu können.

Mehrere Fackeln in eisernen Halterungen beleuchteten die bizarre Szene. Die weiter entfernt gelegenen Raumteile lagen im Dunkeln. Daher konnte Lupin nicht erkennen, ob noch weitere Menschen anwesend waren. Womöglich hielten sich einige seiner Widersacher in der Finsternis verborgen, um sich an seinem bevorstehenden grässlichen Ende zu ergötzen.

Feinde hatte der Meisterdieb mehr als genug.

Graf de Tabiac reckte seinen Geierhals noch ein Stück weiter aus dem schneeweißen Stehkragen heraus. Er machte eine einladende Geste.

»Sie scheinen mir nicht in Plauderlaune zu sein, Monsieur Lupin! Für den Anfang sollte ich Ihnen vielleicht demonstrieren, wozu diese bemerkenswerte Chemikalie in der Lage ist.«

Der Adlige bückte sich und hob einen kleinen Drahtkäfig hoch, in dem sich eine Kanalratte befand. Lupin kannte diese possierlichen Tierchen zur Genüge. Die Pariser Kanalisation zählte zu seinen bevorzugten Fluchtrouten und die dortige Fauna bestand fast ausschließlich aus diesen Nagern.

Die Ratte schien zu ahnen, was ihr bevorstand. Sie

begann zu zittern und zu pfeifen, doch ihrem engen Gefängnis konnte sie nicht entkommen. Graf de Tabiac hob den Käfig wie ein Zauberkünstler, der einen Trick vorführen möchte. Dann warf er das Tier mitsamt dem kleinen Eisenkerker in den Säurekessel.

Die Ratte gab noch einen nervenzerfetzenden Schmerzenslaut von sich, dann löste sie sich unter gewaltiger Dampfentwicklung in nichts auf. Der Käfig versank langsam in der tödlichen Lauge.

Der Adlige blickte seinen unfreiwilligen Gast Beifall heischend an.

»Nun? Sind Sie endgültig verstummt, Monsieur Lupin?«

Der Meisterdieb hatte sich schon vorher keine Illusionen über de Tabiacs miesen Charakter gemacht. Insofern passte es zu diesem Schwefelbruder, ein unschuldiges Tier für seine theatralische Machtdemonstration zu missbrauchen. Lupin nahm sich vor, mit dem Grafen nach Strich und Faden abzurechnen.

Doch alles zu seiner Zeit. Zunächst warf er dem schurkischen Adligen einen kalten Blick zu.

»Wer soll dieser Lupin sein, von dem Sie pausenlos reden?«, fragte Lupin.

Der Graf lachte hämisch.

»Nun stellen Sie Ihr Licht aber wirklich unter den Scheffel! Gewiss, Sie sind als *der Mann mit den tausend Gesichtern* berühmt und berüchtigt. Trotzdem hat mein Lakai Sie auf frischer Tat ertappt und sofort erkannt.«

Dieser Lakai muss eine Karriere bei der Fremden-legion hinter sich haben, dachte Lupin. Die Beule an seinem Hinterkopf erinnerte ihn schmerzhaft an seine Begegnung mit Tabiacs Diener. Außerdem war es diesem Mann gelungen, sich Lupin lautlos zu nähern, was eine respektable Leistung darstellte.

Der Meisterdieb sagte: »Warum liefern Sie mich nicht den Behörden aus, wenn Sie mich für diesen Lupin halten?«

Tabiac schüttelte den Kopf.

»Ich fühle mich nicht an die Gesetze der Französischen Republik gebunden. Stattdessen bestrafe ich eine Person, die sich an meinem Eigentum vergreift, lieber selbst. Wer mich bestehlen will, löst sich in Säure auf.«

»Wie Sie meinen, Monsieur. Greift diese Substanz eigentlich auch Metall an?«

Lupin sprach so ruhig, als ob er mit dem Adligen über die neueste Operettenpremiere in der *Comédie-Française* sprechen würde. Dabei hatte Lupin soeben einen Köder ausgeworfen.

Die Lippen des Grafen kräuselten sich zu einem süffisanten Lächeln.

»Warum fragen Sie? Wollen Sie andeuten, dass Ihre Knochen aus Eisen sind?«

»Nein, das nicht. Aber in meiner Westentasche befindet sich der Schlüssel zu einem Geheimraum. Womöglich bin ich ja wirklich dieser Lupin, wer kann das schon so genau sagen? Und es wäre vorstellbar, dass in diesem Versteck die nicht unerhebliche Beute meiner letzten Diebestouren gelagert ist.«

Diese Behauptung war völlig aus der Luft gegriffen. Lupin besaß ein solches Wertsachenlager gar nicht, zumindest nicht in dieser Form. Außerdem konnte er natürlich nicht wissen, ob er während seiner Ohnmacht gründlich durchsucht worden war. Doch eine Leibesvisitation hatte offenbar nicht stattgefunden. De Tabiac zögerte.

Lupin konnte in seinem Gesicht lesen wie in einem offenen Buch. Der Graf war geldgierig wie eine Montmartre-Hure. Er hatte in den Jahren seit der Jahrhundertwende ein beträchtliches Vermögen ergaunert, daher war sein Geldschrank für Lupin höchst interessant. Bedauerlicherweise hatte der Meisterdieb nichts von der Existenz des Dieners mit Nahkampfausbildung gewusst.

Der Graf beugte sich vor.

»Sie versuchen nicht zufällig, mich zum Narren zu halten?«

»Ich habe nichts mehr zu verlieren«, gab Lupin wahrheitsgemäß zurück.

De Tabiac wandte sich halb zur Seite und stieß einen schrillen Pfiff aus. Daraufhin erschien ein Hüne auf der Bildfläche. Wie der Meisterdieb schon vermutet hatte, war dieser Mann in der Finsternis außerhalb des Fackel-Lichtscheins in Rufbereitschaft geblieben.

Der hochgewachsene Blonde hatte keine Augenbrauen und seine Pupillen waren wasserblond. Mit seinen weißen Kniestrümpfen, den Schnallenschuhen und dem Frack wirkte er wie ein typischer Hausdiener des französischen Großbürgertums. Doch seine Bewegungen entlarvten ihn als einen ehemaligen Soldaten.

»Piet, durchsuche dieses Individuum«, befahl der Graf. Er deutete mit einer Kinnbewegung auf Lupin.

»Sehr wohl.«

Piet hatte einen leichten flämischen Akzent. Er versetzte den gefesselten Körper des Meisterdiebs in Schwingungen, bis die Pendelbewegungen ihn über den Rand des Kessels hinaustrugen. Dann packte der Diener ihn, während er mit der anderen Hand das immer noch gespannte Seil des Flaschenzugs löste.

Lupin fiel unsanft auf den Boden neben dem Säurebottich. Piet begann sofort damit, ihn von den zahlreichen Stricken zu befreien. Der Meisterdieb spannte seine Muskeln an. Schon bald würde der Lakai feststellen, dass sich in der Westentasche keineswegs ein Schlüssel befand. Und in dem Moment musste Lupin handeln, wenn er nicht postwendend in der tödlichen Lauge landen wollte.

De Tabiac nahm er als Gegner nicht ernst, selbst ein vierzehnjähriger Pariser Straßenbengel wäre mit dem Adligen fertiggeworden. Doch dieser kantige hochgewachsene Flame war mit Vorsicht zu genießen. Immerhin hatte Lupin diesem Mann bereits eine gewaltige Beule am Hinterkopf zu verdanken.

Während die Fesseln fielen, griff Lupin sich mit der linken Hand unauffällig einen der Stricke und machte eine Schlaufe. Das musste schnell geschehen. Ob Piet etwas bemerkt hatte? Es sah nicht danach aus.

Der Diener kniete neben dem auf dem Boden liegenden Meisterdieb, während der Adlige sich einige Schritte von ihnen entfernt im Hintergrund hielt. Es dauerte nicht lange, bis Lupin alles Fesseln losgeworden war. De Tabiac beobachtete das Geschehen. Seine Stimme klang ungeduldig.

»Schau in seinen Westentaschen nach!«

Der Graf hatte den Satz kaum beendet, als Lupin die Schlaufe über Piets Hals warf und abrupt an dem Seil zog. Der Überraschungsangriff gelang. Damit hatte der Flame nicht gerechnet. Ihm blieb plötzlich die Luft weg und er griff instinktiv mit beiden Händen an seine Kehle, um das Seil loszuwerden. Darauf hatte der Meisterdieb spekuliert.

Seine Faust krachte gegen die Schläfe des Dieners. Piet war ein Bulle von Mann, doch diese wohldosierte Attacke ließ ihn für den Moment das Bewusstsein verlieren. Sein Körper erschlaffte und kippte zur Seite.

Lupin kam federnd vom Boden hoch.

De Tabiac hatte seine Schrecksekunde überwunden. Er taumelte rückwärts und hob mit zitternder Hand eine kleine Taschenpistole.

»B-bleiben Sie mir vom Leib, Lupin! Ich warne Sie!«

Der Meisterdieb antwortete nicht. Er wollte mit dem adligen Schurken abrechnen, aber nicht hier und jetzt. Lupin verließ sich darauf, dass sein Widersacher kein guter Schütze war. Abgesehen davon boten die

Lichtverhältnisse in dem Gewölbe keine optimalen Voraussetzungen für einen gezielten Treffer.

Lupin schnellte auf de Tabiac zu, als wäre er von einem Katapult vorwärtsgeschleudert worden. Der Graf drückte panisch ab, seine Kugel verfehlte den Meisterdieb. De Tabiac ging zu Boden, als Lupin ihn einfach umrannte. Während der Adlige wie ein Mehlsack liegen blieb, flüchtete Lupin in die Finsternis.

In seinem bewegten Leben war er schon öfter von seinen Feinden an unbekannte Orte verschleppt worden. Bisher hatte der Meisterdieb stets entkommen können, weil er sich auf seinen Instinkt verlassen hatte.

Allerdings war es eine besondere Herausforderung, sich in nachtschwarzer Dunkelheit einigermaßen schnell vorwärtszubewegen. Er tastete mit der linken Hand an den feuchten Gesteinsquadern neben ihm entlang. Irgendwo in weiterer Entfernung hörte Lupin ein Glucksen. Stammte das Geräusch von einem Abwasserkanal oder von der Seine? Auf jeden Fall wurde es lauter, je weiter er sich von seinen Feinden entfernte. De Tabiac schien nicht ernsthaft verletzt zu sein, jedenfalls stammte das Gezeter eindeutig von ihm. Der Meisterdieb war schon zu weit entfernt, um die Worte verstehen zu können. Doch stattdessen vernahm er etwas anderes.

Ein Wutheulen, das eher von einem Tier als von einem Menschen stammen konnte. Als er sich umdrehte, sah er hinter sich das schwankende Licht einer

Blendlaterne. Piet näherte sich schnell. Und er war zweifellos nicht gut auf Lupin zu sprechen. Es würde ihm gewiss ein ganz besonderes Vergnügen sein, den Meisterdieb einzufangen und höchstpersönlich in den Säurekessel zu werfen.

Doch Lupin hatte für diesen Tag andere Pläne. Zumindest hoffte er, dass seine Bewusstlosigkeit nicht zu lange gedauert hatte.

Er hasste es, eine Dame warten zu lassen. In dieser Finsternis konnte er nicht auf seine Taschenuhr schauen, die im Übrigen wahrscheinlich stehengeblieben war. Wer hätte sie aufziehen sollen?

Während dem Meisterdieb diese Gedanken durch den Kopf schwirrten, beschleunigte er seine Schritte. Ein stärker werdender Luftzug ließ ihn nämlich hoffen, dass sich in der Nähe eine Art von Ausgang befand. Kurze Zeit später ertastete Lupin Eisensprossen. Er blickte nach oben. Weit über ihm war ein kleiner heller Fleck zu sehen.

Er packte mit beiden Händen die in die Mauer eingelassenen Steighilfen und begann, daran hochzuklettern. Leider kam Piet auf dieselbe Idee. Das zornige Schnaufen schien näher zu kommen. Lupin verschwendete keine Zeit, indem er nach unten schaute. Stattdessen konzentrierte er sich ganz darauf, so schnell wie möglich den Ausstieg zu erreichen.

Es war nur ein schwacher Trost, dass der Diener ihn offensichtlich lebend fangen sollte. Selbst ein unbegabter Schütze hätte Lupin in diesem engen Kamin mit einer Kugel treffen und dadurch verletzen oder töten können. Doch Piet tat nichts dergleichen.

Stattdessen packte er Lupins linken Zugstiefel!

Der Meisterdieb krallte sich mit beiden Händen an einer der metallenen Sprossen fest, um nicht in die Tiefe zu stürzen. Die Sehnen des Meisterdiebs wurden angespannt. Erst jetzt begriff er, wie groß die Kraft seines Widersachers war. Wenn Piet noch fester zudrückte, konnte er das Fußgelenk pulverisieren.

So weit durfte es nicht kommen.

Lupin knickte in den Knien ein. Dann streckte er sein rechtes Bein und trat mit ganzer Kraft nach unten. Obwohl sein Gegenangriff wegen der Finsternis ungezielt erfolgte, war er ein voller Erfolg.

Piet stürzte mit einem lauten Schrei in die Tiefe, wo auch seine Blendlaterne zerschellte. Daraufhin wurde es am Boden unter Lupin wieder dunkel. Ob der Lakai tot war?

Auf jeden Fall setzte er die Verfolgung nicht fort.

Lupin konnte wenig später an die Erdoberfläche gelangen. Erleichtert stellte er fest, dass er immer noch in Paris war. Der Meisterdieb zog seine Taschenuhr auf und stellte sie nach der Turmuhr von St.-Sulpice.

Nun würde er wirklich noch pünktlich zu seinem Rendezvous erscheinen können.

❊ 2 ❊

Natalie Noir hatte einen schmalen Dolch in einer Lederscheide an ihrem rechten Strumpfband befestigt. Natürlich konnte niemand ihre geheime Bewaffnung sehen, denn sie trug ein hochgeschlossenes schwarzes Kleid. Die Witwe saß an einem der Marmortische vor dem Café Flore am Boulevard Raspail. Sie nippte an ihrem giftgrünen Absinth und beobachtete desinteressiert die Pferde-Omnibusse, Automobile und stolzen Herrenreiter auf der Fahrbahn unmittelbar neben ihr.

Ob der Kavalier wohl erscheinen würde?

Natalie war Kundin eines verschwiegenen Kupplers, der allerdings weder ihren wahren Namen noch ihre tatsächlichen Absichten kannte. Aus seiner Sicht stellte sie eine große Bereicherung seiner Kartei dar, denn besonders ausgefallene Kundenwünsche waren seine Spezialität.

Wenn sich also ein Herr mit einer zwergwüchsigen Chinesin oder einer Spanierin mit Hasenscharte amüsieren wollte, wurde er bei diesem Mittelsmann fündig. Nur eine bildschöne Witwe hatte bisher noch in der Angebotspalette gefehlt.

Doch nun gab es Natalie und sie hatte prompt ihren ersten Auftrag an Land gezogen. Es würde allerdings gleichzeitig der letzte sein, doch das konnten weder der Kuppler noch der Kavalier wissen.

Dabei war die junge Frau tatsächlich verwitwet. Und an ihrer Attraktivität zweifelte niemand, der sie schon einmal ohne ihren schwarzen Schleier gesehen hatte.

Die Frage lautete nur, ob der Herr wirklich zu der Verabredung erscheinen würde. Angeblich handelte es sich um einen amerikanischen Ölmillionär, und über Yankees hatte Natalie keine gute Meinung. Oftmals waren es Großmäuler, deren Versprechungen nichts mit der Wirklichkeit zu tun hatten. Immerhin konnte dieser Kerl nicht völlig unvermögend sein, denn ohne seine beträchtliche Vermittlungsprovision wurde der Kuppler überhaupt nicht tätig. Gegen ein dickes Francs-Banknotenbündel erhielt der Lüstling diese Adresse sowie Datum und Uhrzeit. Und es war unmöglich, Natalie zu verfehlen. An diesem milden Frühlingsnachmittag saß nur eine als Witwe gekleidete Dame zwischen den turtelnden Liebespaaren, staunenden Touristen, gelangweilten Bürgersöhnen und halbseidenen Taugenichtsen. Immerhin versuchte keiner der Männer an den anderen Tischen, Natalie den Hof zu machen. Sie hielten Distanz, als ob die junge Frau an Lepra leiden würde.

Und keiner von ihnen sah so aus, wie Natalie sich einen amerikanischen Ölmillionär vorstellte. Sie warf einen diskreten Blick auf ihre mit Diamanten besetzte Damenuhr. Fünf Minuten über die Zeit. Sie würde hier ganz gewiss nicht stundenlang herumsitzen wie bestellt und nicht abgeholt. Das hatte die Witwe nicht nötig. Dabei war ihre Vorfreude groß gewesen, Lupin von einem gelungenen Coup berichten zu können.

Gewiss, sie konnte der Wertschätzung des Meisterdiebs sicher sein, auch wenn sie nicht mit den Taschen
voller Geld bei ihm erschien. Dennoch wäre es schön
gewesen ...

Natalie unterbrach ihren eigenen Gedankengang,
denn in diesem Moment hielt eines dieser neumodischen Automobil-Taxis direkt an der Bordsteinkante.
Ein feister rotgesichtiger Kerl stieg schnaufend aus,
nachdem der Chauffeur ebenfalls das Gefährt verlassen und den Wagenschlag geöffnet hatte.

Die schönen Lippen der Witwe verzogen sich zu
einem ironischen Lächeln, was wegen des Schleiers
niemand sehen konnte. Ihr Kavalier war also doch auf
der Bildfläche erschienen.

Natalie zweifelte nicht daran, dass sie den Amerikaner vor sich hatte. Er trug einen geschmacklosen
großkarierten Anzug. Die Perle auf seiner Krawattennadel war so groß, dass man sie selbst auf die Distanz
deutlich erkennen konnte. Und nun nahm er auch
noch einen Cowboyhut von der Sitzbank und stülpte
ihn auf seinen Quadratschädel.

Der Kavalier drückte dem Taxifahrer einen Geld-
schein in die Hand. Dann entdeckte er Natalie. Breit-
beinig stapfte er grinsend auf sie zu. Es wäre nicht ver-
wunderlich gewesen, wenn er sich voller Vorfreude
seine wulstigen Lippen geleckt hätte. Doch vorerst
hielt der Amerikaner sich zurück, kramte sogar seine
Manieren hervor. Zumindest zog der Kerl den Hut, als
er ihren Cafétisch erreicht hatte.

»Madame Claire?«, fragte er mit heiserer Stimme. »Wir sind hier verabredet, nicht wahr?«

Sein Französisch war schauderhaft. Daher wählte Natalie für ihre Antwort die englische Sprache. Sie hatte nicht umsonst mehrere Jahre ihrer Jugend in einem erstklassigen britischen Internat verbracht.

»Ja, die bin ich. Nehmen Sie doch bitte Platz. Sie müssen Mr. Miller sein.«

Natalie war überzeugt davon, dass sein Name genauso falsch war wie ihr eigener. Aber das störte sie nicht, solange dieser Kerl genügend Geld und Wertsachen bei sich hatte. Sie schaute ihm in sein Pfannkuchengesicht. Mit dem breiten rötlich-braunen Backenbart erinnerte Miller sie an einen Bisonbullen aus seiner amerikanischen Heimat. Sie hatte erst kürzlich ein Bild dieser imposanten Tiere in einer Illustrierten gesehen.

Natalie hob ihren Schleier und schenkte ihm ein Lächeln.

Dem Amerikaner quollen beinahe die Augen aus dem Kopf. Sie wusste, dass die meisten Männer sich von ihrem Aussehen blenden ließen. Nur ein Geistlicher hatte ihr erst kürzlich attestiert, dass sich hinter einem engelsgleichen Gesicht eine schwarze Seele verbarg. Natalie mochte es nicht, wenn man sie durchschaute. Deshalb hatte sie den Mann Gottes ganz besonders sorgfältig gefesselt und geknebelt, bevor sie einen taktischen Rückzug antrat und für immer aus Bordeaux verschwand.

»Sie ... sind wirklich eine bemerkenswerte Frau«, brachte Miller mit heiserer Stimme hervor.

»Vielen Dank. Das hat mein verstorbener Gatte auch immer zu mir gesagt«, behauptete Natalie und betupfte pro forma mit einem spitzenbesetzten Taschentuch die Haut unter ihren Augen.

»Ich bedaure Ihren großen Verlust aufrichtig.«

Sie nahm Millers Lüge mit einem stummen Nicken zur Kenntnis. Der Amerikaner konnte nicht wissen, dass sie selbst am gewaltsamen Ende ihres Ehemannes nicht ganz unbeteiligt gewesen war. Doch über Jules' unrühmliches Ende wollte sie sich jetzt nicht den Kopf zerbrechen. Außerdem interessierte sich ihr vermeintlicher Kunde nur für ihren Körper, was gut und richtig war. Dadurch würde Natalie nämlich leichtes Spiel haben.

»Nehmen Sie doch bitte Platz«, sagte sie und machte eine einladende Bewegung. Natalie winkte dem Kellner, der sogleich herbeieilte und seinen mittelgescheitelten Pomadenkopf senkte.

»Sie wünschen?«

Miller verstand offenbar nur Bahnhof.

»Der Herr nimmt ebenfalls einen Absinth«, sagte sie auf Französisch. Der Amerikaner warf ihr einen fragenden Blick zu, während der Kellner wieder verschwand.

»Haben Sie diese Spezialität schon probiert, Mr. Miller?«

Er schüttelte den Kopf.

»Dann sind Sie noch nicht richtig in Paris angekommen«, entschied Natalie. Miller warf einen misstrauischen Blick auf ihr Glas, wollte aber offensichtlich nicht als Feigling gelten. Trotzdem wirkte er hilflos, als der Kellner wenig später zurückkehrte und das Gewünschte servierte.

»Ich zeige Ihnen, wie es geht.«

Mit diesen Worten schob Natalie den Absinthlöffel mit dem Zuckerwürfel auf das Glas und goss das beigefügte kalte Wasser darüber. Dann prostete sie dem Amerikaner zu.

»Trinken wir auf Paris, auf das Leben ... und die Liebe.«

Natalie schaute ihm tief in die Augen. Sein Urteilsvermögen war schon getrübt, bevor er den ersten Schluck Absinth getrunken hatte. Immerhin leerte er sein Glas in einem Zug.

»Köstlich«, heuchelte der Amerikaner. Er verzog das Gesicht, als ob plötzlich einer seiner Zähne vereitert wäre.

»Was führt Sie in unsere schöne Stadt?«

Natalie schlug einen Plauderton an.

»Geschäfte, Geschäfte.«

Miller machte eine unbestimmte Handbewegung. Doch sein Gesichtsausdruck bewies, dass er in Gedanken längst bei dem vorgesehenen Liebesabenteuer war. Natalie zwinkerte ihm verschwörerisch zu.

»Sie wirken erschöpft, Mr. Miller. Was halten Sie davon, wenn wir uns ein wenig entspannen?«

Er nickte heftig. Seine Augen leuchteten. Die Witwe erhob sich von ihrem Stuhl.

»Ich habe das Zimmer mit der Nummer hundertzwölf dort drüben im Hotel Ambassador.« Sie deutete auf die prunkvolle Fassade, die sich auf der gegenüberliegenden Straßenseite befand. »Bitte warten Sie eine Viertelstunde, bis Sie mir folgen. Ich bin schließlich eine anständige Frau.«

»Verlassen Sie sich ganz auf mich«, gab der Amerikaner mit belegter Stimme zurück.

Natalie erwiderte nichts. Sie wartete, bis der Flic auf der Kreuzung den Verkehr anhielt, sodass sie den breiten Boulevard gefahrlos überqueren konnte. Sie hatte den schwarzen Schleier wieder über ihr Gesicht gezogen. In der Hotellobby steuerte sie auf die Aufzüge zu.

Der Liftboy blickte zur Seite, als sie zu ihm in die Kabine trat. Ob er wohl an seine eigene Vergänglichkeit dachte? Nein, wahrscheinlich nicht. In seinem Alter glaubte man noch, unsterblich zu sein.

Nachdem Natalie ihr luxuriöses Zimmer betreten hatte, warf sie noch einen kurzen Blick auf den Frisiertisch. Aber natürlich hatte sich dort während ihrer Abwesenheit nichts verändert. Das Ambassador war ein angesehenes Haus, in dem man vor Hoteldieben keine Angst haben musste.

Diese Erkenntnis ließ ihre Mundwinkel nach oben wandern. Nein, neben ihr war für andere Kriminelle nun wirklich kein Platz!

Sie ging zum Fenster hinüber, schob die Stores zur Seite und genoss den Blick auf das geschäftige Straßenbild unter ihr. Paris schien ständig in Bewegung zu sein. Sie liebte diese Energie, diese unendlichen Möglichkeiten und Chancen, die sich freilich nicht jedem boten.

Man musste bereit sein, die Lügen und Heucheleien zu durchschauen und für sich selbst zu nutzen.

Diesmal verspätete Miller sich nicht. Es waren gerade einmal fünfzehn Minuten vergangen, als es an der Tür klopfte. Natalie öffnete ihrem Kavalier. Kam es ihr nur so vor oder hatte das Gesicht des Amerikaners einen noch tieferen Rotton angenommen als zuvor? Auf jeden Fall schien ihm der Absinth zu Kopf gestiegen zu sein, denn er wollte sie gleich in seine Arme ziehen.

Natalie hatte inzwischen ihren Schleier wieder angehoben. Daher konnte er ihren strafenden Blick unmöglich ignorieren.

»Mäßigen Sie sich, Mr. Miller! Halten Sie mich für eine billige Straßenhure von der Place Pigalle?«

Der Amerikaner taumelte einen Schritt zurück.

»Verzeihen Sie mir, aber Ihre Schönheit hat mich überwältigt! Ich ... mache so etwas normalerweise nicht.«

»Davon bin ich überzeugt«, gab Natalie trocken zurück. Ihr war der Ehering an seiner Hand nicht entgangen. Vermutlich saß seine Gattin daheim in Texas oder Oklahoma auf der Ranch und hoffte darauf, dass der

Ozeandampfer mit Miller an Bord auf der Rückfahrt nicht untergehen würde. Sie deutete auf das große Himmelbett.

»Ziehen Sie sich schon mal die Stiefel aus, ich werde Ihre Füße massieren.«

Natalie hatte keineswegs vor, das zu tun. Doch der Amerikaner fiel auf den Bluff herein. Er trat näher, ließ sich auf die Kante des Himmelbettes plumpsen und beugte sich vor, um seinen rechten Stiefel zu greifen.

Das war der Moment, auf den die Witwe gewartet hatte. Sie ging zum Frisiertisch hinüber und griff sich den Parfümzerstäuber.

Bevor Miller wusste, wie ihm geschah, spritzte sie ihm ein hochwirksames Betäubungsmittel ins Gesicht. Diese Chemikalie hatte keine bleibenden Schäden zur Folge, konnte aber sogar einen Ochsen für mindestens eine halbe Stunde außer Gefecht setzen.

Das war weitaus mehr Zeit, als Natalie benötigte.

Der Amerikaner rang nach Luft, griff sich an die Kehle und versuchte, sich aus seiner sitzenden Position zu erheben. Es war vergeblich. Miller fiel rückwärts auf das daunenweiche Bett. Die Witwe warf ihm einen prüfenden Blick zu. Sie wartete sicherheitshalber noch ein paar Minuten. Dann war sie sicher, dass er das Bewusstsein verloren hatte.

Mit routinierten Bewegungen durchsuchte sie seine Taschen. Wie so viele seiner Landsleute hatte er eine Vorliebe für Golddollars. Sie steckte seine schwere rindslederne Geldbörse sofort ein. Auch seine Taschenuhr nahm die Witwe an sich. In der linken Innentasche seines Gehrocks befand sich ein mehrfach zusammengefaltetes Papier. Natalie klappte es auseinander.

Der Text war in Geheimschrift verfasst.

Sie hob eine ihrer Augenbrauen. Geheimschrift? Das wollte nicht so recht zu dem Bild passen, das sie sich von Miller gemacht hatte. Womöglich musste sie ihr Urteil überdenken. Es war pure Neugierde, die sie dazu bewog, das Dokument einzustecken.

Der Amerikaner trug ein Schulterholster, in dem ein Revolver steckte. Natalie zog die Waffe heraus. Es war ein besonders schönes Exemplar. Die Witwe beschloss spontan, es Lupin zu schenken. Sie versenkte auch den Revolver in ihrer unergründlichen Handtasche.

Dann verschwand sie aus dem Hotelzimmer und schloss von außen ab. Es war nur eine Frage der Zeit, bis jemand den Amerikaner finden würde. Wegen der Polizei machte sie sich keine Sorgen. Natalie hatte sorgfältig darauf geachtet, ihr Gesicht nicht mehr als unbedingt nötig zu zeigen. Nach wem sollten die Flics schon suchen?

Seit dem Krieg gegen Preußen 1870/71 gab es in Paris mehr als genug Witwen. Und auch die Aufstände in den nordafrikanischen Kolonien hatten so manches junge Leben gefordert.

Natalie schob die trüben Gedanken beiseite, verließ das Hotel Ambassador und winkte einer Benzindroschke. Der Fahrer, ein alter Elsässer mit beeindruckendem Schnurrbart, war ihr beim Einsteigen behilflich.

»Vielen Dank. – Bringen Sie mich bitte zur Place Vendôme.«

Das Automobil setzte sich knatternd wieder in Bewegung. Die Witwe ließ sich in die weichen Polster sinken und hing ihren Gedanken nach, während sie durch die geschäftige Metropole gegondelt wurde.

Warum hatte sie den Amerikaner ausgeraubt? Gewiss, sie brauchte Geld. Doch der tiefer liegende Grund war Lupin, wenn sie sich selbst gegenüber ehrlich war. Hoffte sie, ihn mit ihrer Beute beeindrucken zu können? Und warum spielte es überhaupt eine Rolle, was dieser Mann über sie dachte? Letztlich war er doch nur ein Ganove, obwohl die Leitartikelschreiber ihn zum *Meisterdieb* erkoren hatten. Kaum war ihr dieser Gedanke gekommen, als sie sich dafür schämte. Er verhielt sich ihr gegenüber wie ein perfekter Kavalier. Das war mehr, als die meisten Kerle von sich sagen konnten. Und Natalie verdankte Lupin immerhin das äußerst effektive Betäubungsmittel, das sich in ihrem Parfümzerstäuber befand.

Lupin verbarg mehr, als er von sich preisgab. Dadurch wurde er nur umso anziehender, wie Natalie sich selbst gegenüber eingestehen musste.

»Wir sind da, Madame.«

Die Stimme des Taxi-Chauffeurs riss sie aus ihren Überlegungen. Sie ließ sich beim Aussteigen helfen und gab dem Fahrer ein großzügiges Trinkgeld. Natalie blieb neben dem Eisengitter der Siegessäule stehen. Sie war pünktlich, was man von Lupin nicht behaupten konnte. Weit und breit war niemand zu sehen, der an den Meisterdieb erinnerte. Doch das hatte nichts zu bedeuten. Der Mann mit den tausend Gesichtern würde gewiss eine neue Verkleidung wählen, um sie zu überraschen. Immerhin wurde er steckbrieflich gesucht, wenngleich die Polizei zu seinem Äußeren nur sehr spärliche Angaben machen konnte.

Dunkelhaarig und hochgewachsen – auf welchen Mann, der kein blonder Zwerg war, traf diese Beschreibung nicht zu?

Nach Natalies Meinung zeugte es außerdem von Lupins ganz besonderem Humor, sich mit ihr ausgerechnet an diesem geschichtsträchtigen Platz zu verabreden. Immerhin schaute man direkt auf die Rückseite des Justizpalastes, wenn man sich umdrehte. Ein Losverkäufer im Greisenalter kam auf die Witwe zugehumpelt. Wieder einmal musste sie Lupin für seinen Einfallsreichtum bewundern. Der verfilzte Bart und die eingefallenen Wangen wirkten täuschend echt. Dieser arme Teufel roch nach billigem Rotwein und ungelüfteten Kleidern. Der Anzug war zerschlissen, geflickt, abgetragen und viel zu groß. Sogar das Tragen der Lotterielose schien dem Mann schwerzufallen, obwohl sie nur aus Papier waren. Er warf Natalie einen hoffnungsvollen Blick zu.

»Wünschen Sie den Hauptgewinn, Gnädigste?«, krächzte er. »Jedes Los gewinnt!«

»Diesmal haben Sie sich selbst übertroffen, Lupin.«

Der Losverkäufer schaute Natalie verständnislos an.

»Wer soll ich sein? Mein Name ist Jacques, Gnädigste.«

»Dann behaupten Sie also, nicht Arsène Lupin zu sein?«

Der zerlumpte Greis antwortete nicht. Stattdessen starrte er an der Witwe vorbei. Sie drehte sich um und erschrak.

Hinter ihr war ein Flic aufgetaucht, ohne dass sie es bemerkt hätte. Der uniformierte Polizist sprach mit einem starken Lyoner Dialekt, als er nun den Mund öffnete.

»Nein, dieser bedauernswerte Tropf ist nicht der gemeingefährliche Kriminelle Lupin. Bedauerlicherweise, muss ich sagen. Es wäre mir nämlich ein besonderes Vergnügen, ihm Handschellen anzulegen.«

Natalie verachtete sich selbst für ihren Leichtsinn. Der einfache Coup mit dem Amerikaner hatte sie übermütig werden lassen. Wie konnte sie nur so dumm sein, den Namen des Meisterdiebes mitten in der französischen Hauptstadt so laut herauszuposaunen? Wenn dieser Flic nun misstrauisch wurde und auf die Idee kam, sie zu durchsuchen ... Gewiss, sie hatte Millers Revolver und ihren eigenen Dolch bei sich. Kampflos würde sie sich nicht ergeben. Doch dieser Uniformierte musste nur einmal in seine Trillerpfeife stoßen, schon würden ihm mindestens ein halbes Dutzend seiner Kollegen zu Hilfe kommen.

Der Polizist zog einige Münzen aus der Hosentasche und gab sie dem Losverkäufer.

»Ich nehme zwei Stück, eins für die Dame und eins für mich. Dann kannst du dir einen Kaffee kaufen, Alterchen.«

Der Greis gab dem Flic zwei Lose, bedankte sich und machte, dass er davonkam. Auch Natalie wäre am liebsten gegangen, aber dadurch würde sie sich noch verdächtiger machen.

»Ich freue mich, dass meine neue Maske so gut ankommt.«

Lupin hatte nun mit seiner normalen Stimme gesprochen, die Lyoner Einfärbung war verschwunden. Natalie fiel aus allen Wolken.

»Wo haben Sie die Polizeiuniform her?«

»Das ist eine lange Geschichte, Madame Noir. Lassen Sie uns ein Stück spazieren gehen. Ich freue mich, dass ich pünktlich zu unserem Rendezvous erscheinen konnte, obwohl ich zunächst aufgehalten wurde. Das erzähle ich Ihnen in Ruhe, falls es Sie interessiert.«

3

»Rien ne va plus!«

Oberst Agares nahm den Ruf des Croupiers mit unbewegter Miene zur Kenntnis. Er hatte längst seine Jetons auf die von ihm bevorzugten Felder des grünen Roulette-Filzes geschoben. Die anderen Spieler hielten instinktiv ein wenig Abstand von ihm. Zum Glück bot dieser Roulettetisch im Casino von Monte Carlo genug Platz, sodass niemand auf Tuchfühlung mit Agares gehen musste.

Hätte der Oberst Humor gehabt, so wäre ihm die Situation amüsant erschienen. Die meisten Menschen spürten, dass etwas mit ihm nicht stimmte. Es kam ihnen wahrscheinlich so vor, als ob eine Leiche in dem bequemen Lehnstuhl sitzen würde. Ein Toter in einem erstklassigen nachtschwarzen Frack.

Doch Agares lebte, auch wenn die bleiche Haut seines asketisch-mageren Gesichts nicht unbedingt darauf hindeutete. Er wurde von Tabakschwaden umwabert, die von Havannazigarren und parfümierten türkischen Zigaretten stammten. Auch die sündhaft teuren Parfüms der Damen sowie der Cognacatem der Herren trugen zu dem Geruchsmix in dem weitläufigen Spielsaal bei. Die Kronleuchter spendeten ein helles Licht, sodass alle Anwesenden den Weg der kleinen weißen Roulettekugel verfolgen konnten.

Agares gewann hunderttausend Francs.

Er strich mit den Fingerkuppen über einige Jetons, genoss für einen Moment den Kontakt zu diesen harten und kalten Gegenständen. Das mochte er, Menschen gefielen ihm weniger. Eine stärkere Gefühlsreaktion konnte der Oberst sich nicht abringen.

Erst am Vorabend hatte sich ein russischer Großfürst im Hafen von Monaco erschossen, weil ihm beim Roulette ein halbe Million Francs durch die Finger geronnen war. Für eine solche Reaktion hatte Agares nur ein verächtliches Achselzucken übrig. Warum sollte man sich selbst töten? Eines Tages geschah es ohnehin von allein.

Es sei denn, man unternahm etwas dagegen.

Doch der Gedanke an sein großes Vorhaben hielt den Oberst nicht vom Weiterspielen ab. Sein desinteressierter Blick glitt über die maßgeschneiderten Abendkleider der Damen, Albträume aus Tüll und Seide. Keine dieser weiß gepuderten Gänse würde ihn aus der Konzentration reißen können. Obwohl es ihm insgeheim gefiel, dass die Frauen vor ihm zurückschreckten. Der Oberst mochte es, wenn er gefürchtet wurde. Angst war ein starkes Gefühl, vielleicht das stärkste überhaupt.

Agares hatte immer noch den Geschmack des doppelten Mokkas auf der Zunge, den er sich vor einer halben Stunde gegönnt hatte. Er trank keinen Alkohol, denn zu viele seiner ehemaligen Offizierskameraden hatten sich durch den Suff zugrunde gerichtet. Der Oberst war ihnen dankbar dafür, weil sie ihm schon in jungen Jahren als abschreckendes Beispiel gedient hatten.

Jetzt war er älter, reicher und skrupelloser als je zuvor. Und Agares lebte immer noch, obwohl viele Männer etwas dagegen unternommen hatten.

Obwohl er das leise Lachen und das sinnlose Geplauder rings um ihn nicht bewusst wahrnahm, fiel ihm doch eine Veränderung bei der Lautstärke auf. Und das lag nicht am zunehmenden Alkoholpegel der anderen Spieler.

Der Lärm nahm zu, weil soeben Barnabas den Saal betreten hatte. Insbesondere die Damen versuchten instinktiv, durch penetrantes hysterisches Gekicher seine Aufmerksamkeit zu erregen. Eine primitive Reaktion, für die Agares nur Verachtung übrighatte.

Man konnte den hochgewachsenen Barnabas mit seinem Schmachtblick nur als einen Schönling bezeichnen. Wäre er nicht Agares' persönlicher Assistent gewesen, dann hätte er eine Karriere als Schauspieler machen können.

Oder als Strichjunge.

Agares schätzte an ihm weniger sein Aussehen als seine hündische Ergebenheit. Barnabas würde sich eher die Zunge herausschneiden, als seinen Herrn und Meister verraten. Nun hatte er den Oberst entdeckt und drängte sich zwischen den anderen festlich gekleideten Menschen zu ihm hindurch. Natürlich trug auch Barnabas einen Frack, wie es der Dress-Code des Casinos Monte Carlo vorsah.

Als sein Assistent neben ihm stand, konnte Agares deutlich dessen Angstschweiß riechen. Vermutlich brachte er schlechte Nachrichten.

»Ein Telegramm aus Paris ist eingetroffen, Herr Oberst.«

Barnabas' Stimme zitterte.

»Ich verstehe.«

Agares raffte ohne Eile die Jetons zusammen. Sein Assistent folgte ihm brav, während er an der Kasse die Spielwährung gegen einen Haufen Francs-Banknoten einwechselte. Er stopfte sie achtlos in seine Tasche.

»Gehen wir nach draußen«, befahl der Oberst.

Er fragte sich, warum Barnabas so eine Angst hatte. Agares kannte Furcht in den unterschiedlichsten Ausprägungen. Angefangen von den Soldaten, die auf dem Schlachtfeld von Sedan die preußischen Artilleriegeschosse heranrasen sahen, bis zu dem Zimmermädchen, das im Hotel die Luxussuite des Obersten in Ordnung halten musste.

Dass Barnabas so einen Bammel hatte, konnte nur eines bedeuten: Es gab eine schlimme Hiobsbotschaft.

Die beiden so unterschiedlichen Männer traten auf die Terrasse, von der aus man die Bucht von Monaco bei Nacht bewundern konnte. Für diesen Anblick hatte Agares allerdings keinen Sinn, weder sonst noch in diesem speziellen Moment. Er streckte Barnabas fordernd seine Rechte entgegen.

Der Assistent hatte das Telegramm natürlich schon

überflogen. Andernfalls wäre seine Angst vor dem Oberst nicht so groß gewesen.

Zorn flammte in seinem Inneren auf, als Agares den Sinn der Worte begriff. Er zerknüllte das Telegramm-Formular.

»So, Jameson hat sich also ausrauben lassen. Das ist nicht akzeptabel. – Buchen Sie zwei Tickets für den Morgenzug. Wir begeben uns umgehend nach Paris.«

»Sehr wohl, Herr Oberst.«

»Und beschaffen Sie mir für heute Nacht ein Mädchen.«

Barnabas verneigte sich.

»Selbstverständlich. Haben Sie besondere Wünsche?«

»Nein, mir ist alles recht. Verschwinden Sie!«

Der Assistent eilte davon. Agares legte die Hände hinter dem Rücken zusammen und starrte nun doch auf die unendlich weit erscheinende Wasserfläche des Mittelmeers hinaus.

Dieser Diebstahl war ein schlimmer Rückschlag, doch dadurch ließ er sich nicht stoppen. Solange Agares am Leben war, wollte er weitermachen. Doch wenn der Verbrecher nun die wertvolle Formel einfach weggeworfen hatte?

Diesen Gedanken wollte der Oberst nicht zulassen.

Er musste sich dringend auf seine ganz spezielle Art ablenken.

Barnabas würde am nächsten Morgen noch genug Zeit haben, um die Leiche des Mädchens zu beseitigen.

4

Lupin hatte erneut seine Verkleidung gewechselt. In der Gegend um die Place Pigalle war es nicht ratsam, eine Polizeiuniform zu tragen, wenn man sich keinen Ärger einhandeln wollte. Der Meisterdieb scheute zwar eigentlich keine Auseinandersetzung, doch Unauffälligkeit war für ihn immer noch die beste Tarnung. Und deshalb hatte er sich wie ein Chamäleon seiner Umgebung angepasst. Mit seiner Tuchmütze, dem breiten Ledergürtel und dem roten Halstuch unterschied er sich äußerlich kaum von den zahlreichen Eckenstehern und Taugenichtsen, die hier überall in dunklen Winkeln auf ein paar schnelle Francs lauerten.

Er führte Natalie in eines der zahlreichen Verstecke, über die er in der Stadt verfügte.

»Mir ist bewusst, dass diese Mansardenwohnung nur den allergeringsten Ansprüchen genügt, Madame Noir. Immerhin können Sie hier vor dem langen Arm des Gesetzes sicher sein.«

Natalie hob ihren Schleier und stellte sich auf die Zehenspitzen, um durch das ungeputzte Dachfenster auf die Place Blanche hinunterblicken zu können.

»Diese Umgebung entspricht immerhin einer gewissen Ganovenromantik. Und wie kommen Sie darauf, dass ich die Polizei fürchten müsste?«

Lupin lächelte.

»Es reicht schon aus, dass Sie einem gesuchten Verbrecher Gesellschaft leisten. Doch mein Instinkt sagt mir, dass Sie selbst ebenfalls ein wenig unartig waren.«

»Ja, die Gelegenheit konnte ich mir nicht entgehen lassen.«

Obwohl seine Begleiterin sich lässig verhielt, konnte der Meisterdieb spüren, dass ihre Tat sie mit Stolz erfüllte. Natalie Noir gab meist nicht preis, was in ihrem Inneren vor sich ging. Selbst Lupin bildete sich nicht ein, sie komplett durchschaut zu haben. Dabei konnte er die meisten Menschen mit traumwandlerischer Sicherheit richtig einschätzen.

Aber diese Frau war eben etwas Besonderes.

Natalie ging zu dem wackligen Tisch hinüber. Ansonsten bestand die spärliche Möblierung der Mansarde nur aus einem Feldbett, zwei Sesseln mit Brandflecken, einem windschiefen Kleiderschrank und einer Kommode mit einer emaillierten Waschschüssel darauf.

Sie präsentierte zunächst die blinkenden Golddollars.

»Dieser Fischzug dürfte Ihnen den Gegenwert von fünftausend Francs eingebracht haben«, mutmaßte der Meisterdieb. Die Witwe schenkte ihm einen koketten Augenaufschlag.

»Ich habe auch ein kleines Geschenk für Sie, Lupin.«

Mit diesen Worten zog sie eine Schusswaffe aus ihrer Handtasche und überreichte sie ihm feierlich.

»Herzlichen Dank, Teuerste. – Es handelt sich offenbar um einen *Peacemaker*.«

Natalie runzelte die Stirn.

»*Friedensstifter* wird dieses Mordinstrument genannt? Ist das eine Kostprobe amerikanischen Humors?«

Lupin klappte die Trommel heraus und vergewisserte sich, dass der Revolver geladen war.

»Nein, diese Bezeichnung ist durchaus ernst gemeint. Mit ein paar scharfen Schüssen lässt sich jeder Konflikt endgültig lösen. Vorausgesetzt, dass der Schütze gut zielt.«

»Sie sind ein Zyniker, Lupin.«

»Ich würde mich eher als einen Realisten ansehen. Und ich versichere Ihnen, dass ich mich durch Ihr Geschenk nicht in einen wild ballernden Cowboy verwandeln werde. Wenn überhaupt, dann setze ich diesen Colt nur zur Selbstverteidigung ein.«

»Davon war ich ausgegangen. – Übrigens habe ich dem lüsternen Gentleman aus Übersee außerdem ein seltsames Schriftstück abgenommen, das ich Ihnen gern zeigen möchte.«

Die Witwe zog ein zusammengefaltetes Stück Papier hervor und gab es dem Meisterdieb. Lupin kniff die Augen zusammen, als er das Dokument betrachtete.

»Eine Geheimschrift! Dafür hatte ich immer schon eine Vorliebe, wie ich zugeben muss. Schon als Junge befasste ich mich gern mit solchen Dingen.«

Lupin bremste sich selbst, er bereute den letzten Satz bereits. Normalerweise kamen ihm solche unbedachten Äußerungen nicht über die Lippen. Er hatte gute Erfahrungen damit gemacht, über seine Vergangenheit den Mantel des Schweigens zu legen. Sogar gegenüber Natalie Noir, der er mehr vertraute als allen anderen Menschen auf der Welt.

Doch sie hakte nicht nach, wollte keine weiteren Einzelheiten aus seiner Kindheit wissen. Stattdessen fragte sie: »Können Sie entziffern, was dort geschrieben steht?«

Lupin schüttelte den Kopf.

»Nein. Wir haben es hier nicht mit einer gängigen Geheimschrift zu tun, die sich leicht dechiffrieren lässt. Was könnte die von Ihnen bestohlene Person zu verbergen haben?«

»Die Lüsternheit dieses Amerikaners war jedenfalls offensichtlich, um nicht zu sagen: penetrant«, gab die Witwe zurück. »Womöglich handelt es sich um ein Geschäft, von dem kein Außenstehender erfahren soll.«

»Meine Neugierde ist geweckt«, gestand Lupin und verstaute den Peacemaker in seinem Jackett. »Was denken Sie, Madame Noir?«

»Auch ich würde gern erfahren, was sich hinter diesen rätselhaften Symbolen verbirgt. Womöglich gehört dieser Miller, wie er sich nennt, zu einem amerikanischen Geheimbund. Ich fürchte, dass diese Leute extrem nachtragend sind.«

»Gerade deshalb sollten wir in Erfahrung bringen, mit wem wir es zu tun bekommen werden.«

Mit diesen Worten setzte Lupin seine Mütze auf und wandte sich zum Gehen.

»Wo wollen Sie hin?«

»Ich traue mir selbst zwar zu, den Code zu knacken. Dennoch würde ich lieber einen Experten hinzuziehen, da mir die Zeit und Geduld für diese Aufgabe fehlt.«

Natalie runzelte die Stirn.

»Können wir diesem Menschen trauen?«

»Er kennt meinen wahren Namen und mein Gesicht nicht.«

Über diese Antwort musste die Witwe lachen.

»Wer kann das schon von sich behaupten, außer mir? Jeder Chefredakteur der Pariser Zeitungen würde mir ein Vermögen zahlen, wenn ich ihm berichte, was ich über Sie weiß.«

»Dann müsste ich Sie töten.«

Die Witwe zuckte zusammen, als Lupin diesen Satz von sich gab.

»Aber das wird nicht geschehen, da Sie mich selbstverständlich nicht verraten werden«, fügte er hinzu.

»Selbstverständlich nicht«, bestätigte sie. »Darf ich mitkommen, wenn Sie zu diesem Experten gehen?«

»Es wäre mir ein Vergnügen.«

Der Meisterdieb hielt Natalie die Tür auf und sie verließen die graue Mietskaserne, in der es überall nach billigem Tabak und Katzenurin stank. Die beiden mussten ein gewisses Wegstück zu Fuß hinter sich bringen, da weit und breit kein Transportmittel zu sehen war. Heimtückische Blicke folgten dem ungleichen Paar. Lupin war sicher, dass Natalie ohne seine Begleitung garantiert belästigt worden wäre. Ein Witwenschleier konnte das Gesindel rund um die Place Pigalle nicht abschrecken. Doch seine eigene Aufmachung als Straßenganove war offenbar so überzeugend, dass seine »Zunftbrüder« auf Distanz blieben.

Vor einer Pfandleihe entdeckten sie endlich eine Benzin-Droschke mit einem Taxi-Schild auf dem Dach.

»Fahren Sie uns zum Boulevard St.-Germain«, ordnete der Meisterdieb an. Der Chauffeur warf ihm einen misstrauischen Blick zu, brachte aber den Automobil-Motor mittels einer Handkurbel in Gang. Gleich darauf knatterte das Gefährt Richtung Seine.

Lupin lehnte sich in den weichen Polstern zurück.

»Haben Sie noch genug von dem Parfüm, das ich Ihnen zur Verfügung gestellt habe?«

»Es wird einstweilen reichen, mein Bester. Und die Wirkung ist im Wortsinn umwerfend.«

Der Meisterdieb lächelte.

»Das freut mich zu hören.«

Sie erreichten ihr Fahrtziel ohne Zwischenfälle. Lupin bezahlte den Fahrer und half Natalie beim Aussteigen. Das Taxi hielt vor der Werkstatt eines Uhrmachers. Eine kleine Glocke klingelte, als die beiden das Geschäft betraten. Ein alter Mann mit Halbbrille und schütterem Haar begrüßte sie. Er hatte die Ärmel seines Hemdes hochgekrempelt, zu seiner grauen Hose trug er eine zu weite Weste.

»Womit kann ich Ihnen behilflich sein?«

»Es handelt sich um einen Spezialauftrag«, erklärte Lupin mit unbewegter Miene.

Der Uhrmacher grinste wissend.

»Ich verstehe. Folgen Sie mir bitte.«

Von der eigentlichen Werkstatt führte eine Treppe hinab in einen feuchten Keller. Dort hingen Papiere mit seltsamen Symbolen an den Wänden. Der Alte musste zunächst eine Petroleumlampe in Gang setzen, die ein milchig-gelbes Licht verströmte. Auf Regalen standen ausgestopfte Marder, Kaninchen und Dachse. Es gab einen uralten Clubsessel aus rissigem Leder, außerdem ein Tischchen und einen Kanonenofen. Darin lagen halb verbrannte Papiere.

»Meine Kunden legen Wert auf Diskretion«, sagte der Alte. »Daher gebe ich die dechiffrierten Texte meist nur mündlich weiter.«

»Ich verstehe, Meister Chouvron. Womöglich kann Sie dieses Papier interessieren.«

Lupin übergab dem Uhrmacher das Blatt, wegen dem Natalie und er hier waren.

Chouvron überflog die Zeilen, dann erschien ein listiges Lächeln auf seinen schmalen Lippen.

»Nun, das ist wirklich ein interessantes Objekt. Es wird eine Herausforderung darstellen, diesem Blatt sein Geheimnis zu entlocken.«

»Aber Sie werden es schaffen?«, wollte die Witwe wissen.

»Selbstverständlich, Madame.«

»Wann können wir mit dem Ergebnis rechnen?«

»Kommen Sie in drei Tagen wieder. Ich betreibe ja diese Ratespiele nur nebenbei, mein Hauptaugenmerk liegt immer noch bei den Uhren.«

Der Meisterdieb nickte und gab dem Alten einige große Francs-Banknoten.

»Eine kleine Anzahlung für Ihre Bemühungen.«

Chouvron verneigte sich leicht.

»Stets zu Diensten, Monsieur Haussmann.«

Natalie sagte nichts, bis die beiden den Keller und wenig später die Werkstatt wieder verlassen hatten.

»Haussmann? Sie nennen sich nach dem Baron, der für das neue Stadtbild von Paris verantwortlich ist?«

»Ein kleiner Scherz von mir. Chouvron nimmt daran keinen Anstoß. Vielleicht weiß er auch einfach nicht, wer Haussmann war.«

»Und Sie trauen diesem Mann trotzdem zu, den geheimnisvollen Text zu dechiffrieren?«

»Wenn es jemand schafft, dann dieser Alte«, erwiderte Lupin mit dem Brustton der Überzeugung.

* 5 *

Inspektor Jerome Pollard paffte seine Zigarre und blickte durch das Fenster seines Büros am Quai des Orfèvres auf die Seine. Auf dem breiten Fluss glitt soeben ein Frachtkahn langsam am Hauptquartier der französischen Kriminalpolizei vorbei.

Pollard blickte auf seine schwarzen Lack-Halbstiefel, die er mithilfe von Gamaschen vor dem Pariser Straßenstaub schützte.

Ein Kriminalbeamter musste viel Beinarbeit leisten. Jahrzehntelang hatte er sich im Dienst der Gerechtigkeit die Hacken seiner Schuhe krumm gelaufen, unzählige Zeugen und Verdächtige befragt. Jetzt, kurz vor seiner wohlverdienten Pensionierung, konnte er diese Tätigkeit größtenteils seinen Untergebenen überlassen. Doch obwohl der Inspektor schon so lange bei der Polizei war, konnten ihn ungewöhnliche Kriminalfälle noch immer faszinieren.

So wie der rätselhafte Tod von Jules Noir.

Pollard konnte in der Fensterscheibe sein eigenes Spiegelbild sehen. Saß seine Frisur nicht richtig? Er fuhr sich instinktiv mit der linken Hand über das Haar, spürte die Brillantine an seinen Fingerspitzen. Dann zog der Inspektor seinen Taschenspiegel heraus und zog mit seinem Kamm den akkuraten Mittelscheitel nach. Seiner Meinung nach musste ein Polizeibeamter stets ein Aushängeschild der Französischen Republik sein. Außerdem half es Pollard beim Nachdenken, wenn er sein Äußeres in Ordnung brachte.

Wo war die Witwe des Mordopfers abgeblieben?

Nach Pollards Meinung spielte Natalie Noir eine Schlüsselrolle, entweder als Zeugin oder als Täterin. Je länger die Dame sich verbarg, desto verdächtiger erschien sie ihm.

Der Inspektor lehnte sich in seinem Stuhl zurück und genoss den Rauch der Virginia-Zigarre auf seiner Zunge. Es klopfte und gleich darauf betrat Sergeant Claude Marrac das Dienstzimmer. Pollard unterdrückte einen Seufzer. Marrac war sicherlich nicht völlig unbegabt, nur leider noch ziemlich grün hinter den Ohren. Wäre es nach dem Inspektor gegangen, hätte der Bengel noch ein paar Jahre länger als uniformierter Flic das wahre Leben in der Hauptstadt kennenlernen müssen. Leider war Marrac ein weitläufiger Verwandter des Polizeipräfekten. Und dieser familiären Bindung verdankte er seinen kometenhaften Aufstieg zum Assistenten des legendären Mordermittlers Pollard.

Genau genommen war das Marracs einzige Qualifikation, wenn man von solchen allgemeinen Fähigkeiten wie Lesen, Schreiben und Rechnen absah.

Trotzdem bemühte Pollard sich um einen freundlichen Umgangston. Erstens war sein Assistent auch nur ein Mensch, der anständig behandelt werden wollte. Und zweitens gab es da noch seine Bindung an den Präfekten. Es wäre äußerst unklug gewesen, einen solchen Untergebenen wie einen Fußabtreter zu behandeln.

»Nun, mein lieber Marrac, was bringen Sie mir Schönes?«

Pollards eigener Meinung nach war seine Jovialität etwas zu dick aufgetragen. Doch der junge Mann schien die Frage zu schlucken. Man wusste ohnehin nie, was in seinem kleinen Kopf vor sich ging.

»Wir haben die Pariser Bahnhöfe kontrolliert und mit dem Bahnpersonal gesprochen, Herr Inspektor. Während der zurückliegenden zehn Tage sind mindestens einhundert als Witwen gekleidete Frauen in Paris eingetroffen. Keine von ihnen hat sich verdächtig verhalten.«

Also hielt keine Witwe ein blutiges Messer in der Hand? Diese Bemerkung schluckte Pollard gerade noch rechtzeitig herunter. Sein Assistent besaß keinen Sinn für Ironie. Der Inspektor deutete mit einer lässigen Bewegung auf seinen Besucherstuhl. Marrac nahm wirklich Platz, allerdings auf der äußersten Kante. Und er saß so aufrecht, als ob er ein Lineal verschluckt hätte.

»Vergegenwärtigen wir uns noch einmal die Fakten«, sagte Pollard. »Vor zwei Wochen fand Madame Natalie Noir ihren Gatten Jules tot vor, als sie von einem Treffen mit ihren Freundinnen zurückkehrte. Das Ehepaar war in Bordeaux ansässig.«

Der Assistent nickte und schlug sein Notizbuch auf.

»Der herbeigerufene Arzt stellte als Todesursache zunächst Herzversagen fest. Es war bekannt, dass Monsieur Noir an einer Vorerkrankung litt. Allerdings wurden unsere Kollegen vor Ort misstrauisch, da die Witwe eine unverhohlene Erleichterung an den Tag legte. Sie vergoss angesichts des Verlustes nicht eine einzige Träne. Eine Befragung der Nachbarn ergab, dass es öfter lautstarken Streit zwischen den Eheleuten gab.«

Pollard paffte seine Zigarre und sagte: »Die Befragung der Freundinnen ergab außerdem, dass Natalie Noir sich an dem fraglichen Nachmittag gar nicht mit ihnen getroffen hatte. Stattdessen gab es Zeugen, die sie in Gesellschaft eines bisher unbekannten Mannes sahen. Diese Person wurde übrigens höchst unterschiedlich beschrieben.«

»Sie wissen doch, wie unzuverlässig Zeugenaussagen sein können«, warf Marrac altklug ein. Dem Inspektor lag die Bemerkung auf der Zunge, dass es auch einen ganz anderen Grund für die voneinander abweichenden Angaben geben könnte. War es denkbar, dass die Dame mit Lupin Kontakt hatte, der seine Verkleidungen im Handumdrehen wechselte?

Doch Pollard hielt sich zurück. Unter den anderen Kriminalisten am Quai des Orfèvres galt er bereits als wunderlich, weil er hinter jedem ungeklärten Verbrechen sogleich den Meisterdieb vermutete. Er wandelte auf einem schmalen Grat zwischen fahnderischem Beharren und Besessenheit. Der Inspektor durfte den Bogen nicht überspannen, wenn er seinen wohlverdienten Ruhestand nicht in der Irrenanstalt verbringen wollte.

Also hütete er sich, den Namen Arsène Lupin in den Mund zu nehmen.

Marracs Fistelstimme riss ihn aus seinen Überlegungen.

»Dieser Mann konnte jedenfalls bisher nicht identifiziert werden. Aufgrund der Verdachtsmomente ordnete der Untersuchungsrichter eine Leichenöffnung an. Und bei der Obduktion stellte sich heraus, dass Jules Noir durch zerstoßenes Glas ums Leben kam. Er muss es mit der Nahrung aufgenommen haben und innerlich verblutet sein.«

Pollard nahm den Faden wieder auf: »Ich weiß. Und als die dortigen Kollegen die Witwe noch einmal befragen wollten, war sie verschwunden. Natalie Noir hatte eine Eisenbahn-Fahrkarte erster Klasse nach Paris gelöst. In Bordeaux verlor sich ihre Spur. Wir wissen nicht mit Sicherheit, ob sie in der Hauptstadt angekommen ist.«

»Bisher nicht!« Der Assistent beugte sich vor. »Herr Inspektor, ich bekam vorhin eine Information über einen ... *Beischlafdiebstahl*, die ich sehr aufschlussreich fand.«

Marrac bekam rote Ohren, als er das mit B beginnende Wort aussprach. Er war eben eine verklemmte männliche Jungfrau, jedenfalls nach Pollards Meinung. Der Inspektor zuckte mit den Schultern.

»Ich sehe den Zusammenhang nicht. Wollen Sie mir durch die Blume zu verstehen geben, dass Sie eine Versetzung zum Sittendezernat anstreben?«

»Keinesfalls!«

Das ist sehr schade, dachte Pollard. Er sagte: »Worauf wollen Sie hinaus?«

Der Assistent blätterte die nächste Seite in seinem Notizbuch auf.

»Das Delikt fand im Hotel Ambassador am Boulevard Raspail statt. Das Opfer heißt Bill Jameson, ein amerikanischer Geschäftsmann. Er lernte eine junge Dame kennen, die als Witwe gekleidet war. Sie betäubte ihn, stahl ihm sein Geld und seinen Revolver. Und die Beschreibung dieser Verbrecherin entspricht exakt der von Natalie Noir!«

Marrac schaute seinen Vorgesetzten triumphierend an, doch Pollard konnte die Begeisterung nicht teilen.

»Witwen tragen doch üblicherweise einen schwarzen Schleier, nicht wahr?«

»Das schon, aber ...«

»Und trotzdem konnte Natalie Noir zweifelsfrei identifiziert werden?«

»Zweifelsfrei möglicherweise nicht«, schränkte der junge Kriminalist ein. »Dennoch erschien es mir als eine Spur, der man nachgehen sollte.«

Pollard erkannte, dass er seinen Assistenten bei Laune halten musste. Andernfalls bestand die Gefahr, dass der Bengel sich beim Polizeipräfekten über seinen direkten Vorgesetzten, also über ihn, ausheulte. Der Inspektor konnte so kurz vor der Pensionierung keinen Ärger gebrauchen.

»Gute Arbeit, Marrac«, sagte er und schenkte seinem Assistenten ein falsches Lächeln. »Lassen Sie uns ins Hotel fahren und mit diesem Mr. Jameson sprechen. Womöglich können wir ihm noch mehr Einzelheiten aus der Nase ziehen. Irgendwo muss er das Luder in Trauerkleidung ja kennengelernt haben, nicht wahr?«

Der junge Mann strahlte.

»Wie Sie wünschen, Herr Inspektor!«

Pollard erhob sich, ging zum Kleiderständer hinüber und setzte seinen Zylinderhut auf. Marrac war ebenfalls aufgesprungen. Der alte Kriminalist musterte ihn von Kopf bis Fuß. Die Anzugärmel waren zu kurz, die Manschettenknöpfe zu geschmacklos, die Haut auf Höhe des Stehkragens zu wundgescheuert und die Haarschuppen auf Marracs schmalen Schultern erinnerten an Neuschnee im Dezember. Sein Assistent sah aus wie eine Schießbudenfigur. Doch sein Anblick erinnerte Pollard ein wenig an seine eigenen Anfänge bei der Kriminalpolizei.

Womöglich hat der Junge doch eine Chance verdient, dachte der Inspektor und ließ sich von Marrac die Tür aufhalten.

❧ 6 ❧

Bill Jameson verfluchte sich selbst. Wie hatte er nur so dumm sein können, auf dieses Weibsbild hereinzufallen? Er saß in der Hotelbar des Ambassador und versuchte, seinen Groll im Cognac zu ertränken. Ein schnurrbärtiger Franzose an einem der kleinen Marmortische nippte an einem Glas Absinth, was Jameson sofort wieder an die bildhübsche Teufelin erinnerte. Denn genau das war sie in seinen Augen.

Die luxuriöse Umgebung konnte ihn nicht über die Schmach hinwegtrösten, die Jameson erlitten hatte. Sein angewiderter Blick glitt über die Marmorstatuen und Ölgemälde, mit denen diese Bar geschmückt war. Kristallspiegel in vergoldeten Rahmen schufen die Illusion eines viel größeren Raumes. Jameson schnaubte verächtlich.

War nicht diese ganze *Stadt der Liebe* ein einziges Trugbild? Er fühlte sich verschaukelt und hintergangen. Wie zum Hohn wurde seine Nase von den erlesenen Parfüms der anwesenden Damen gekitzelt. Jameson thronte auf dem Barhocker und versuchte, seine Blicke von den attraktiven Französinnen fernzuhalten.

Von den Weibern hatte er gründlich die Nase voll.

Wegen dieser angeblichen Witwe musste der Amerikaner nun in diesem Hotel auf die telegrafische Geldanweisung aus der Heimat warten. Er konnte sich vorstellen, dass sein Prokurist und sein Hauptbuchhalter sich in den Staaten die Mäuler über ihn zerrissen.

Wenn ein Tourist aus den Staaten in der *Stadt der Liebe* plötzlich finanziell auf dem Trockenen saß, dann gab es dafür nicht viele plausible Erklärungen. Jameson hätte natürlich behaupten können, von einem dieser berüchtigten Pariser Messerschwinger überfallen worden zu sein. Doch er hatte sich dafür entschieden, bei der Wahrheit zu bleiben, jedenfalls größtenteils. Er hegte die vage Hoffnung, sein Eigentum zurückzubekommen.

Die uniformierten Polizisten, die seine Strafanzeige aufnahmen, hatten ihm einen Besuch durch Kriminalbeamte angekündigt. Nun, Jameson war ohnehin zum Warten verdammt. Er gab dem Barkeeper ein Zeichen und orderte einen weiteren Cognac.

Der Alkohol entfaltete allmählich seine Wirkung. Der Amerikaner entwickelte eine heitere Gleichgültigkeit, konnte nun über sein Schicksal sogar lächeln. Letztlich hätte die Sache noch viel schlimmer ausgehen können. Wenn diese diebische Elster nun stattdessen eine Mörderin gewesen wäre ...?!

Die Meldungen über ausufernde Gewalt in Paris erreichten sogar New York. Genau deshalb war ja Jameson nicht ohne seinen Peacemaker angereist. Nun, da er keine Schusswaffe mehr besaß, kam er sich richtig nackt vor. Doch in dieser Hotelbar würde ihm wohl kein Ungemach drohen. Er wollte ausgehen und sich einen neuen Revolver kaufen, sobald die telegrafische Geldanweisung eingetroffen war. Hier im Ambassador konnte der Amerikaner seine Getränke wenigstens auf die Zimmerrechnung setzen lassen.

Während er den weichen Geschmack des Weinbrands auf seiner Zunge zergehen ließ und sich eine frische Zigarette anzündete, wurden seine Gedanken angenehmer. Er quälte sich nicht mehr mit der Erinnerung an diese schöne Teufelin, sondern verharrte bei seinem Lieblingsthema.

Die *große Erfindung.*

Jameson fühlte sich am wohlsten, wenn er in seiner Studierstube saß und sich in die Geheimnisse der Mechanik vertiefen konnte. Viele Menschen hielten ihn wegen seiner bulligen Gestalt für einen groben Klotz, und wirklich benahm er sich im gesellschaftlichen Umgang wie ein tapsiger Grizzlybär.

Doch wenn er in seine Welt von Schaltungen, Kupplungen und Energieübertragungen eintauchen konnte, war er glücklich. Und wenn es um physikalische Experimente ging, führten seine unförmigen Wurstfinger selbst die kleinsten Schrauben, um winzige Scharniere zu befestigen und kleine Technik-Wunderwerke ans Laufen zu bringen.

Voller Sehnsucht dachte der Amerikaner an den Hummer aus Blech, den er in seiner Werkstatt daheim in Texas halbfertig hatte zurücklassen müssen. Allein dieses mechanische Tier war ein Wunderwerk, ähnelte seinen lebenden Artgenossen sehr stark. Ihre Scheren konnten sogar ein noch viel größeres Zerstörungswerk anrichten als die von echten Hummern. Jameson träumte davon, diese Mechanikwesen als Ersatz für Wachhunde einzusetzen. Wenn seine Erfindung erst die üblichen Kinderkrankheiten überwunden hätte und die Patentanmeldung in trockenen Tüchern wäre, würde ihn allein diese Idee zum Multimillionär machen ...

»Mr. Jameson?«

Der Amerikaner blickte auf, als er angesprochen wurde. Zwei Franzosen hatten sich ihm genähert, ohne dass er es zunächst registrierte. Die beiden Kerle machten einen sehr amtlichen Eindruck. In den Staaten erkannte man einen Zivil-Cop meistens an seinem großkalibrigen Colt, den er im Holster trug. Doch hier in Frankreich liefen die Dinge offenbar anders.

»Ja, der bin ich.«

»Es geht um das Verbrechen, dem Sie zum Opfer gefallen sind«, sagte der ältere Kriminalist. Sein Gesicht zeigte keine Gefühlsregung. »Um die Angelegenheit bereinigen zu können, benötigen wir dringend einige genauere Angaben von Ihnen. Ich schlage vor, dass wir die Dinge in Ihrem Hotelzimmer besprechen. Ihnen ist gewiss an Diskretion gelegen.«

Der Franzose deutete auf die angeregt plaudernden Gäste, von denen die Hotelbar bevölkert wurde. Jameson nickte. Es war schon schlimm genug, von diesem Biest ausgeraubt worden zu sein. Nicht auszudenken, wenn jetzt auch noch ein sensationsgieriger Zeitungsschmierer Wind von dieser Sache bekam. Daher nickte der Amerikaner heftig.

»Ja, lassen Sie uns auf meinem Zimmer weiterreden.«

Er unterzeichnete beim Barkeeper noch für seine Drinks, die er zu sich genommen hatte. Dann ging Jameson zum Lift, die beiden Kriminalisten folgten ihm. Nachdem die Männer den Raum des Amerikaners betreten hatten, verriegelte der Ältere sofort die Tür. Und der Jüngere warf Jameson gegen die Wand und drückte die Mündung eines Revolvers gegen seinen feisten Hals.

»W-was soll das? Ich bin hier das Opfer und nicht der Täter!«

Der Ältere nahm seinen Hut ab und entblößte einen kahlen Schädel. Beim Sprechen öffnete er den Mund kaum. Doch das änderte nichts an der Wucht seiner Worte.

»Haben Sie uns wirklich für Polizisten gehalten, Jameson? Dann sind Sie noch dümmer, als ich annahm.«

Der Amerikaner zuckte zusammen. Nun fürchtete er sich wirklich.

»Sie ... Sie sind ...«

»Oberst Agares. Ich hätte Sie lieber unter erfreulicheren Umständen kennengelernt. Und ich weiß nicht, wie Sie in den Vereinigten Staaten Geschäfte tätigen. Aber hierzulande ist es üblich, dass nach einer Zahlung die Übergabe der Ware erfolgt.«

Jameson erwiderte zunächst nichts. Agares nickte seinem Handlanger zu. Der gut aussehende junge

Mann holte aus und drosch seinen Revolvergriff gegen Jamesons Rippenbogen. Der Amerikaner jaulte. Gleich darauf wurde die Mündung der Schusswaffe wieder gegen seine Kehle gepresst.

»Ich wollte ja ... doch ich wusste nicht, wie ich Sie erreichen konnte!«

Der Oberst reagierte auf diese Beteuerungen mit einem Kopfschütteln. So als ob er es mit einem uneinsichtigen Kind zu tun hätte.

»Wo ein Wille ist, ist auch ein Weg. Sie wollten einfach nicht, Mr. Jameson. Ich hatte Sie um eine Konstruktionsanweisung gebeten, die Sie in chiffrierter Form verfassen sollten. Für den Fall, dass dieses Dokument in falsche Hände gerät. Erinnern Sie sich?«

Als der Amerikaner nicht sofort antwortete, schlug der junge Mann noch einmal zu. Jameson war kein Feigling und auch nicht gerade schwächlich gebaut. Trotzdem wäre es ihm nicht in den Sinn gekommen, sich gegen dieses unheimliche Duo zur Wehr zu setzen. Besonders der Oberst flößte ihm echte Furcht ein. Dabei war der Glatzkopf eher schmächtig. Doch ein Mann musste nicht die Figur eines Freistilringers haben, um Angst und Schrecken zu verbreiten.

Natürlich wusste Jameson noch, um was es ging. Er hätte den Oberst sofort kontaktieren müssen, als ihm die Konstruktionsanweisung gestohlen wurde. Und er hatte es nicht getan. Warum nicht? Es gab immer noch die Hoffnung, dass die Polizei das chiffrierte Dokument wiederbeschaffen würde. Andererseits hatte der

Amerikaner den Flics die Existenz des Papiers verschwiegen. Er war davon ausgegangen, dass die verfluchte Witwe das Blatt sofort wegwerfen würde. Es musste für sie wertlos sein.

Jameson erkannte, dass er sich in eine scheinbar ausweglose Lage gebracht hatte. Und ein Blick in Agares' Augen bewies ihm, dass dieser Tag mit seinem Tod enden würde.

Da kam ihm die rettende Idee.

»Ja, die Konstruktionsanweisung ist fort! Aber ich habe den gesamten Bauplan im Kopf, bis ins kleinste Detail!«

Der Amerikaner hatte laut und voller Nachdruck gesprochen. Seiner Stimme war die Verzweiflung anzuhören. Seinen eigenen Angstschweiß konnte er ohnehin riechen. Jameson wäre froh gewesen, wieder an der Hotelbar zu sitzen. Er konnte jetzt dringend einen Drink vertragen.

Der Handlanger hielt seinen Revolver immer noch auf Jameson gerichtet. Der junge Mann wartete auf einen Befehl vom Oberst.

»Sie behaupten also, die Konstruktionsanweisung aus dem Gedächtnis rekonstruieren zu können, Mr. Jameson?«

»Ich schwöre es Ihnen!«

»Es wird sich zeigen, was Ihre Versprechungen wert sind. – Barnabas, tritt zurück!«

Der Assistent befolgte die Anweisung, indem er die Waffe senkte und sich ein Stück weit von Jameson entfernte. Aber er stand immer noch nahe genug bei ihm, um ihm problemlos eine Kugel in den Quadratschädel jagen zu können.

Agares deutete auf den kleinen Kirschholz-Schreibtisch, der in einer Zimmerecke stand. Dort gab es ausreichend Papier mit dem Aufdruck des Ambassador Hotels, außerdem einen Federhalter und ein Tintenfass.

»Brauchen Sie eine Sondereinladung? Sie werden jetzt die Informationen zu Papier bringen, haben wir uns verstanden?«

Jamesons Knie waren weich wie Pudding, als er zu dem Schreibtisch wankte. Ein mutigerer Mann als er hätte diese Chance auf Gegenwehr ergriffen. Wenn er nun das Tintenfass aufschraubte und die Flüssigkeit in Barnabas' Gesicht kippte? Mit einem solchen Angriff rechnete garantierte niemand. Außerdem konnte er die stählerne Schreibfeder als Stichwaffe zweckentfremden, dem jungen Mann den Revolver abnehmen und seine beiden Widersacher niederknallen.

Der Amerikaner tat nichts dergleichen.

Obwohl er mit einem schweren Peacemaker in der Tasche nach Frankreich gekommen war, schreckte Jameson vor Gewalt zurück. Daher setzte er sich brav an den Schreibtisch, schraubte mit zitternden Fingern das Tintenfass auf und tunkte den Federhalter ein.

»Auf die Chiffrierung können Sie diesmal verzichten«, erklärte Agares. »Ich werde schon dafür sorgen, dass außer mir niemand diese Blätter zu sehen bekommt.«

Jameson nickte. Schweißtropfen fielen von seiner Stirn auf das Papier. Er arbeitete wie ein Besessener, um seinen Fehler ungeschehen zu machen. Das war natürlich nicht möglich.

Er hätte sich niemals mit einem Mann wie dem Oberst einlassen dürfen. Diese Erkenntnis kam allerdings reichlich spät. Der Amerikaner war geblendet gewesen, weil sich endlich jemand für seine Erfindungen interessiert hatte. Und natürlich spielte auch das Geld eine große Rolle.

Gewiss, als Sohn eines Ölmillionärs hatte Jameson niemals Hunger und Elend am eigenen Leib erfahren müssen. Doch da sein älterer Bruder die Firmenleitung übernehmen würde, gestattete sein Vater ihm die technischen Tüfteleien, die jeder in der Familie als »brotlose Kunst« ansah.

Bis zu dem Tag, als Oberst Agares 20.000 Francs für die *große Erfindung* bot. Für einen texanischen Ölmillionär war das natürlich keine große Summe. Doch sowohl Jameson als auch sein Vater und Bruder waren verblüfft darüber, dass jemand im fernen Europa überhaupt Geld für einen neuartigen Konstruktionsplan ausgeben wollte. Zumal Jameson nicht garantieren konnte, dass seine Erfindung überhaupt funktionieren würde.

Er hätte sterben müssen, um es zu beweisen.

Während Jameson diese Erinnerungen durch den Kopf schwirrten, arbeitete er unermüdlich weiter. Er hatte nicht übertrieben, die Konstruktionsanweisungen standen deutlich sichtbar vor seinem geistigen Auge. Der Amerikaner musste sie nur noch zu Papier bringen.

Doch was würde geschehen, wenn er fertig war?

Darüber hatte Jameson sich noch keine Gedanken gemacht. Er wusste nur, dass er den Oberst nicht übers Ohr hauen konnte. Die ursprüngliche Liste hatte eine bestimmte Länge. Daran änderte sich auch dadurch nichts, dass sie chiffriert gewesen war. Das ganze Projekt hatte auf eine Seite gepasst, darum konnte er jetzt nicht zehn Seiten mit seiner zittrigen Handschrift bedecken. Schließlich ließ sich der Abschluss nicht weiter hinauszögern.

»Nun?«

Das Wort aus Agares' Mund war so kurz und trocken wie ein Peitschenschlag. Jameson wollte etwas erwidern, doch sein Mund war staubtrocken. Er drehte sich halb zur Seite und überreichte dem Oberst das Papier. Agares überflog mit ausdrucksloser Miene die Zeilen.

»Ja, ich verstehe«, murmelte er. »Barnabas, geh hinaus.«

Der junge Mann nickte. Er steckte den Revolver in seine Jackentasche, schloss die Hotelzimmertür auf und verschwand. Barnabas würde gewiss auf dem Korridor warten.

In Jameson keimte Hoffnung auf. Ob er doch mit heiler Haut davonkommen würde, obwohl er sich so stümperhaft verhalten hatte? Warum nicht? Immerhin hielt der Oberst nun das Dokument in Händen, das er so nachdrücklich verlangte.

»Und Sie glauben wirklich, dass Ihre Erfindung funktioniert?«

Agares' Frage hörte sich neutral an, seine Stimme klang nicht hämisch oder spöttisch. Der Amerikaner nickte eifrig.

»Ja, davon bin ich überzeugt. Ein Experiment hat es freilich noch nicht gegeben ...«

»Natürlich nicht«, fiel der Oberst ihm ins Wort. »Denn dafür benötigen wir ja eine Leiche, nicht wahr?«

»Richtig, eine Leiche.«

Jameson rang sich ein verkniffenes Grinsen ab.

»Dann sollten wir uns einen Toten beschaffen!«

Bisher hatte Agares die Lippen beim Sprechen kaum geöffnet. Nun erkannte der Amerikaner auch den Grund dafür. Nun riss der Oberst den Mund nämlich weit auf. Jameson sah voller Entsetzen, dass alle seine Zähne spitz gefeilt waren. Agares erinnerte in diesem Moment an den Medizinmann eines geheimnisvollen Eingeborenenstamms, für den Menschenopfer zum Brauchtum zählen.

Instinktiv taumelte der Amerikaner ein paar Schritte zurück. Aber das nützte ihm nichts.

Der Oberst sprang ihn wie ein Raubtier an und bohrte seine Zähne in Jamesons Kehle.

D on Francesco Valdez besuchte zum ersten Mal in seinem Leben Paris. Er hatte eine angenehme Seereise auf dem Luxusliner *Christoforo Columbus* hinter sich, der ihn von seiner argentinischen Heimat auf den europäischen Kontinent gebracht hatte. Von Le Havre aus war der Rinder-Millionär in einem Erste-Klasse-Abteil der Eisenbahn in die Lichterstadt gefahren.

Und nun stand er vor dem Hotel Excelsior an den Champs-Élysées und wartete ungeduldig auf seinen persönlichen Reiseführer. Es war schon fünf Minuten über der verabredeten Zeit, als sich ein blasser blonder Jüngling in einem abgetragenen Anzug dem reichen Mann näherte.

»Habe ich die Ehre mit Don Francesco Valdez?«, fragte er schüchtern und wich dem Blick seines Gegenübers aus. Der Argentinier hatte demonstrativ seine goldene Taschenuhr gezückt. *Immerhin spricht dieser Bengel fließend Spanisch*, dachte er.

»Wie lautet dein Name?«

»Diego, mein Herr.«

»Lass uns keine weitere Zeit verschwenden. Wer so etwas tut, wird es im Leben nicht weit bringen. Merk dir das gefälligst. Du siehst mir nämlich nicht so aus, als ob du auf Rosen gebettet wärst.«

»Das ist leider wahr«, seufzte der Touristenbegleiter. »Der Tod meines Vaters hat unsere Familie ins Unglück gestürzt. Ich musste mein Studium abbrechen, um meine Mutter und meine unmündigen Schwestern durchzubringen.«

»Jeder ist seines Glückes Schmied«, schnarrte Don Francesco ungeduldig. »Also verschone mich mit deinen rührseligen Geschichten, dafür bezahle ich dich nicht. Ich will jetzt mit der Tour beginnen.«

»Selbstverständlich.«

Diego winkte eine Benzin-Kutsche heran und hielt dem Argentinier den Wagenschlag auf. Don Francesco musste zugeben, dass man an den Manieren dieses Jungspundes nichts aussetzen konnte. Während der folgenden Stunde fuhren die beiden so unterschiedlichen Männer vom Arc de Triomphe zum Eiffelturm, von den Tuilerien bis zur Place Vendôme mit der Siegessäule. Diegos Tonfall und Wortschatz zeugten von seiner Bildung. Er konnte interessant erzählen. Dennoch wurde der Rinderbaron ungeduldig.

»Das ist ja alles gut und schön. Doch was ist mit dem Vergnügungsviertel? Das hast du mir bisher vorenthalten. In Buenos Aires berichtet man von frivolen Tanzveranstaltungen, bei denen schöne junge Frauen aufreizende Darbietungen präsentieren.«

»Diese Tänze nennen sich Cancan«, erwiderte Diego. »Selbstverständlich kenne ich die einschlägigen Etablissements. Es könnte allerdings gefährlich werden, insbesondere für einen Herrn wie Sie.«

Don Francesco zog seine pechschwarzen Augenbrauen zusammen.

»Was soll das bedeuten? Hältst du mich für einen Feigling?«

»Nein, das wollte ich nicht sagen. Allerdings kann jeder Eckensteher sehen, dass Sie gut situiert sind. Dadurch können Begehrlichkeiten geweckt werden.«

»Das ist ja auch richtig so!«, gab der Argentinier lachend zurück. »Mit meinen goldenen Fingerringen und meiner diamantbesetzten Krawattennadel zeige ich den ganzen Habenichtsen, wer ich bin. In meiner Heimat ist es üblich, seinen Reichtum nicht zu verstecken. – Wir fahren jetzt ins Vergnügungsviertel, verstanden? Ich weiß mich meiner Haut zu wehren!«

»Wie Sie wünschen. – Fahrer, es geht zur Place Pigalle!«

Der Chauffeur lenkte sein Taxi gehorsam in die Richtung, wo sich das weltberühmte Moulin Rouge und andere legendäre Lasterstätten befanden. Inzwischen dämmerte es bereits, denn die Stadtführung hatte erst am späten Nachmittag begonnen. Don Francesco plante, den Abend in diesem Stadtteil ausklingen zu lassen.

Die schäbigen Fassaden der Häuser störten ihn ebenso wenig wie die Anwesenheit von verwegen aussehenden Straßenschlägern, die in Gruppen beisammenstanden und die Passagiere der Benzin-Droschke mit heimtückischen Blicken bedachten. Solches Gesindel gab es auch in Buenos Aires. Für diese Typen hatte der Argentinier kein Wort übrig, allenfalls eine Revolverkugel.

Don Francesco begeisterte sich stattdessen für die stark gepuderten Schönheiten in ihren engen bunten Kleidern. An diesen Grazien herrschte hier nun wirklich kein Mangel, Caramba!

Er wollte unbedingt die Nacht in den Armen einer leidenschaftlichen Französin verbringen. Die beiden Männer verließen das Taxi nur einen Steinwurf weit vom Moulin Rouge entfernt. Doch bevor sie sich dorthin begeben konnten, versperrte ihnen eine Gruppe von jungen Männern mit roten Halstüchern den Weg. Die Kerle grienten. Sie hatten ihre Tuchmützen schräg aufgesetzt, wollten betont lässig wirken.

»Sagen Sie diesem Pack, dass es die Straße freigeben soll!«, forderte der Argentinier auf Spanisch. Daraufhin redete Diego die Bande auf Französisch an. Ein Pockennarbiger antwortete. Er war offenbar der Sprecher.

»Sie behaupten, dass der Gehsteig ihnen gehört. Es wäre eine Gebühr fällig, wenn wir ihn benutzen wollen. Lassen Sie uns verschwinden, der Klügere gibt nach.«

»Das wollen wir doch mal sehen!«, blaffte Don Francesco. Er griff unter seine Jacke und zog seinen Bulldog-Revolver hervor.

Doch die Ganoven schienen schon damit gerechnet zu haben, dass er Widerstand leisten würde. Pockennarbe hatte plötzlich einen mit Leder überzogenen Totschläger in der Hand. Bevor der Argentinier reagieren konnte, machte der Verbrecher einen Ausfallschritt nach vorn und schlug ihm auf das Handgelenk.

Don Francesco stieß einen Schmerzensschrei aus, ließ die Schusswaffe fallen.

Die übrigen Eckensteher grölten begeistert.

Diego stellte sich schützend vor den Argentinier und schickte Pockennarbe mit einer fürchterlichen rechten Geraden zu Boden. Der Boxhieb erfolgte so schnell, dass der Schurke weder seinen Totschläger heben noch irgendeine andere Art von Gegenwehr einleiten konnte.

Es gefiel der Meute gar nicht, ihren Anführer bewusstlos auf dem schmutzigen Straßenpflaster liegen zu sehen. Die Kerle machten nun erst recht Front gegen den Argentinier und dessen Tourguide. Plötzlich hatte jeder von ihnen eine Art von Mordinstrument in der Hand. Sie hielten Messer, Schlagringe und Pistolen in den Fäusten. Einer von ihnen richtete seine Schusswaffe auf Diego.

Da zog der Touristenführer einen großkalibrigen Peacemaker-Colt hervor und schoss den Kerl nieder. Da die Kugel in den Oberschenkel einschlug, landete auch dieser Angreifer auf dem Boden.

Der Eckensteher schrie vor Schmerzen, seine Kumpane stießen wilde Drohungen aus. Das hinderte sie allerdings nicht daran, zu verschwinden und ihn seinem Schicksal zu überlassen. Auch der Pockennarbige war immer noch bewusstlos.

Don Francescos Handgelenk fühlte sich taub an. Er biss die Zähne zusammen und erkannte, dass er die Bande unterschätzt hatte. Von Diego hingegen war er positiv überrascht. Der Rinderbaron hätte es niemals für möglich gehalten, dass diese gescheiterte Existenz ihm bei einer Straßenschlägerei von Nutzen sein konnte.

»Ich schlage vor, dass wir uns zurückziehen«, sagte der Touristenführer. »Gelegentlich verirren sich sogar Polizisten in diese Gegend. Außerdem wäre es möglich, dass die Ganoven mit Verstärkung zurückkehren. Und ich möchte Ihnen nicht den Abend verderben.«

»Einverstanden«, erwiderte Don Francesco nickend. Momentan stand ihm der Sinn nicht mehr nach amourösen Abenteuern. Die Männer eilten ein Stück weit auf dem Boulevard de Clichy nach Osten.

»Meine Hand tut immer noch weh, ich brauche einen Arzt«, klagte der Argentinier.

»Ich habe etwas Besseres für Sie«, behauptete Diego. »Haben Sie bitte noch einen Moment Geduld.«

»Meine Füße schmerzen.«

»Es ist nicht mehr weit«, versicherte der Stadtführer. Sie bogen in die Rue Coustou ein. Auch hier gab es hohe Hausfassaden, die eng nebeneinanderstanden. Es roch nach Anisschnaps, billigen Zigarren und Urin. Im Rinnstein lagen einige arme Teufel, die für die Nacht kein Obdach gefunden hatten.

Der Rinder-Millionär rümpfte die Nase.

»Wo führst du mich hin, Diego? Ich will zurück in die Zivilisation!«

»Es wird Ihnen gefallen«, beharrte der junge Mann. »In diesem Haus praktiziert eine Heilerin.«

»Heilerin?«, echote Don Francesco misstrauisch. Doch seine Neugierde siegte über seine Skepsis. Bisher hatte Diego ihm immerhin gute Dienste geleistet. Er folgte dem jungen Mann auf einer steilen Stiege ins erste Stockwerk. Dort klopfte Diego an eine Tür.

»Entree!«, sagte eine weibliche Stimme.

Don Francescos Atem stockte, als er gemeinsam mit dem Touristenführer eintrat. In dem kleinen Raum mit den roten Samtvorhängen saß eine bildhübsche Frau auf einem Sofa. Sie rauchte eine Zigarette, die in einer langen schwarzen Spitze steckte. Die dunkelhaarige Schönheit trug ein violettes Kleid mit tiefem Ausschnitt. Sie war unendlich attraktiver als die Huren, die der Argentinier rund um den Place Pigalle erblickt hatte.

Wenn dies die Heilerin war, dann wollte er sich gern in ihre Behandlung begeben!

»Das ist Madame Natalie«, erklärte der Tourguide. »Sie besitzt eine besondere Gabe.«

»Davon bin ich überzeugt«, gab Don Francesco mit belegter Stimme zurück.

Diego sagte etwas auf Französisch zu der Frau. Dann wandte er sich wieder an den Argentinier: »Nehmen Sie bitte an dem Tischchen Platz. Madame Natalie wird sich Ihres Handgelenks annehmen.«

Das ließ sich der Rinderbaron nicht zweimal sagen. Wenn es nach ihm gegangen wäre, hätte diese Heilerin auch seine sämtlichen anderen Körperteile behandeln können. Aber vielleicht würde das ja noch geschehen.

Eine Frau, die in einer solch schäbigen Gegend praktizierte, würde für eine finanzielle Zuwendung gewiss dankbar sein.

Doch eins nach dem anderen, sagte sich der Argentinier. Mit einem charmanten Lächeln auf den Lippen ließ er sich an dem Tisch nieder. Er streckte Madame Natalie sein Handgelenk entgegen, in dem immer noch der Schmerz pochte. Sie nahm mit ihren feingliedrigen kühlen Fingern seine Hand. Allein diese leichte Berührung führte schon dazu, dass ihm abwechselnd heiße und kalte Schauer über den Rücken liefen.

Die Französin lächelte ihn an. Und sie schaute ihm tief in die Augen.

Das wird ja immer besser!, sagte sich Don Francesco. Er war fest überzeugt davon, dass dieses Weibsbild ihm schon sehr bald gehören würde. Natürlich wich er ihrem Blick nicht aus. Womöglich besaß sie wirklich besondere Fähigkeiten und konnte Menschen durchschauen, ohne Worte benutzen zu müssen. Dann würde sie erkennen, mit was für einem mächtigen und wohlhabenden Herrn sie es zu tun hatte. Er wusste, wie solche Eigenschaften auf Frauen wirkten. Diese Schönheit würde darum betteln, sich ihm hingeben zu dürfen.

Ihre Augen – noch nie hatte er etwas Vergleichbares gesehen. Er konnte keinen klaren Gedanken mehr fassen, wollte nur noch hier sitzen und die Frau anschauen. Langsam, fast unmerklich, verlangsamte sich sein Pulsschlag. Die Schmerzen im Handgelenk waren vergessen. Don Francescos Lider fühlten sich bleischwer an. Eigentlich wollte er sie nicht schließen, denn dann hätte er diese wunderschönen Augen nicht mehr anhimmeln können. Doch es musste einfach sein, nur für einen kleinen Moment.

Im Handumdrehen schlief der Argentinier tief und fest. Sein Kopf sank auf die Brust. Er bemerkte es gar nicht, als die Frau ihm seine goldenen Ringe von den Fingern zog.

* * *

»Ich muss gestehen, dass ich überrascht bin«, sagte Lupin, während er sich von der Diego-Maske befreite. »Nie hätte ich es für möglich gehalten, dass Sie mit Ihren Hypnose-Techniken einen so durchschlagenden Erfolg erzielen können.«

»Voraussetzung ist, dass die Person sich auf mich einlässt«, erklärte die Witwe, während sie auch die goldene Uhr und die Brieftasche des Argentiniers an sich nahm. »Bei diesem rotgesichtigen Amerikaner war hingegen Ihr Betäubungsspray das Mittel der Wahl. Dieser Kerl hätte mir doch die Kleider vom Leib gerissen, bevor er in Trance gefallen wäre.«

Der Meisterdieb nickte.

»Ja, und das ist zum Glück nicht geschehen.«

Natalie Noir hob ihre sorgfältig gezupften Augenbrauen.

»Also hätten Sie etwas dagegen gehabt, wenn dieser Unhold über mich hergefallen wäre?«

»Selbstverständlich, meine Teure. Unser Beruf birgt gewisse Risiken in sich. Trotzdem möchte ich vermeiden, dass etwas gegen Ihren Willen geschieht.«

Die Witwe lachte.

»Im Zweifelsfall habe ich immer noch meinen treuen Dolch, sozusagen als meine Trumpfkarte.«

Sie klopfte bekräftigend auf ihren Oberschenkel, während sie diese Sätze aussprach. Dann fügte sie hinzu: »Und ich finde es bemerkenswert, dass Sie diesen Unsympathen hierherlocken konnten.«

»Das war nicht schwierig«, behauptete Lupin. »Nachdem ich in einem Eck-Bistro die Bekanntschaft des wahren Diego machte, schüttete er mir im Handumdrehen sein Herz aus.«

»Sie schaffen es eben leicht, das Vertrauen der Menschen zu gewinnen.«

»Wie Sie meinen, Madame Noir. Jedenfalls verschaffte ich Diego auf der Toilette von besagtem Bistro eine Zwangspause, indem ich ihn betäubte und fesselte. Dann musste ich nur noch seinen Kalender an mich nehmen und zu seiner Verabredung mit dem Argentinier eilen.«

»Und mich natürlich vorher informieren, damit ich meine Rolle als geheimnisvolle Heilerin einnehmen konnte«, ergänzte Natalie. »Wer wohnt eigentlich normalerweise in dieser bizarren Unterkunft?«

»Eine Betrügerin, die momentan einen Zwangsurlaub in Saint-Lazare einlegt.«

»Wo ist das?«

»So heißt das Pariser Frauengefängnis, es befindet sich im zehnten Arrondissement. Und ich hoffe, dass Sie es niemals von innen kennenlernen müssen.«

»Nicht, wenn ich es verhindern kann«, erwiderte die Witwe.

❖ 8 ❖

Inspektor Pollard und Sergeant Marrac betraten das Foyer vom Hotel Ambassador. Der Rezeptionist setzte eine sorgenvolle Miene auf. Wie so viele seiner Berufskollegen hatte er ein Gespür für Polizisten in Zivil. Er erkannte sie auf zehn Meilen gegen den Wind. Nun witterte er offenbar Ungemach. Sein Lächeln war so falsch wie seine Zähne. Sein Gesicht glich nun einer grotesken Grimasse.

»Was kann ich für Sie tun?«, fragte er die Ermittler mit gepresster Stimme. Sein Blick bewies, dass er die beiden am liebsten zur Hölle gejagt hätte.

Pollard ließ sich davon nicht irritieren, ganz im Gegenteil. Er präsentierte seine kupferne Polizeimarke.

»Es geht um einen *Beischlafdiebstahl,* der in diesem Hotel stattgefunden hat und zur Anzeige gebracht wurde«, sagte der Inspektor. Dabei sprach er absichtlich so laut, dass einige Gäste, die in der Nähe standen, ihre Köpfe in seine Richtung drehten. Die Gesichtsfarbe des Rezeptionisten nahm eine leichte Rötung an.

»Wären Sie so gütig, ein wenig leiser zu reden?«, flüsterte er. »Diese Angelegenheit ist höchst bedauerlich, aber für das Ambassador völlig untypisch!«

»Wie Sie meinen. Wir müssen noch einmal mit dem Geschädigten Mr. Jameson reden«, erwiderte Pollard.

Marrac beschränkte sich auf die Rolle eines passiven Statisten, wodurch er sich bei seinem Vorgesetzten sofort etwas beliebter machte. Der Inspektor konnte vorlaute junge Leute nicht ausstehen. Marrac schien immerhin begriffen zu haben, wo sein Platz war.

Der Mann in der grünen Fantasieuniform des Hotels prüfte schnell seine Liste, dann warf er einen routinierten Blick auf das Schlüsselbrett hinter ihm.

»Der Gast befindet sich offenbar momentan auf seinem Zimmer.«

»Verbindlichen Dank«, sagte der Inspektor, während er lässig mit zwei Fingern gegen die Krempe seines schwarzen Zylinderhuts tippte. »Wenn Sie mir noch die Nummer verraten würden?«

»Fünfhundertacht«, gab der Rezeptionist mit Grabesstimme zurück.

Die beiden Kriminalisten ließen sich im Aufzug hinauf ins fünfte Stockwerk transportieren. Pollard klopfte mit seiner metallenen Polizeimarke gegen die Tür mit der Nummer 508.

Aus dem Inneren des Zimmers drang kein Laut.

»Jameson? Hier ist die Pariser Kriminalpolizei. Machen Sie sofort auf!«

Der Inspektor hatte laut gesprochen und die englische Sprache benutzt. Wenn der Amerikaner ihn nicht gehört hatte, musste er taub sein.

Oder tot.

»Die Sache gefällt mir nicht, Marrac«, sagte er zu seinem Assistenten. Suchend schaute der Inspektor nach links und rechts. Der Korridor war breit und mit dicken Teppichen ausgelegt. Da erblickte er auf der westlichen Seite eine Gestalt in schwarzem Kleid mit weißer Schürze und weißem Häubchen.

»Kommen Sie her!«, rief Pollard. Das Zimmermädchen kam sofort herbeigeeilt. Die junge sommersprossige Frau machte einen verängstigten Eindruck.

»Ist etwas nicht in Ordnung, mein Herr?«, fragte sie.

»Das wird sich zeigen. Ich nehme an, dass Sie einen Generalschlüssel haben?«

Sie nickte.

»Dann öffnen Sie diese Tür!«, forderte der Inspektor. Zur Bekräftigung seiner Worte präsentierte er noch einmal seine Polizeimarke.

Das Zimmermädchen schloss auf und drückte gegen die Tür. Dann stieß sie einen Entsetzensschrei aus und bedeckte ihr Gesicht mit ihren Handflächen. Pollard konnte ihre Reaktion nachvollziehen. Er selbst war seit Jahrzehnten im Polizeidienst und hatte viele grausam zugerichtete Leichen gesehen. Doch dieser Tote war ein Fall für sich. Der Inspektor war sicher, dass das Zimmermädchen in der kommenden Nacht Albträume bekommen würde. Womöglich sogar jedes Mal für den Rest ihres Lebens.

»Kümmern Sie sich um das Mädchen!«, befahl er seinem Assistenten. Pollard selbst trat in das Hotelzimmer, wobei er sorgfältig darauf achtete, keine möglichen Spuren zu vernichten.

Ob es sich bei dem Toten um Jameson handelte?

Der Leichnam trug zumindest einen sehr amerikanisch anmutenden Anzug. Die Identität des Ermordeten würde sich ermitteln lassen. Schwieriger war die Frage zu beantworten, wie der Mann ums Leben gekommen war.

Ein Tier schien ihn angefallen zu haben.

Pollard kniete sich neben die sterblichen Überreste des Amerikaners. Je näher er der Leiche kam, desto penetranter wurde der Blutgestank. Der Inspektor warf einen Seitenblick auf seinen Assistenten, der unter dem Türsturz stehen geblieben war und linkisch einen Arm um die Schultern des weinenden Zimmermädchens gelegt hatte. Pollard vermutete, dass Marrac noch nicht allzu oft Körperkontakt zu einem weiblichen Wesen gehabt hatte. Auf jeden Fall ließ der Anblick des Toten auch den jungen Kriminalbeamten nicht kalt, was der Inspektor vollauf verstehen konnte. Trotzdem zwang Pollard sich dazu, die Leiche genau zu betrachten.

Die tödlichen Wunden waren Jameson (falls es sich um ihn handelte) am Hals zugefügt worden. Der Angreifer hatte die Kehle förmlich zerfetzt.

»Die Beschaffenheit der Wundränder deutet nicht auf eine Waffe oder einen Dolch hin«, stellte der Inspektor fest. »Was meinen Sie, Marrac?«

»I-ich bin ganz Ihrer Meinung.«

Die Antwort klang so, als ob der Assistent mit seinem Brechreiz zu kämpfen hatte. Eigentlich hätte er näher treten müssen, um sich überhaupt ernsthaft an der Untersuchung zu beteiligen. Doch Pollard verzichtete darauf, Marrac dazu aufzufordern. Er war schließlich kein Unmensch.

»Das sind eindeutig Bisswunden«, fuhr der Inspektor fort. »Man muss kein Gerichtsmediziner sein, um das beurteilen zu können. Welches Tier könnte sie verursacht haben? Ein Wolf? Ein Bär? Ein Hund?«

»Hunde sind im Ambassador nicht gestattet«, brachte das Zimmermädchen mit tränenerstickter Stimme hervor. Pollard hätte diesen Einwurf komisch gefunden, wenn die Situation nicht so blutig und tragisch gewesen wäre.

»Nun, Wölfe oder Bären werden Ihre Hotelgäste gewiss ebenfalls nicht mitbringen dürfen«, meinte er. »Ganz abgesehen davon, dass ein solches Tier gewiss große Aufmerksamkeit erregen würde. Ich gehe also eher davon aus, dass wir es mit einem menschlichen Täter zu tun haben. Oder besser gesagt: Mit einer Homo-sapiens-Bestie. Denn der Begriff *menschlich* ist im Zusammenhang mit dieser Tötung einfach fehl am Platz.«

Marracs Antwort beschränkte sich diesmal auf ein heftiges Nicken. Ihm war offenbar immer noch schlecht.

»Bringen Sie das Zimmermädchen hinaus und telefonieren Sie von der Rezeption aus mit dem gerichtsmedizinischen Institut. Sie sollen die Leiche hier abholen.«

Es kam dem Inspektor so vor, als ob sein Untergebener noch niemals einer Anordnung so schnell nachgekommen war. Pollard war nun allein mit der Leiche. Er schloss die Tür, damit nicht zufällig vorbeikommende Hotelgäste den Toten sahen. Das Letzte, was er jetzt gebrauchen konnte, war eine Massenpanik. Von einem Sensationsartikel im *Petit Journal* oder einem der anderen Revolverblätter ganz zu schweigen.

Jameson hatte sehr viel Blut verloren, das teilweise schon geronnen war. Als der Mörder von ihm abgelassen hatte, schien er in die rote Flüssigkeit getreten zu sein. Es gab zumindest einige brauchbare Teilabdrücke. Oder stammten sie von dem Opfer selbst, das im Todeskampf hin und her getorkelt war?

Nein, das konnte nicht sein. Die Schuhspitzen des Amerikaners waren abgerundet, während die des mutmaßlichen Täters spitz zuliefen und außerdem schmaler waren. Ob eine Frau dieses Blutbad veranstaltet hatte? Oder ein Mann von geringer Größe? Pollard tippte eher auf die zweite Möglichkeit.

Dieses Verbrechen war höchst abscheulich und bizarr. Doch gerade wegen der ungewöhnlichen Ausführung hoffte Pollard, diesen Mord schnell aufklären zu können. Der Inspektor musste sich innerlich ermahnen, weil er instinktiv wieder eine Verbindung zu Lupin herzustellen versuchte. Doch obwohl Pollard davon träumte, den Meisterdieb hinter Gitter zu bringen, bremste er sich.

Lupin war ein gerissener und durchtriebener Filou, aber ganz gewiss kein Mörder. Zumindest hatte der Inspektor ihn bisher mit keinem Tötungsdelikt in Verbindung bringen können.

Ihm fiel aber eine andere Geschichte ein, die am

Morgen auf seinem Schreibtisch gelandet war. Die Polizei von Monaco hatte die Kollegen in Frankreich und Italien um Unterstützung in einem Mordfall gebeten. In einem Luxushotel in Monte Carlo war eine gewisse Antonia Scapatti auf ganz ähnliche Art wie der Amerikaner ermordet worden. Das Opfer war bereits mehrfach wegen Prostitution vorbestraft. Die Vermutung lag nahe, dass sie an einen üblen Freier geraten war.

Doch worin bestand die Verbindung zwischen einer Hure in Monte Carlo und einem amerikanischen Touristen in Paris? Auf den ersten Blick gab es zwei Parallelen: Beide waren in hochklassigen Hotels getötet worden, und zwar durch brutale Bisse in den Hals.

Der Gast, in dessen Zimmer Antonia Scapatti gefunden wurde, hieß angeblich Pierre Dupont – ein Allerweltsname, wie geschaffen als Tarnung für eine zwielichtige Person.

Pollard beschloss, von der monegassischen Polizei eine möglichst genaue Beschreibung dieser Kanaille anzufordern.

Sein Jagdfieber war erwacht.

❀9❀

Lupin hatte das kleine Intermezzo mit dem argentinischen Rinderbaron nur eingelegt, um nicht aus der Übung zu geraten. Grundsätzlich schätzte er längere Ruhephasen zwischen seinen gesetzwidrigen Aktivitäten. Doch diesmal war es ihm auch darum gegangen, eine Zusammenarbeit mit Natalie Noir auszuprobieren. Seit er ihr dabei geholfen hatte, ihren sadistischen Ehetyrann loszuwerden, machte er sich über ihr weiteres Schicksal Gedanken.

Diese Frau besaß zweifellos Talent, Intelligenz und Potenzial. Hinzu kam ihr attraktives Äußeres. Lupin hätte sich in sie verlieben können, wenn eine feste Bindung für ihn infrage gekommen wäre. Doch das Leben eines Abenteurers passte nicht zu Filzpantoffeln, der Abendzeitung und dem sonntäglichen Kirchgang mit Gattin und Kinderschar.

»Einen Sou für Ihre Gedanken!«

Mit diesem Satz riss die Witwe ihn aus seinen Überlegungen. Sie hatte neben Lupin auf dem Rücksitz einer Benzin-Droschke Platz genommen. Die beiden fuhren zur Werkstatt von Meister Chouvron.

»Ich habe mich gefragt, ob Sie roten oder weißen Wein als Tischgetränk bevorzugen, wenn ich Sie zum Abendessen einlade.«

»Sie sind ein miserabler Lügner, Lupin. Doch die Einladung nehme ich gern an.«

»Normalerweise sollte ich gekränkt sein, wenn Sie meine professionellen Fähigkeiten anzweifeln. Immerhin ist die geschickte Täuschung Grundlage meines Geschäftsmodells.«

Natalie lachte.

»Ihre *professionellen Fähigkeiten* bewundere ich über alle Maßen, Lupin. Doch ich gehe davon aus, dass Sie mich eher mit privaten Augen betrachten. Worin würde wohl der persönliche Vorteil für Sie bestehen?«

»Sie meinen: außer dem Vergnügen Ihrer Gesellschaft?«

»Ein Ausweichmanöver wird Sie nicht auf Dauer vor einer Antwort bewahren«, betonte Natalie.

»Lassen Sie uns zunächst hören, was Meister Chouvron zu berichten hat.«

Das Automobil-Taxi hielt vor der Uhrmacherwerkstatt. Lupin bezahlte den Chauffeur, und die beiden gingen hinein. Diesmal hatte der Meisterdieb eine andere Verkleidung gewählt. In seinem schwarzen Gehrock mit einem Zylinderhut in derselben Farbe sowie einem tieftraurigen Gesichtsausdruck passte er perfekt zu der Witwe.

Der Alte nahm die Veränderung mit einem gleichmütigen Nicken zur Kenntnis und bat seine Besucher, ihm wieder in den Keller zu folgen. Dann wandte er sich mit einem listigen Lächeln auf den Lippen an Lupin und Natalie.

»Sie haben mir ein hübsches Rätsel aufgegeben«,

sagte Chouvron. »Beinahe hätte ich diese Nuss nicht geknackt.«

»Da Sie zufrieden wirken, konnten Sie den Code offenbar doch entziffern«, vermutete Lupin.

»Ja, in aller Bescheidenheit bin ich ein wenig stolz darauf. Die Arbeit hat mich eine ganze schlaflose Nacht gekostet.«

Der Meisterdieb zog ein Bündel Francs-Scheine hervor und drückte es dem Alten in die Hand.

»Das Honorar wird Sie für diese Unannehmlichkeiten hoffentlich entschädigen.«

Chouvron ließ das Geld schnell in der Tasche seiner Schürze verschwinden. Dann klappte er eine Mappe auf und überreichte Lupin feierlich einen Bogen Papier.

»Ich vermute, dass der Erfinder dieser Geheimschrift Engländer oder Amerikaner ist. Einige Begriffe musste ich mir zusammenreimen, weil es dafür in unserer Sprache keine direkte Entsprechung gibt. Und machen Sie bitte nicht mich dafür verantwortlich, wenn Ihnen dieser Text wahnwitzig erscheint. Die Geheimschrift lässt nur wenig Interpretationsspielraum, zumindest nicht bei der Kernaussage.«

Der Meisterdieb hielt das Blatt so, dass Natalie mitlesen konnte. Sie war es, die als Nächste das Wort ergriff.

»Das ist eine Anleitung zum Bau eines künstlichen Menschen.«

* * *

Für einen Moment herrscht Stille in dem kleinen geheimnisvoll wirkenden Raum unter der Erde.

»Ich bin anderer Meinung«, sagte Lupin. »Mithilfe dieses Plans soll kein neues Wesen erschaffen, sondern ein bereits vorhandener Mensch unsterblich gemacht werden.«

»Mir ist der Unterschied nicht ganz klar«, gab Natalie zu.

Der Alte mischte sich in ihr Zwiegespräch ein.

»Wenn Sie mir eine Bemerkung gestatten: Hier geht es nicht um die Konstruktion eines Menschen aus Leichenteilen, wie es beispielsweise in diesem Roman von Mary Shelley geschah.«

»Sie meinen das Buch *Frankenstein oder der neue Prometheus*«, stellte Lupin klar.

»Ich habe die Schauergeschichte ebenfalls gelesen«, sagte Natalie. »Abgesehen davon, dass es sich um ein Fantasieprodukt handelt – dieser Viktor Frankenstein wurde als ein Wissenschaftler beschrieben. Der Mann, von dem ich dieses Dokument bekam, machte auf mich keinen sehr durchgeistigten Eindruck.«

»Man kann sich in den Menschen täuschen«, meinte der Meisterdieb.

»Ich habe von Ihnen etwas mehr erwartet als banale Kalendersprüche«, gab Natalie kess zurück. Lupin schenkte ihr ein Lächeln.

»Seien Sie vorsichtig«, warnte der Alte. »Ich habe im Lauf der Jahre schon viele geheime Botschaften dechiffriert. Auf mein Bauchgefühl kann ich mich verlassen, wenn ich das so unbescheiden sagen darf. Es liegt etwas zutiefst Unnatürliches und Böses in diesen wenigen Zeilen. Bestenfalls wurden sie von einem armen Irren verfasst.«

»Und schlimmstenfalls?«, hakte der Meisterdieb nach.

»Schlimmstenfalls von einem verkannten Genie, das die Büchse der Pandora geöffnet hat. Niemand ist so gefährlich wie ein Mensch, der die Unsterblichkeit erlangen will.«

»Ein wahres Wort, gelassen ausgesprochen«, gab Lupin zurück. »Haben Sie nochmals großen Dank für Ihre Mühe.«

»Ich werde mich jetzt wieder meinen Uhren widmen. Sie verfügen über eine Mechanik, die ich kenne und beherrsche. Vom menschlichen Körper und Geist kann ich das leider nicht behaupten.«

Natalie atmete tief durch, als sie wenig später zusammen mit dem Meisterdieb auf dem Bürgersteig vor der Uhrmacherwerkstatt stand. Sie hakte sich bei Lupin ein.

»Ich kann immer noch nicht glauben, dass dieser stumpfsinnige Amerikaner das Geheimdokument bei sich trug. Sie hätten den Kerl, der sich Miller nannte, erleben müssen, Lupin! Er schien kaum bis drei zählen zu können.«

Der Meisterdieb hob die Schultern.

»Er war gewiss im Umgang mit Damen nicht so gewandt. Möglicherweise hatten Sie es mit einem Stubenhocker zu tun, der sich in eine absurde Theorie vertieft hat und am Ende selbst daran glaubte.«

»Also glauben Sie nicht, dass diese Handlungsanweisung funktionieren kann?«

»Ich bin kein Ingenieur«, betonte Lupin. »Im Kern scheint es darum zu gehen, dass lebenswichtige Organe nach und nach durch mechanische Konstruktionen ersetzt werden. Mir ist nicht klar, wie das funktionieren soll. Zur Umsetzung dieses Plans benötigt man jedenfalls hochspezialisierte Fachleute.«

»Es ist beruhigend, dass nicht jeder x-beliebige Klempner einen unsterblichen Menschen zusammenschrauben kann«, erwiderte Natalie trocken. Lupin wollte auf ihre Bemerkung eingehen, doch in diesem Moment kam ein Zeitungsjunge um die Ecke.

»Extrablatt! Amerikaner stirbt bei Raubtier-Attacke im Hotel Ambassador! Grauenhafte Bluttat mitten in der Hauptstadt! Extrablatt!«

Lupin spürte, dass die Witwe unruhig wurde.

»Haben Sie diesen Mann dort ... getroffen, Madame Noir?«

»So ist es.«

Der Meisterdieb winkte den kleinen Schmutzfink heran, kaufte eine Sonderausgabe und gab dem Jungen ein Trinkgeld. Lupin und seine Begleiterin ließen sich auf einer nahe gelegenen Café-Terrasse nieder und bestellten sich zwei Tassen Mokka. Die Witwe schaute Lupin über die Schulter, während er die Zeitung aufschlug. Natalie rümpfte die Nase.

»*Wie aus gut unterrichteten Kreisen verlautet* – wenn ein Satz mit diesen Worten beginnt, vergeht mir schon die Lust am Weiterlesen. Wahrscheinlich hat der Sensationsreporter einen Schuhputzer oder den Hausdiener vom Hotel Ambassador ausgequetscht!«

»Möglich, aber solche Leute bekommen oft mehr mit als der Geschäftsführer, Teuerste. Immerhin ist es dem Journalisten gelungen, den wahren Namen von Ihrem Mr. Miller herauszubekommen, auch wenn er ihn als *Bill J.* abkürzen musste.«

»Schön, aber was nützt uns das?«

Lupin antwortete nicht sofort. Stattdessen überflog er die blutrünstige Schilderung des Ermordeten. Er konnte sich nicht vorstellen, dass die Polizei den Reporter zu der Leiche gelassen hatte. Entweder hatte der Zeitungsschreiber eine blühende Fantasie oder sein Artikel enthielt zumindest einen wahren Kern. Ob es wirklich ein Tier war, das den von Natalie bestohlenen Amerikaner niedergemetzelt hatte? Sicher, das war eine Möglichkeit.

Aus Lupins Sicht war auch eine andere Variante denkbar.

Der oder die Mörder des Amerikaners hatten versucht, den Geheimplan an sich zu bringen. Das war ihnen logischerweise nicht gelungen. Doch sie würden gewiss nicht so schnell aufgeben. Und das ließ nur eine Schlussfolgerung zu: Die Schurken würden nun hinter der Witwe her sein. Und es waren Kerle, die buchstäblich über Leichen gingen.

10

Barnabas setzte sein attraktives Äußeres perfekt ein, um Informationen zu sammeln. Er horchte einige Zimmermädchen im Hotel Ambassador aus. Der Handlanger des Obersten erfuhr auf diese Weise, dass der Amerikaner von einer tief verschleierten Witwe in seine Suite begleitet wurde. Er berichtete sofort seinem Herrn und Meister davon.

Agares presste seine schmalen Lippen aufeinander.

»Nun, bei einer Trauernden mit Schleier können wir natürlich nicht auf eine brauchbare Personenbeschreibung hoffen«, sagte er. »Die Frage lautet, ob wir es mit einer echten Witwe oder mit einer verkleideten Hure zu tun haben.«

»Warum ist das von Belang, Herr Oberst?«

»Wissen Sie, wie viele Nutten es in Paris gibt?«

»Es müssen Tausende sein.«

»Zehntausende trifft es eher«, grollte Agares. »Wir würden nach ihr suchen wie nach einer Nadel im Heuhaufen. Andererseits gibt es Kavaliere, die keinen Wert auf eine professionelle Liebesdienerin legen. Sie haben spezielle Vorlieben.«

Agares bemerkte das verständnislose Gesicht seines Assistenten. Nachsicht war ihm fremd. Trotzdem akzeptierte er, dass Barnabas weitaus weniger Lebenserfahrung besaß als er selbst.

»Wenn so ein Kerl beispielsweise eine Witwe besteigen will, dann gibt er sich nicht mit einer verkleideten Hure zufrieden«, erklärte der Oberst. »Er sucht sich eine Frau, die tatsächlich vor Kurzem ihren Ehemann verloren hat. Und es gibt Kuppler, die sich auf solche Perversionen spezialisiert haben.«

»Wir müssen also einen solchen Mittelsmann auftreiben?«, vergewisserte Barnabas sich. »Und wenn wir ihn zum Reden bringen, führt er uns zu der Diebin des Konstruktionsplans.«

»Jetzt haben Sie es endlich kapiert«, sagte der Oberst. »Es ist höchst unwahrscheinlich, dass dieses Miststück in Trauerkleidung etwas mit dem Dokument anfangen kann. Trotzdem möchte ich kein Risiko eingehen.«

»Ich könnte mich als Kunde ausgeben, der ebenfalls Interesse an verwitweten Damen hat«, schlug der Handlanger vor.

Agares schüttelte den Kopf.

»Das ist zu naheliegend, diese Leute sind äußerst vorsichtig. Dennoch ist Ihre Überlegung im Kern brauchbar. Denken Sie sich einfach eine andere Vorliebe aus.«

»Wie wäre es, wenn ich Interesse an einem Liebesabenteuer mit einer einbeinigen Flämin zeigte?«

»Meinetwegen«, knurrte der Oberst. »Machen Sie sich an die Arbeit, ich bezahle Sie nicht fürs Däumchen drehen!«

Barnabas eilte davon und ließ Agares in dessen weitläufiger Stadtwohnung allein. Der Offizier hatte die Räumlichkeiten im fünften Pariser Arrondissement geerbt. Neben anderen Liegenschaften sowie mehreren Firmenbeteiligungen verfügte er über ein beträchtliches Privatvermögen. Er war ein Mann, der ein Leben ohne finanzielle Sorgen führen konnte.

Nur den Tod musste er fürchten.

Agares lehnte sich in seinem Sessel zurück und nippte an dem Tee, den er höchstpersönlich gekocht hatte. Außer einer taubstummen Zugehfrau hatte er kein Personal, von Barnabas einmal abgesehen. Je weniger Mitwisser seiner schändlichen Taten es gab, desto besser war es für ihn. Was hinter den Mauern seiner Behausung geschah, ging niemanden etwas an.

Der Oberst musste sich jetzt um zwei Dinge gleichzeitig kümmern. Die größte Priorität hatte natürlich der Plan zur Erlangung von Unsterblichkeit. Einen Moment lang überlegte Agares, ob es nicht ein Fehler gewesen war, Jamesons Leiche im Hotel zurückzulassen. Doch er war geneigt, diese Frage zu verneinen. Der Abtransport des stark blutenden Körpers am helllichten Tag hätte ein unkalkulierbares Risiko dargestellt. Es wäre allenfalls sinnvoll gewesen, Jameson am Leben zu lassen und dann später als Versuchsperson für seine eigene Unsterblichkeitsformel zu verwenden. Der Plan sah nämlich nicht vor, einen Toten zum Leben zu erwecken, sondern einen Menschen mit Herzschlag und Gehirnfunktion bis in alle Ewigkeit frisch zu erhalten.

Nein, der Amerikaner war nicht mehr von Nutzen.

Doch wenn Jameson nun bei der Niederschrift seiner Formel einen Fehler gemacht hatte ...?!

Agares presste seine schmalen Lippen aufeinander. Falls das wirklich der Fall sein sollte, wurde sein zweites Vorhaben umso wichtiger: die Beseitigung der Diebin!

Falls diese hinterlistige Schlange nicht völlig verblödet war, würde sie die Wichtigkeit eines Geheimschrift-Dokuments erkannt haben. Und wenn die Frau sich nicht als ein Dechiffrier-Genie erweisen sollte, würde sie einen Spezialisten benötigen, um die Bedeutung der Worte herauszufinden.

Von der Sorte sollte es selbst in einer Stadt wie Paris nicht allzu viele geben. Falls also Barnabas bei der Suche nach dem Kuppler versagen sollte, gab es noch eine weitere Möglichkeit. Darüber wunderte der Oberst sich nicht. Es gab immer mehrere Optionen, wenn man nur mit offenen Augen durch die Welt marschierte.

Und zumindest der Tod war stets eine Möglichkeit, die Agares verlockend erschien. Jedenfalls, wenn es um das blutige Ende anderer Menschen ging.

Der Oberst vertiefte sich in die Lektüre des Bauplans. Er würde einige Spezialisten benötigen, die verschiedene mechanische Teile herstellen konnten. Darin sah Agares keine Gefahr, denn keinem von ihnen würde er das Gesamtprojekt unter die Nase reiben. Und außerdem konnte man diese Leute immer noch zum Schweigen bringen, sobald sie ihre Schuldigkeit getan hatten.

Die Stunden vergingen wie im Flug, während Barnabas vermutlich auf der Jagd nach dem Kuppler durch ganz Paris hetzte. Der Oberst vergaß Raum und Zeit um sich herum, bis ihn plötzlich ein leises Geräusch aufschrecken ließ.

Es kam nicht von der Eingangstür her, durch die sein Assistent zurückkehren würde. Vielmehr war ein Fenster im Schlafzimmer von außen geöffnet worden. Das Knarren der Scharniere war unverkennbar. Der Oberst wusste, was das zu bedeuten hatte.

Er war nicht mehr allein in seiner Wohnung.

11

Inspektor Pollard war ein Mann, dem nichts Menschliches fremd war. Daher hatte er seinem Assistenten gestattet, sich in der Herrentoilette der Hotelbar seines Mageninhalts zu entledigen. Danach bestand der Inspektor darauf, dass Marrac einen doppelten Cognac trank. Der Sergeant gehorchte, obwohl der Genuss geistiger Getränke während der Dienstzeit den Pariser Polizisten nicht gestattet war. Doch einer direkten Anweisung seines Vorgesetzten konnte er sich schlecht widersetzen.

Und Pollard bemerkte am dankbaren Blick seines jungen Untergebenen, dass diese Maßnahme die einzig richtige gewesen war. Marracs Ohren schienen zu glühen. Doch er folgte seinem Chef, der an den grausigen Tatort zurückkehrte. Immerhin war die Leiche inzwischen zum gerichtsmedizinischen Institut geschafft worden.

»Kein Mord geschieht ohne ein überzeugendes Motiv, mein guter Marrac«, dozierte der Inspektor. »Die einzige Ausnahme stellen jene armen Irren dar, die von einem unkontrollierbaren inneren Mordtrieb besessen sind. Wenn jemand einem solchen Verrückten zum Opfer fällt, ist das Verbrechen genauso unvorhersehbar und unkalkulierbar wie beispielsweise ein Blitzeinschlag.«

Der junge Kriminalist kam aus dem Kopfschütteln nicht heraus.

»Ich bin der festen Überzeugung, dass nur ein Geisteskranker eine solche Bluttat begangen haben kann.«

Marrac deutete auf die eingetrockneten Blutspuren auf dem teuren Teppich. Pollard hob den rechten Zeigefinger.

»Da würde ich Ihnen nicht widersprechen, mein Bester. Doch in diesem Fall handelt es sich um einen Verrückten mit einem Motiv.«

»Woher wissen Sie das?«

»Nun, wir sind hier, um das herauszufinden.«

Während des Wortwechsels zwischen den beiden so unterschiedlichen Männern hatte Pollard bereits damit begonnen, das Hotelzimmer akribisch zu durchsuchen. In der Reisetasche fand sich ein kleines abgegriffenes Notizbuch. Der Inspektor blätterte darin. Schließlich stieß er einen lang gezogenen Pfiff aus.

»Das ist interessant!«

Marrac schob seinen knochigen Schädel nach vorne.

»Was denn, Herr Inspektor?«

»Die meisten Einträge in diesem Büchlein beziehen sich auf Dinge in der amerikanischen Heimat des Opfers – Gedächtnisstützen, Erinnerungen und so weiter. Doch hier taucht ein französischer Name auf, der mir etwas sagt: Eugene Chalandon.«

»Wer soll das sein?«

»Sie kennen die Kanaille nicht, weil Sie noch nicht so lange im Geschäft sind«, sagte Pollard väterlich. Er fügte erklärend hinzu: »Chalandon ist ein übler Geselle, der seit vielen Jahren als Kuppler sein Unwesen treibt. Leider kann man ihm niemals etwas nachweisen, da kein Mensch gegen ihn Strafanzeige erstattet. Und falls es doch mal zu einer Anklage kommt, dann findet sich immer wieder ein Strohmann, der die Schuld auf sich nimmt und anstelle von Chalandon ins Zuchthaus geht.«

»Vermutlich gegen eine fürstliche Bezahlung.«

»Sie sagen es, Marrac. – Warum taucht der Name Chalandon in diesem Notizbuch auf? Der Kuppler gilt als ein Spezialist für die Erfüllung besonders ausgefallener erotischer Wünsche. Das Mordopfer könnte ihn also kontaktiert haben, um Damenbekanntschaften zu machen.«

»Jameson wurde von mehreren Hotelangestellten in Gesellschaft einer Witwe gesehen!«, rief der Sergeant eifrig. »Ob es sich bei ihr um die Mörderin handelt?«

»Wir gehen zu Chalandon und klopfen kräftig auf den Busch!«, entschied Pollard. »Und wir geben uns nicht mit faulen Ausreden zufrieden, darauf können Sie wetten! Bisher hatte dieses Subjekt es stets nur mit den Kollegen vom Sittendezernat zu tun. Er wird feststellen, dass wir Mordermittler aus einem anderen Holz geschnitzt sind.«

Marrac nickte grimmig. Der Inspektor fand nicht, dass sein Assistent besonders furchteinflößend wirkte. Aber man musste sich mit dem begnügen, was einem zur Verfügung stand. Allerdings wollte Pollard die Durchsuchung des Zimmers abschließen, bevor er sich den Kuppler vorknöpfte.

Und er machte wenig später einen weiteren interessanten Fund.

»Schauen Sie sich diesen Schreibblock mit Hotel-Briefpapier an, Sergeant! Jemand hat das darüber befindliche Blatt offensichtlich eng beschrieben und dabei kräftig aufgedrückt. Mit etwas Geschick sollte es uns gelingen, die Worte zu rekonstruieren.«

»Glauben Sie, dass die Mörderin das Opfer zum Abfassen eines Briefs gezwungen hat, Herr Inspektor?«

Glauben können Sie in der Kathedrale Notre-Dame, wir halten uns an Fakten! Diesen Satz hätte Pollard seinem Assistenten am liebsten an den Kopf geworfen, doch Selbstbeherrschung gehörte zu seinen stärksten Charaktereigenschaften. Außerdem war er sicher, auf einen entscheidenden Hinweis zur Aufklärung dieses Mordes gestoßen zu sein. Der Inspektor freute sich schon darauf, später in aller Ruhe im Präsidium den Sinn der Worte auf dem Schreibblock zu entschlüsseln. Die weitere Durchsuchung verlief ohne zusätzliche Ergebnisse.

»Lassen Sie uns Chalandon die Hölle heißmachen!«, entschied Pollard.

12

Joseph glitt lautlos durch das Fenster, das er soeben aufgehebelt hatte. Er nickte seiner Komplizin zu, die sich Maria nannte. Sie wartete draußen, um Schmiere zu stehen und seinen Rückweg zu sichern. Falls sich ein Flic oder ein Wachmann näherte, würde sie den Gesetzeshüter ablenken und gleichzeitig Joseph warnen. Das tat sie stets, indem sie aus voller Brust und lautstark ein Chanson zu schmettern begann. Sie wurde stets für eine naive Landpomeranze gehalten, die keine Hemmungen hatte, auf der Straße zu singen. Bei den bisherigen Raubzügen war sie niemals in den Verdacht geraten, mit Joseph unter einer Decke zu stecken.

Der Einbrecher verharrte einen Moment, nachdem er in das Gebäude eingedrungen war. Wie ein Jagdhund nahm er Witterung auf.

Es war stets riskant, tagsüber ein fremdes Haus zu betreten. Doch Joseph hatte sich sorgfältig vorbereitet. Er wusste, dass hier ein reicher alter Junggeselle lebte, der meist auf Reisen war. Während in den Armenvierteln von Paris eine ganze achtköpfige Familie in einem winzigen feuchten Zimmer hausen musste, hatte dieser Geldsack ein ganzes Stockwerk in bester Lage für sich allein. Nach Josephs Ansicht war es daher nur gerecht, wenn er um einen Teil seines Besitzes erleichtert wurde. Dennoch wäre der Einbrecher nicht auf den Gedanken gekommen, seine Beute in der Tradition des legendären Robin Hood mit Bedürftigen zu teilen. Ihm reichte es, wenn seine Gefährtin Maria und er selbst ihr Auskommen hatten.

Auskommen?

Joseph musste grinsen, als er sich dieses Wort innerlich auf der Zunge zergehen ließ. Der heutige Raubzug würde ihnen garantiert mindestens ein Jahr süßes Nichtstun in Saus und Braus ermöglichen. Er kannte diese alten Hagestolze. Vermutlich traute der Wohnungsbesitzer den Banken nicht und hatte zumindest einen Teil seines Vermögens hier versteckt. Eventuell sogar unter der Matratze.

Der Einbrecher befand sich im Schlafzimmer. Das Junggesellenbett war mit einer langweilig gemusterten Tagesdecke versehen. Auf dem Nachtschrank lag ein Buch. Joseph warf einen Blick auf den Schutzumschlag.

Es handelte sich um den ersten Band der Memoiren des Marquis de Sade.

Der Einbrecher grinste breit. Natürlich wusste er, worum es sich dabei handelte, obwohl sich sein Interesse an Literatur ansonsten in Grenzen hielt. Der Besitzer dieser luxuriösen Wohnung war also kein Betbruder, jedenfalls nicht tief in seinem Inneren. Doch Joseph interessierte sich nicht wirklich für die Moral dieses Mannes, sondern nur für dessen Vermögen.

Mit routinierten Bewegungen riss er die Laken von der Matratze, warf sie zur Seite und machte sich auf die Suche nach dem versteckten Geld. Der Einbrecher vertiefte sich so in seine Tätigkeit, dass er die Gefahr zu spät bemerkte. Maria sollte ihn vor Gefahren von draußen warnen, doch Joseph musste auf die Bedrohungen aus dem Inneren der Wohnung selbst achten.

Was er nicht getan hatte.

Der Eindringling erkannte seinen Fehler erst, als ihn ein fürchterlicher Stoß an der Brust traf und er einige Schritte zurücktaumelte. Joseph biss sich auf die Unterlippe. Der Verbrecher war über sich selbst verärgert, weil er sich hatte überrumpeln lassen.

Seinen Widersacher sah er hingegen nicht als einen ernst zu nehmenden Kontrahenten an. Der Wohnungsbesitzer war alt, klein und erinnerte an eine lebende Leiche. Joseph hatte jedenfalls nicht vor, sich diesem Mann zu ergeben und den Flics übergeben zu lassen.

Der Einbrecher zog einen mit Leder bezogenen Totschläger aus der Tasche, um den Alten damit zu attackieren. Dazu kam es nicht mehr. Während Joseph die Waffe noch hob, zerschmetterte der Alte mit einem gezielten Tritt seine linke Kniescheibe. Der Schmerz war überwältigend. Der Ganove kam sich vor, als ob er von einer großen roten und warmen Schmerzwelle überrollt wurde. Sein Atem stockte und trotz der fürchterlichen Pein bekam er nur einen leisen, röchelnden Laut heraus.

Der Alte ließ seine Schuhspitze noch einmal gegen das bereits verletzte Knie schnellen. Joseph ging zu Boden. Er spürte, dass sein Kreislauf versagte. Die Welt schien sich schneller zu drehen. Der Einbrecher ahnte, dass er kurz vor einer Ohnmacht stand.

Das durfte nicht geschehen! Er musste unbedingt aus diesem Höllenloch entkommen. Marie war hilflos ohne ihn, sie würde zu einer willkommenen Beute für die zahlreichen Dreckskerle dieser Stadt werden. Was sollte mit ihr geschehen, wenn er, Joseph, sie nicht mehr beschützen konnte?

Er versuchte, sich vom Boden zu erheben. Doch sein Knie war momentan nicht mehr zu gebrauchen. Und der Alte stoppte ihn, indem er seine Schuhsohle gegen Josephs Hals drückte.

»Wenn du weiterhin so zappelst, zerquetsche ich deine Kehle.«

»W-was wollen Sie?«

Der Einbrecher fühlte sich dumm, als er diese Frage stellte. Er ahnte nun, dass es ein großer Fehler gewesen war, hier einzusteigen. Und Joseph fragte sich ernsthaft, ob er hier mit heiler Haut wieder herauskommen würde.

»Glaubst du an die Macht des Schicksals?«

Joseph wusste nicht, was er von dieser Frage halten sollte. Sein Gehirn arbeitete fieberhaft an einer Lösung. Wie sollte er seiner scheinbar ausweglosen Lage entkommen? Natürlich stieg er nicht unbewaffnet in fremde Häuser ein. Sein bewährter Schlagring aus Kupfer befand sich in seiner linken Hosentasche. Doch wie sollte er die Waffe in die Hand bekommen, ohne dass der Alte ihn vorher erledigte?

Es war, als ob er durch seine Überlegungen das Unglück erst recht heraufbeschworen hätte.

»Du wirst jetzt deine Taschen ausleeren!«, befahl der Wohnungsbesitzer.

Als der Einbrecher zögerte, senkte der Alte seinen Fuß noch etwas stärker. Joseph bekam kaum noch Luft. Er befolgte die Anweisung. Neben seinem Schnupftuch, der Tabaksdose, einem Taschenmesser und einem Medaillon gegen den bösen Blick landete auch der Totschläger auf dem weichen Teppich neben ihm.

Plötzlich nahm Josephs Widersacher seinen Fuß von dessen Hals.

»Steh auf, Kanaille.«

Das ließ der Einbrecher sich nicht zweimal sagen. Er rang nach Luft, kam vom Boden hoch und taumelte einige Schritte rückwärts. Ob Joseph diesen Widerling angreifen sollte? Er wollte es jedenfalls nicht auf sich sitzen lassen, so aufs Kreuz gelegt worden zu sein.

Mit einer Schnelligkeit, die er dem Alten niemals zugetraut hätte, bückte dieser sich und streifte den Schlagring über seine rechte Faust. Im nächsten Moment traf ein metallverstärkter Schlag das Gesicht des Einbrechers. Joseph bekam zum ersten Mal selbst zu spüren, wie sich die Waffe anfühlte.

Die Augen seines Gegners glitzerten, und die schmalen Lippen verzogen sich zu einem gemeinen Grinsen.

»Jetzt sind wir allein«, sagte der Alte, »und wir werden noch viel Spaß miteinander haben.«

Obwohl er jünger und vermutlich auch stärker als sein Peiniger war, wurde Joseph von großer Furcht gelähmt. Er war kein Heiliger, hatte den größten Teil seines Lebens als Gesetzloser verbracht. Doch ihm dämmerte, dass es Männer gab, die durch und durch böse waren.

Wenigstens wird Maria ungeschoren davonkommen!, dachte er.

Joseph hatte nicht bemerkt, dass seine Freundin die Ereignisse in stummem Entsetzen von draußen beobachtete.

❄ 13 ❄

Eugene Chalandon war offiziell kein Kuppler, sondern Briefmarkenhändler. Er besaß ein kleines Ladenlokal in der Rue d'Anjou. Chalandon legte großen Wert auf sein Äußeres. Als er nach seiner wohlverdienten Mittagspause zu seinem Geschäft zurückkehren wollte, sah er einen Schuhputzer, der an der Straßenecke seine Dienste anbot. Die Halbstiefel des Kupplers waren nicht so makellos, wie man es von einem gut situierten Pariser Bürger erwarten konnte. Daher überlegte er nicht lange und trat auf den Kerl mit dem verfilzten Vollbart zu.

Chalandon rümpfte die Nase. Die Kleidung dieses Subjekts war geflickt und abgetragen, doch sein Werkzeug befand sich in tadellosem Zustand. Auch die Schuhcreme schien von guter Qualität zu sein, dafür hatte Chalandon einen Blick. Der Putzer machte sich mit Bürste und Lappen eifrig ans Werk. Der Kuppler war in Plauderlaune. *Hochnäsigkeit ist schlecht fürs Geschäft,* so lautete eine seiner Lebensweisheiten. Chalandon hatte die Erfahrung gemacht, dass man sich auch mit Menschen aus den untersten Gesellschaftsschichten gut stellen sollte. Auch von ihnen konnte man Informationen aufschnappen, die sich in klingende Münze umsetzen ließen.

»Ich habe dich hier noch nie gesehen, mein Freund.«

»Paris ist groß, Monsieur«, entgegnete der Schuhputzer. »Ich kann meinem Gewerbe überall nachgehen.«

»Ja, das ist zweifellos ein Vorteil. Machen die Flics dir keinen Ärger?«

Der Mann hielt den Blick gesenkt und ging weiterhin seiner Arbeit nach, während er antwortete.

»Ich habe eine Erlaubnis vom Bürgermeisteramt.«

»Na, dann kann ja nichts mehr schiefgehen«, sagte Chalandon lachend. Plötzlich kam ihm eine Idee. Er fügte hinzu: »Willst du dir ein paar Francs dazuverdienen?«

Der Schuhputzer hob blinzelnd den Kopf. Sein bärtiges Gesicht nahm einen misstrauischen Ausdruck an.

»Ich bin kein Ganove, Monsieur.«

»Das behauptet ja auch niemand«, beschwichtigte der Kuppler. »Ich hatte nur gerade darüber nachgedacht, ob du gelegentlich von Kavalieren angesprochen wirst, die in Paris Damenbekanntschaften machen wollen.«

»Ja, aber ich kenne fast keine Frauen.«

Ist der dumm, dachte Chalandon. Er sagte: »Nun, das ist kein Problem. Ich selbst verfüge über ausgezeichnete Kontakte. Du müsstest mir die Herren nur diskret zuführen. Je vermögender diese Personen sind, desto lukrativer wird das Geschäft auch für dich sein.«

Der verständnislose Blick des Schuhputzers bewies dem Kuppler, dass er eine einfachere Sprache wählen musste.

»Je reicher der Kerl ist, den du mir anschleppst, desto mehr Geld gebe ich dir.«

Nun nickte der Bürstenschwinger begeistert.

»Es geht ausschließlich um Herren, die Frauen kennenlernen wollen«, schärfte Chalandon seinem neuen freien Mitarbeiter ein. »Knabenliebhaber interessieren mich nicht.«

Der Schuhputzer nickte.

»Ich verstehe, Monsieur. – So, ich bin fertig.«

Der Kuppler musste zugeben, dass seine Stiefel nun wieder so blinkten, als ob er sie gerade erst gekauft hätte. Dieser arme Teufel verstand zweifellos sein Handwerk. Wenn er nun auch noch ein paar gut betuchte Fremde mit erotischen Gelüsten auftrieb, hatte sich der Kontakt für ihn allemal gelohnt. Chalandon gab dem Schuhputzer ein gutes Trinkgeld, wofür dieser sich überschwänglich bedankte. Dann begab er sich zu seinem Briefmarkengeschäft und schloss die Tür auf. Angestellte hatte er nicht, denn im Prinzip war der Handel mit Postwertzeichen ja nur eine Tarnung für seine eigentlichen Aktivitäten. Da wäre jeder Mitwisser fehl am Platz gewesen.

Nur wenige Minuten, nachdem der Kuppler eingetreten war, läutete die Ladenglocke. Im ersten Moment dachte Chalandon, dass der Schuhputzer ihm gefolgt wäre. Doch das war ein Irrtum. Der Strolch trat ihm nicht noch einmal unter die Augen. Stattdessen bekam der Kuppler es mit einem außergewöhnlich gut aussehenden jungen Herrn in einem taubengrauen Anzug zu tun. Die Garderobe dieses Kunden war von modischem Schnitt und hatte gewiss einen stolzen Preis gekostet. Dieser Mann war kein Briefmarkenkunde, für so etwas hatte Chalandon ein Gespür.

Heute ist mein Glückstag, dachte er sich, als der junge Herr auf ihn zutrat.

»Womit kann ich dienen?«

Der Geck beantwortete die Frage, indem er einen Revolver zog und die Mündung auf Chalandons Brust richtete.

»Ich werde Sie jetzt zu einem Gespräch abholen. Sie sollten nicht den Fehler begehen, mich austricksen zu wollen. Seien Sie versichert, dass ich mit diesem Instrument umgehen kann.«

Obwohl der Kuppler nicht allzu oft mit einer Schusswaffe bedroht wurde, war er nur mäßig beunruhigt. Vermutlich hatte ein unzufriedener Lüstling diesen pomadisierten Lackaffen vorgeschickt, um Chalandon Angst einzujagen. Er würde sich zum Schein auf das Spiel einlassen und war sicher, dass er sich mit ein paar Plattitüden und Phrasen aus der Affäre ziehen konnte.

»Gut, lassen Sie uns gehen. Ich bin sicher, dass es sich um einen bedauerlichen Irrtum handelt.«

Mit diesen Worten kam der Kuppler hinter der Ladentheke hervor. Der Schönling filzte seine Taschen, dann stieß er ihn vor sich her. Chalandon war unbewaffnet gewesen.

»Wir gehen jetzt bis zur nächsten Straßenecke und halten eine Benzin-Droschke an«, befahl der Entführer. »Vergessen Sie dabei besser nicht, dass meine Waffe

auf Ihre Nierengegend gerichtet ist. Wenn Sie sich auffällig verhalten oder den Chauffeur warnen wollen,
dann schieße ich Sie nieder.«

❧ 14 ❧

Lupin beobachtete aus sicherer Entfernung, wie Chalandon von einem attraktiven jungen Mann entführt wurde. Für den unbedarften Beobachter sah es wahrscheinlich so aus, dass zwei Herren einfach nur gemeinsam die Straße entlanggingen.

Doch einem Arsène Lupin konnte man kein X für ein U vormachen.

Gerade weil er selbst ein Meister der Verstellung war, konnte er die Körpersprache der beiden Männer perfekt lesen. Der Kuppler hatte Angst. Sein Körper stand unter großer Anspannung, während sein Blick durch die Umgebung irrlichterte und nach einem Ausweg suchte. Er ging stocksteif und der Spazierstock in seiner Rechten zitterte leicht.

Sein unbekannter Begleiter fühlte sich hingegen als Herr der Lage. Er ging nur einen halben Schritt hinter Chalandon und schlenkerte dabei lässig mit dem linken Arm. Die rechte Hand hatte der Stutzer hingegen in der Tasche seines Jacketts verborgen. Die Ausbeulung zeugte davon, dass sich darin auch eine Schusswaffe befand.

Weder der Kuppler noch dessen Entführer hatten Lupin bisher bemerkt. Der Meisterdieb trug inzwischen nicht mehr die Lumpen, in die er sich für seine Rolle als Schuhputzer gehüllt hatte. In einer dunklen Ecke eines Hinterhofs hatte Lupin diese Verkleidung gegen seine jetzige Montur vertauscht. Er war nun ein biederer Kleinbürger in einem billigen, aber sauberen Anzug. Lupin schaffte es, einen Hauch von Provinzialität zu verbreiten. Sollte er angesprochen werden, dann würde er mit einem ländlichen Dialekt reden. Das war oftmals die beste Tarnung.

Lupin war überzeugt davon, dass dieser Schönling entweder Jamesons Mörder war oder zumindest mit dem Täter unter einer Decke steckte. Und er konnte sich lebhaft vorstellen, aus welchem Grund Chalandon jetzt verschleppt wurde. Der Kuppler sollte zum Reden gebracht werden, um an Natalie heranzukommen. Das wollte Lupin natürlich um jeden Preis verhindern.

Doch dafür musste er in Erfahrung bringen, mit wem er es zu tun hatte.

Die beiden durften ihm auf keinen Fall entkommen. Das ungleiche Duo stand nun an der Ecke Rue Clément Marot und Avenue Montaigne. Es war offensichtlich, dass sie nach einer Benzin-Droschke Ausschau hielten. Lupin wunderte sich darüber, dass Chalandon keinen Fluchtversuch unternahm. Der breite Bürgersteig war belebt, der Verkehr auf der Kreuzung wurde von einem Flic geregelt. Der Kuppler hätte einfach loslaufen und in der Menge verschwinden können. Sein Entführer wäre nicht ganz bei Trost gewesen, wenn er in dieser Situation geschossen hätte. Abgesehen davon, dass er Chalandon lebend brauchte. Aber der Kuppler war vielleicht zu eingeschüchtert, um solche Überlegungen anzustellen.

Lupin befand sich nur noch einen Steinwurf weit von den beiden entfernt, als ein Taxi hielt. Der Meisterdieb unterdrückte einen Fluch. Jetzt galt es, einen kühlen Kopf zu bewahren. Die Männer stiegen ein und das Gefährt setzte sich knatternd wieder in Bewegung. Lupin blickte dem Automobil hinterher, das nun Richtung Champs-Élysées fuhr.

Hufgeklapper ertönte, eine Droschke näherte sich. Der Meisterdieb gab dem Kutscher ein Zeichen, der daraufhin seine Gespannpferde zügelte. Lupin öffnete den Wagenschlag und ließ sich in die Polster fallen.

»Sie kommen wie gerufen«, sagte er. »Folgen Sie bitte dem Autotaxi dort!«

Lupin deutete auf die Rückseite des Fahrzeugs, das sich weiter entfernte. Der Kutscher drehte sich zu dem Meisterdieb um. Er verströmte einen starken Geruch nach billigem Rotwein.

»Nichts lieber als das, Monsieur! Ich werde Ihnen beweisen, dass meine treuen Zossen es mit dieser neumodischen Stinkekiste allemal aufnehmen können!«

Er unterstrich seine Worte, indem er die Peitsche knallen ließ. Die Pferde setzten sich erschrocken wiehernd in Bewegung. Der Kutscher schob seinen Zylinderhut in den Nacken und beugte sich vor, wobei er die Zügel straff hielt. Zunächst kam es Lupin so vor, als ob die Aufholjagd sinnlos wäre. Das Automobil war schneller als die Droschke. Doch der Meisterdieb hatte offenbar die Fähigkeiten des weinseligen Kutschers unterschätzt. Der Kerl lenkte sein Gefährt mit traumwandlerischer Sicherheit durch den dichten Pariser Straßenverkehr. Das Motor-Taxi musste abbremsen, weil sich die Fahrzeuge auf Höhe des norwegischen Konsulats stauten. Es gelang dem Kutscher, noch näher an das Automobil heranzukommen. Erneut drehte er sich zu seinem Passagier um.

»Was wollen Sie denn von den Leuten, Monsieur? Sind Sie ein Detektiv oder ein Polizist?«

»Weder das eine noch das andere«, erwiderte Lupin. »Sie haben den berühmten Verbrecher Arsène Lupin vor sich, verkleidet als Biedermann aus der Provinz.«

Der Kutscher lachte dröhnend.

»So sehen Sie aus, Monsieur! Halten Sie mich ruhig zum Narren, ich alter Esel habe es nicht besser verdient. Weshalb muss ich mich auch in Ihre Angelegenheiten mischen. Das geht mich ja alles gar nichts an.«

»Im Vertrauen gesagt geht es um eine Erbschaftsangelegenheit«, behauptete Lupin. »Die beiden Herren in dem Taxi sind entfernte Familienmitglieder, die mich hintergehen wollen.«

Dieser Erklärung schien dem Mann auf dem Kutschbock einzuleuchten.

»Ja, Freunde kann man sich aussuchen, Verwandte nicht«, philosophierte er. »Es ist gut, dass Sie den schrägen Vögeln auf den Fersen bleiben. Sind Sie deshalb nach Paris gekommen? Man hört sofort, dass Sie nicht von hier stammen.«

»Ja, ich will das Erbe meines lieben Großonkels nicht diesen Leichenfledderern überlassen«, behauptete

Lupin. Er hörte sich so empört an, als ob er wirklich von den Männern im Taxi übervorteilt werden sollte.

Auf der breiten Prachtstraße Champs-Élysées konnte der Chauffeur des Motorfahrzeugs den Abstand zu der Kutsche wieder vergrößern. Doch für den Kutscher ging es inzwischen scheinbar um seine Berufsehre.

»Das wäre ja gelacht, wenn ich mich von diesem Blechhaufen abhängen ließe! Die Kanaille an dem Lenkrad muss nur an irgendwelchen Hebeln ziehen. Aber ich habe Pferdeverstand, ich weiß, wie meine beiden Lieblinge am besten laufen. Und diese Stadt kenne ich wie meine Westentasche. Ich wurde mit Seine-Wasser getauft, Monsieur. Es gibt keine Straße und keine Gasse in der Hauptstadt, die mir unbekannt wäre.«

Der Kutscher nahm zwischendurch immer mal wieder einen Schluck aus der offenen Weinflasche, um sich zu stärken. Die Verfolgungsjagd ging noch eine Weile durch die inneren Bezirke von Paris, bis das Taxi schließlich vor einem luxuriösen Wohngebäude im fünften Arrondissement hielt. Die beiden Passagiere stiegen aus.

Die Pferdedroschke kam ebenfalls zum Stehen und Lupin bezahlte den Kutscher. Das großzügige Trinkgeld ließ die Augen des Mannes leuchten.

»Ich wünsche Ihnen Glück!«, trompetete er.

»Das kann ich brauchen«, murmelte der Meisterdieb, während er sich dem Haus von der Schmalseite aus näherte.

❊ 15 ❊

Als Inspektor Pollard und Sergeant Marrac das Briefmarkengeschäft von Chalandon betraten, herrschte dort gähnende Leere.

»Vielleicht ist der Herr im Hinterzimmer«, mutmaßte der junge Assistent.

»Ja, möglicherweise«, murmelte Pollard. Doch der erfahrene Kriminalist spürte, dass hier etwas nicht in Ordnung war. Eigentlich kam es in seinem Beruf auf Fakten und logische Schlussfolgerungen an. Die Erfahrung hatte ihn allerdings gelehrt, dass er sich auf sein Bauchgefühl verlassen konnte.

»Hätten Sie die Güte, sich die übrigen Räume anzuschauen?«, flötete der Inspektor. Er kam sich jedes Mal kreuzdämlich vor, wenn er vor diesem Bengel schleimte. Aber Pollard konnte es sich einfach nicht leisten, beim Polizeipräfekten in Ungnade zu fallen.

Marrac nickte, eilte an der Verkaufstheke vorbei und verschwand aus Pollards Gesichtsfeld. Der Kriminalist betrachtete nachdenklich die unter Glas liegenden wertvollen Postwertzeichen. Auf den ersten Blick schien nichts gestohlen worden zu sein, aber ein solcher Eindruck konnte auch täuschen. Pollard begab sich nun hinter den hölzernen Tresen und öffnete die Registrierkasse. Sie enthielt eine Menge von Francs-Banknoten in unterschiedlichen Stückelungen, Kleingeld war ebenfalls vorhanden.

»Ein Raubüberfall hat hier gewiss nicht stattgefunden«, sagte er laut zu sich selbst. Ein schlurfendes Geräusch deutete darauf hin, dass Pollards Assistent zurückgekehrt war. Der Inspektor drehte sich zu dem Sergeanten um.

»Nun, mein guter Marrac? Was haben Sie herausgefunden?«

»Chalandon ist fort, Herr Inspektor. Hier gibt es ein Hinterzimmer, das als Kontor dient, außerdem eine Toilette und einen kleinen Lagerraum. Der Kuppler ist verschwunden.«

Pollard zeigte auf den Kleiderständer in der hinteren linken Ecke des Ladenlokals.

»Chalandon könnte einfach ausgegangen sein, zumindest fehlen sein Hut und sein Mantel. Aber hätte er dann nicht sein Geschäft abgeschlossen?«

Der junge Ermittler zuckte mit den Schultern.

»Vielleicht hat er es einfach vergessen.«

»Das wäre eine Möglichkeit. Aber achten Sie bitte einmal auf die Fußspuren, mein Bester.«

Der Inspektor deutete auf den gefliesten Fußboden. Dort waren Abdrücke von Stiefeln zu erkennen, wenn auch leicht verwischt. Es hatte vor einer Stunde geregnet, daher trug jeder, der den Laden betrat, den feuchten Pariser Straßenschmutz mit hinein. Das traf natürlich auch auf die beiden Kriminalbeamten zu. Pollard hatte allerdings darauf geachtet, wo Marrac und er selbst entlanggegangen waren. Er zeigte auf Spuren, die nicht von ihnen stammten.

»Schauen Sie bitte genau hin, Marrac. Hier ist ein Mann hereingekommen, dann ein zweiter. Womöglich kurz hintereinander, darüber können wir nur spekulieren. Auf jeden Fall haben sie einander gegenübergestanden. Dann haben sie gemeinsam das Ladenlokal wieder verlassen, sehen Sie?«

Marrac hatte sich vorgebeugt. Jetzt drehte er seinen knochigen Schädel zum Inspektor und starrte ihn mit unverhohlener Bewunderung an.

Der Kleine ist wirklich leicht zu beeindrucken, dachte Pollard. Er unterdrückte das süffisante Lächeln, das sich auf seinen Lippen auszubreiten drohte.

»Sie meinen – Chalandon könnte entführt worden sein, Herr Inspektor?«

»Das ist zumindest eine Möglichkeit, die wir in Betracht ziehen sollten. Ich schlage vor, dass wir in der Umgebung nach Zeugen Ausschau halten. Aber zunächst möchte ich die Gelegenheit nutzen, mich hier noch genauer umzuschauen.«

»Vielleicht können wir dem Kerl seine Kupplertätigkeit nachweisen!«, erwiderte Marrac hoffnungsvoll.

»Genau das ist meine Absicht«, gab Pollard zurück.

Er ging nun selbst in das Hinterzimmer, wo Chalandon auf den ersten Blick einfach nur die Buchführung für sein Briefmarkengeschäft machte. Pollard schaute sich in dem Raum um, der außer einem Schreibtisch nur einen Aktenbock, einen Schirmständer, einen Lehnstuhl sowie eine Kommode enthielt. Der Inspektor benötigte nicht lange, um die Dokumente zu durchsuchen. Hier deutete nichts auf eine illegale Tätigkeit hin. Oder waren die langen Zahlenkolonnen der doppelten Buchführung ein ausgeklügeltes Geheimsystem, das aufwändig dechiffriert werden musste?

Diese Möglichkeit kam dem Ermittler höchst unwahrscheinlich vor. Er versuchte, sich in den Kuppler hineinzuversetzen. Chalandon musste über ein gewisses Repertoire an Damen verfügen, die er seinen Kunden anbieten konnte. Es wäre sehr umständlich, wenn er bei jeder Anfrage erst seine eigenen Informationen entschlüsseln müsste.

Pollard kniete sich vor den Schreibtisch und tastete die Holzplatte von unten ab. Zunächst schienen seine Bemühungen vergeblich zu sein. Schon glaubte er, sich getäuscht zu haben. Doch dann fand er das, wonach er gesucht hatte.

Ein Geheimfach.

Der Inspektor zog sein Taschenmesser und hebelte den Hohlraum auf. Darin befand sich eine Kartei, die er seinem staunenden Assistenten präsentierte.

»Sie sind einfach genial!«, japste Marrac.

Was lernt man eigentlich heutzutage auf der Polizeiakademie?, dachte Pollard. *Dieses Versteck war nun wirklich nicht schwer zu finden.*

»Zu viel der Ehre, mein Guter«, murmelte der erfahrene Ermittler. »Lassen Sie uns schauen, ob wir einen Hinweis auf unseren aktuellen Fall finden.«

Der Inspektor begann, die Karteikarten durchzuschauen. Dabei legte er eine bemerkenswerte Geschwindigkeit an den Tag. Wieder verließ Pollard sich auf seine Intuition. Wenn Marrac seine Fixigkeit für Berufserfahrung hielt, konnte ihm das nur recht sein. Insgeheim fand Pollard die Bewunderung durch seinen Untergebenen durchaus schmeichelhaft. Wäre Marrac einer dieser naseweisen Besserwisser gewesen, hätte der gemeinsame Dienst mit ihm viel unangenehmer ausfallen können.

Jede dieser grauen Pappen war mit einer fotografischen Aufnahme versehen, auf der die jeweilig zu vermittelnde Dame abgebildet war. Es gab Frauen der unterschiedlichsten Hautfarben, außerdem sowohl Riesinnen als auch Geschöpfe von zwergenhaftem Wuchs. Auch eine Kandidatin mit Buckel fehlte nicht. Pollard war bereits beim Buchstaben W angekommen, als er innehielt. Der Inspektor fischte eine Karteikarte heraus und hielt sie dem Sergeanten vor die Nase.

»Nun schauen Sie sich das an, Marrac! Kommt Ihnen diese Person bekannt vor?«

Dem jungen Kriminalisten quollen fast die Augen aus dem Kopf.

»Das ist doch Natalie Noir, die Witwe des ermordeten Jules Noir! Hier steht aber ein ganz anderer Name.«

»Der wird frei erfunden sein«, erwiderte Pollard. »Natalie Noir wird nicht ihren echten Namen benutzen, wenn sie ihre Liebesdienste anbietet. Die Frage lautet, ob sie in das Verschwinden des Kupplers verwickelt ist.«

»Oder – ob die Witwe etwas mit Jamesons Tod zu tun hat, Herr Inspektor?«

»Falls Natalie Noir keine Täterin ist, dann handelt es sich bei ihr um eine wichtige Zeugin.«

»Könnte diese Frau den Kuppler verschleppt haben?«

»Das war auch mein erster Gedanke«, gab Pollard zu. »Allerdings stammen die Fußspuren von Herrenschuhen. Es ist natürlich vorstellbar, dass die Witwe einen Komplizen hatte. – Die Kartei nehme ich mit zum Quai des Orfèvres. Wir sollten jetzt dringend nach Zeugen Ausschau halten.«

Die Ermittler machten sich an die Arbeit. Im direkten Umfeld des Briefmarkengeschäfts gab es zahlreiche kleine Läden, in denen von Kurzwaren über Sakralkunst bis zu Messingbeschlägen allerlei Waren angeboten wurden. Außerdem lebten in den grauen Mietskasernen viele Familien, während die Mansarden und Dachbodenzimmer alleinstehenden Habenichtsen vorbehalten waren. Pollard und sein Assistent hatten also viel Beinarbeit vor sich. Der Inspektor versuchte, davon möglichst viel auf den jungen Sergeanten abzuwälzen.

Pollard sagte sich, dass sein höherer Dienstgrad schließlich irgendeinen Vorteil haben musste. Es fiel ihm schon schwer genug, Marrac gegenüber immer so katzenfreundlich zu sein. Und wenn der Bengel so viel treppauf und treppab laufen musste, würde er womöglich zu müde sein, um dumme Fragen zu stellen.

Die Beamten arbeiteten sich systematisch vor. Während Pollard nach der Befragung eines Wäschereibesitzers erst einmal auf der Straße eine Zigarre schmauchte, stieß sein Assistent in die Mietskaserne nebenan vor. Dort gab es einen Hof sowie ein Hinterhaus, also die doppelte Anzahl an Wohnungen. Der Inspektor stellte sich darauf ein, dass Marrac dort mindestens zwei Stunden lang beschäftigt sein würde. Der Kriminalist spielte schon mit dem Gedanken, sich im Bistro an der Ecke einen Roten zu genehmigen, als die Stimme des Sergeanten ertönte.

»Kommen Sie schnell, Herr Inspektor!«

Hat man denn nie seine Ruhe?, dachte Pollard schlecht gelaunt, während er den feucht-kalten und nach Rattenkot stinkenden Torweg durchquerte und in den Hof trat. Dort bot sich ein tristes Bild, wie der Kriminalist es von vielen anderen Arbeiterquartieren kannte: überquellende Mülltonnen, neben denen Unrat auf dem Boden lag, blinde Fenster, mit Kreide geschmierte politische Parolen. Und neben den Abfallbehältern stand sein junger Mitarbeiter und hielt triumphierend einige Kleidungsstücke in die Höhe.

»Wollen Sie jetzt unter die Lumpensammler gehen, Marrac?«

Die Ironie perlte von dem Sergeanten ab.

»Schauen Sie nur, dort liegt auch ein falscher Bart. Außer den Kleidungsstücken haben wir auch die Ausrüstung eines Schuhputzers, komplett mit Bürsten und Creme.«

Nun war Pollards Interesse geweckt. Er schaute sich die Gegenstände genauer an.

»Ja, tatsächlich ... gut gemacht, junger Freund!«

Marracs Ohren wurden vor Verlegenheit so rot wie die frischen Tomaten aus den Markthallen, dem »Bauch von Paris«.

Der Inspektor kaute nachdenklich auf seiner Zigarre herum. Eine komplette Verkleidung, nur einen Steinwurf weit von Chalandons Laden entfernt ... konnte das wirklich ein Zufall sein? Ihm war bewusst, dass Pollards Jagd auf Lupin für manche seiner Kollegen bereits krankhafte Züge angenommen hatte. Doch in diesem Fall schien alles auf den »Mann mit den tausend Gesichtern« hinzudeuten. Oder auf einen Nachahmungstäter? Der Kriminalist vertiefte sich in seine Überlegungen. Er vergaß Zeit und Raum, bis sein Assistent ihn schließlich ansprach.

»Herr Inspektor?«

Pollard zuckte zusammen, als ob er aus einem Traum hochgeschreckt wäre. Er musste sich einen Moment lang sammeln, bevor er reden konnte.

»Allmählich sehe ich klarer, mein guter Marrac. Diese Witwe Natalie Noir steckt mit Arsène Lupin unter einer Decke. Vielleicht ist sie seine Geliebte oder auch nur sein Lockvogel. Auf jeden Fall gibt es eine Verbindung zwischen den beiden. Bisher hat dieser sogenannte Meisterdieb noch kein Menschenleben auf dem Gewissen. Doch es würde mich nicht wundern, wenn Lupin Jamesons Mörder wäre.«

»Meinen Sie wirklich? Was für ein Motiv könnte der Verbrecher gehabt haben?«

»Wir müssen versuchen, die durchgedrückten Buchstaben auf dem Hotel-Briefpapier zu deuten«, murmelte Pollard. »Jedenfalls passt Chalandons Entführung ins Bild, finden Sie nicht? Der Kuppler war ein lästiger Mitwisser, also musste er aus der Öffentlichkeit verschwinden.«

»Warum hat Lupin ihn dann nicht sofort in seinem Briefmarkengeschäft getötet und es wie einen Raubüberfall aussehen lassen?«

Der Inspektor hielt den Einwand seines Assistenten für klug und bedenkenswert. Allerdings hätte er sich lieber die Zunge abgebissen, als das zuzugeben.

War dem Meisterdieb eine solche Bluttat wirklich zuzutrauen? Pollard führte sich vor Augen, dass in einem monegassischen Luxushotel eine Frauenleiche mit ganz ähnlichen Verletzungen wie die von Jameson entdeckt worden war. Ob dieser Gentleman-Kriminelle dabei ebenfalls seine Hände im Spiel hatte? Der Inspektor entschied sich dafür, alle Einwände zunächst für sich zu behalten. Die Schuhputzer-Verkleidung reichte aus, um den Verdacht gegen seinen Widersacher zu erhärten. Zumindest redete Pollard sich das ein.

»Darüber können wir uns Gedanken machen, wenn Lupin uns endlich im Präsidium im Verhörraum gegenübersitzt! Ich werde jetzt eine Fahndung nach ihm und seiner Handlangerin veranlassen, und zwar wegen Mordverdachts!«

16

Chalandons Knie waren butterweich, als er von dem Schönling in eine elegante Wohnung im fünften Arrondissement geschafft wurde. Es kam dem Kuppler so vor, als ob er eine Gruft betreten würde. Dabei wirkte das Domizil auf den ersten Blick luxuriös, elegant und mondän.

Chalandon hatte trotzdem Todesangst.

Er war immer schon besonders feinfühlig gewesen, besaß ein angeborenes Gespür für Stimmungen und Emotionen. Diese Eigenschaft machte ihn in seinem illegalen Nebenberuf als Kuppler so erfolgreich. Er traf bei seinen Kunden stets den richtigen Nerv, indem er ihnen die Damen ihrer Träume zuführte. Doch in diesen Räumen wartete auf ihn nichts anderes als Verzweiflung und Agonie. Chalandon begriff, dass er seine einzige Chance verspielt hatte. Während der Fahrt hierher wäre mehrfach die Chance zur Flucht vorhanden gewesen. Sogar dann, wenn er aus dem fahrenden Automobil-Taxi gesprungen wäre. Schlimmstenfalls hätte er sich dabei einige Knochen gebrochen. Und auf jeder Straßenkreuzung stand ein Flic, um den Verkehr zu regeln. Im Blickfeld eines Polizisten hätte dieser verfluchte Dandy sich wohl kaum getraut, etwas zu unternehmen.

Doch jetzt war es zu spät.

Die Stimme seines Peinigers riss ihn aus seinen Grübeleien.

»Vorwärts! Oder brauchen Sie eine Extra-Einladung?«

Der attraktive junge Mann versetzte dem Kuppler einen Stoß in den Rücken. Das war nicht besonders schmerzhaft. Doch Chalandon befürchtete, dass es sich nur um einen Vorschuss auf zu erwartende weitere Qualen handelte. Die beiden Männer hielten sich noch in der mit einem Marmorfußboden ausgestatteten Vorhalle auf. Gerahmte Gemälde mit Szenen aus der griechischen Antike schmückten die Wände und zeugten vom erlesenen Geschmack des Eigentümers.

Chalandon wurde in eine Bibliothek bugsiert, die offenbar als Arbeitszimmer diente. Die mit Holz getäfelten Wände waren mit Regalen versehen, die zahlreiche Bücher enthielten.

Und es gab ein Fenster, das nur angelehnt war!

Der Kuppler konnte seinem Schicksal noch entkommen. Gewiss, die Wohnung erstreckte sich über die gesamte Etage dieses klassizistischen Wohnhauses. Aber einen Sprung aus dem ersten Stockwerk konnte man eventuell überleben, während innerhalb dieser vier Wände der sichere Tod wartete. Zumindest lautete so Chalandons Befürchtung.

Er nahm seinen ganzen Mut zusammen, rannte auf das Fenster zu.

Doch er war zu langsam. Bevor er auch nur auf die Fensterbank klettern konnte, traf ihn ein fürchterlicher Fausthieb in der Nierengegend. Dem Kuppler blieb die Luft weg, seine Beine versagten ihm den Dienst. Er schlug der Länge nach auf den Fußboden, der zum Glück mit dicken Perserteppichen ausgelegt war. Über die weiche Landung konnte er sich allerdings nichts freuen.

Der Schönling packte ihn am Kragen und riss Chalandon wieder in eine stehende Position. Da ertönte eine schaurige Altmännerstimme.

»Barnabas, bist du zurück?«

»Ja, Herr«, erwiderte Chalandons Peiniger. »Ich habe Ihren Auftrag erfüllt. Wo sind Sie?«

»Im Schlafzimmer.«

»Dann gehen wir jetzt auch dorthin«, zischte Barnabas. Er drehte dem Kuppler den rechten Arm auf den Rücken und schaffte ihn in einen anderen Raum, der offenbar als Schlafstube diente. Dort hielten sich zwei Männer auf. Einer von ihnen war jung, schwarz gekleidet und gefesselt. Er lag auf dem Boden. Seine Handgelenke waren durch einen kurzen Strick mit den Fußgelenken verbunden, sodass er in einer schmerzhaft gekrümmten Stellung ausharren musste. Wie lange der Unglückliche wohl schon auf diese Weise gefesselt war?

Das Gesicht des älteren Mannes zeigte nicht die geringste Gefühlsregung. Chalandon lief ein eiskalter Schauer über den Rücken, als er in dessen Augen blickte.

Diesen Mann hatte Barnabas mit Herr angeredet. *Herr über Leben und Tod*, dachte der Kuppler. Der Alte ergriff das Wort, während er dem Gefesselten in die Rippen trat.

»Dieses Subjekt nennt sich Joseph, er hielt es für eine gute Idee, mich bestehlen zu wollen. Dadurch hat er sich unfreiwillig zur Versuchsperson für meine Experimente gemacht. – Und ich vermute, dass ich mit Monsieur Chalandon die Ehre habe?«

Der Kuppler war zu verängstigt, um sofort zu antworten. Barnabas verpasste ihm eine Kopfnuss.

»Der Oberst hat dir eine Frage gestellt, du Strolch!«

Chalandon fühlte sich, als ob ihm ein Ziegelstein quer in der Kehle stecken würde. Endlich rang er sich eine Antwort ab.

»Ja, mein Name ist Eugene Chalandon. Was wollen Sie von mir? Ich bin nur ein Briefmarkenhändler.«

Der Oberst schüttelte missbilligend den Kopf. Er trat auf den Kuppler zu. Chalandons Mund trocknete aus, als ob er seit Stunden nichts getrunken hätte. Dabei hatte er sich zum Mittagessen noch einen Viertelliter Roten gegönnt. Es war noch nicht allzu lange her, seit er den Braten und den Wein genossen hatte. Nun sah es ganz danach aus, als ob es seine Henkersmahlzeit gewesen wäre.

Oder konnte er den Kopf noch einmal aus der Schlinge ziehen?

»Sie lügen, Chalandon. Das ist nicht nur dreist, sondern auch sinnlos. Ich kann jede beliebige Person zum Reden bringen, seien Sie dessen versichert. Sie verdienen den Löwenanteil Ihrer Einnahmen gewiss nicht mit dem Verkauf von Postwertzeichen, nicht wahr?«

»Ja, ich bin Kuppler!«, sprudelte es aus Chalandon

hervor. »Wünschen Sie Gesellschaft, Herr Oberst? Ich kann Ihnen jede beliebige Dame verschaffen – wenn Sie nur die Güte hätten, mir Ihre Vorlieben zu nennen ...«

Der Alte hob seine Augenbrauen.

»Warum nicht gleich so? Es geht mir um eine bestimmte junge Dame, die als Witwe auftritt. Sie wurde von Ihnen an einen amerikanischen Touristen namens Miller vermittelt.«

Der Kuppler überlegte fieberhaft. Natürlich wusste er, von wem der Oberst sprach. Diese Frau gehörte zu den attraktivsten Personen, die er in seiner Kartei hatte. Da gab es nur ein Problem. Chalandon war sicher, dass sie ihm nicht ihren richtigen Namen und auch nicht eine echte Adresse genannt hatte. Normalerweise hätte ihn das nicht gestört. Er hatte einen untrüglichen Sinn dafür, belogen zu werden. Und er konnte sogar verstehen, dass die Witwe auf Diskretion Wert legte. Aber da Chalandon ihre echte Anschrift nicht kannte, würde er nicht mit ihr in Kontakt treten können.

Er musste Zeit gewinnen. Leider hatte der Kuppler keine Ahnung, wie er das bewerkstelligen sollte.

17

Lupin hatte genug gehört.

Der Meisterdieb gab seine Lauschstellung vor dem Fenster des unheimlichen Obersten auf. Geräuschlos kletterte er an der Fassade hinab. Niemand schien bemerkt zu haben, dass er zum Zeugen dieser merkwürdigen Begegnung im Schlafzimmer des Alten geworden war.

Lupin sortierte seine Gedanken.

Bei Joseph handelte es sich tatsächlich um einen Einbrecher. Er hatte keine Veranlassung, an dieser Aussage des Alten zu zweifeln. Und was für Experimente waren gemeint? Hing diese Andeutung mit dem Bauplan für einen künstlichen Menschen zusammen, den Natalie erbeutet hatte?

Darüber konnte er sich später Gedanken machen. Für Lupin war entscheidend, dass seine Begleiterin dem Kuppler weder ihren echten Namen noch ihren Aufenthaltsort verraten hatte. Ganz abgesehen davon, dass Natalie genau wie der Meisterdieb selbst ständig an anderen Plätzen nächtigte. Selbst wenn dieser seltsame Oberst Chalandon folterte, würde er von ihm nichts Brauchbares erfahren.

So weit sollte es allerdings nicht kommen, wenn es nach Lupin ging.

Er war kein barmherziger Samariter. Und doch sah er nicht ein, weshalb der Kuppler und der Einbrecher einen grausamen und sinnlosen Tod sterben sollten. Daher eilte Lupin in das nächste Bistro und ging zum öffentlichen Fernsprecher. Er nahm den Hörer ab und ließ sich mit dem Polizeipräsidium Paris verbinden. Als Lupin einen Beamten am Apparat hatte, verstellte er seine Stimme. Er klang nun wie eine aufgeregte alte Frau. Der Meisterdieb nannte zunächst die Adresse des Hauses, in dem die beiden Männer in Bedrängnis waren. Dann krächzte er:

»Ich bin die Concierge, und in der Wohnung des Herrn Oberst gehen schreckliche Dinge vor. Ein maskierter Einbrecher ist dort eingedrungen. Ich glaube, dort hat es Mord und Totschlag gegeben. Man ist ja seines Lebens nicht mehr sicher. Sie müssen sofort kommen, Herr Wachtmeister. Und bringen Sie einige von Ihren Kollegen mit, um diese Spitzbuben zu verhaften!«

Bevor der Polizist etwas erwidern konnte, hatte Lupin das Telefonat schon wieder beendet.

Nun war die Ordnungsmacht dafür verantwortlich, dass die Dinge ein gutes Ende nahmen. Der Meisterdieb fühlte sich nicht dazu berufen, persönlich als ein Hilfspolizist aufzutreten. Er fand, dass er seine moralische Pflicht getan hatte. Nun wollte er zu Natalie zurückkehren, um mit der Witwe über den geheimnisvollen Bauplan zu sprechen.

Ob es tatsächlich möglich war, einen künstlichen Menschen zu erschaffen?

Natürlich hatte auch Lupin »Frankenstein« gelesen. Dieser Schauerroman war bereits seit einigen Jahren auf dem Markt und erfreute sich immer noch großer Beliebtheit. Aber während Mary Shelleys Fantasiegestalt neues Leben aus Leichenteilen erschaffen wollte, sollten laut dem von Natalie erbeuteten Entwurf lebenswichtige Organe durch mechanische Apparaturen ersetzt werden. Für Lupin war es zweitrangig, ob eine mit solchen Hilfsmitteln ausgestattete Kreatur überhaupt existieren konnte oder nicht.

Er fragte sich vielmehr, welche Art von Mensch so etwas in Auftrag gab. Ein Wahnsinniger, der Gott spielen wollte? Diese Annahme war sehr wahrscheinlich. Lupin konnte den Gedankenaustausch mit Natalie kaum noch erwarten. Er betrat das unauffällige kleine Hotel in der Rue de Navarin, in dem er und seine Begleiterin sich als Geschwisterpaar eingemietet hatten. Der Meisterdieb klopfte an ihre Zimmertür.

»Darf ich Sie stören, meine Liebe?«

Es kam keine Antwort. Lupin war zunächst noch nicht beunruhigt. Der Oberst und dessen geckenhafter Helfer hatten noch mit dem Kuppler und dem Einbrecher alle Hände voll zu tun. Abgesehen davon, dass sie Natalies aktuellen Aufenthaltsort unmöglich kennen konnten. Und der Ehemann seiner Begleiterin war tot, er würde ihr nie wieder schaden können.

War Natalie einfach nur ausgegangen? Lupin stieg die Treppe wieder hinunter und wandte sich an den Rezeptionisten, der in einem Revolverblatt las.

»Haben Sie meine Schwester gesehen? Zimmer zwölf.«

Der Mann schaute auf sein Schlüsselbrett, als ob Lupin das nicht selbst hätte tun können.

»Ihre Schwester ist nicht ausgegangen, der Schlüssel hängt hier nicht. Vielleicht hat sie einen festen Schlaf und Sie müssen noch einmal lauter klopfen.«

»Ja, möglicherweise«, murmelte der Meisterdieb und kehrte ins erste Stockwerk zurück. Für ihn war es ein Leichtes, sich mithilfe eines Dietrichs Zutritt zu verschaffen.

In Natalies Zimmer musste es einen Kampf gegeben haben.

Lupin presste die Lippen aufeinander. Überall lagen Kleidung und Papiere verstreut. Die Matratze war herausgerissen und aufgeschlitzt worden, die Schranktüren standen sperrangelweit offen.

Und es gab Blutflecken.

Sie waren nicht allzu groß. Trotzdem nahm Lupins Besorgnis bei ihrem Anblick noch weiter zu. Natalie war verletzt, und sie war verschleppt worden.

Aber von wem?

Der Meisterdieb stellte diese Frage zurück. Stattdessen versuchte er herauszufinden, was sich in dem Zimmer ereignet haben konnte. Gewiss hatte seine Begleiterin es mit mehreren Angreifern zu tun bekommen. Mit einem einzelnen Gegner wäre sie auf jeden Fall fertig geworden, falls es sich nicht gerade um einen schmerzunempfindlichen Hünen handelte. Und wieso hatte Natalie überhaupt die Tür geöffnet?

Das Schloss war unbeschädigt gewesen, die Schurken mussten sich mit einer List Zutritt verschafft haben. Womöglich steckte das Zimmermädchen mit ihnen unter einer Decke. Lupin fand den Zerstäuber mit dem Betäubungsduft. Er lag auf dem Boden unter der Frisierkommode. Wahrscheinlich hatte Natalie noch danach gegriffen, doch dann war ihr der Gegenstand aus der Hand geschlagen worden. Zu dieser Annahme passte auch die Tatsache, dass der Blutfleck sich neben dem Hocker befand. Hier hatte die Witwe vermutlich gesessen, als sie niedergeschlagen wurde.

Und wie war sie abtransportiert worden?

Der Rezeptionist hatte Natalie angeblich nicht gesehen. Lupin war geneigt, ihm zu glauben. Der Meisterdieb konnte Lügner meist sehr schnell durchschauen, falls es sich nicht um überdurchschnittlich begabte Aufschneider handelte.

Das Hotel verfügte natürlich über einen Lieferanteneingang nach hinten heraus. Auf diesem Weg hatte die Witwe fortgeschafft werden können, ohne dass ihr Verschwinden bemerkt wurde. Der Meisterdieb verließ das Zimmer wieder. Wie viel Zeit mochte verstrichen sein, seit Natalie verschleppt wurde? Er hatte sich vor einigen Stunden von ihr verabschiedet, als er in seiner Schuhputzerverkleidung Chalandon aushorchen wollte. Lupin erkannte die Absurdität seiner Situation. Er hatte den Kuppler nur ausspioniert, um seine Gefährtin zu schützen. Doch nun steckte sie in Schwierigkeiten, weil er sie allein gelassen hatte!

Der Meisterdieb benötigte nicht viel Zeit, um die

Hintertreppe zu finden. Auf dem Weg nach draußen entdeckte er keine weiteren Blutspuren. Das musste allerdings nichts bedeuten. Der oder die Entführer hatten gewiss Natalies Wunde notdürftig verbunden, um keine Fährte zu legen. Es musste sich um Leute handeln, die ihr Handwerk verstanden.

Der Lieferanteneingang führte zu einer Laderampe. Dahinter lag ein mit Mauern umgebener hoher Zaun, der mit einem offenen Tor versehen war. Ein Fuhrwerk oder ein Automobil konnten hier problemlos eine Fracht aufnehmen, auch eine menschliche.

Lupin blieb auf der Laderampe stehen und musterte seine Umgebung. Aus der Hotelküche drangen weit entfernt Geräusche, er vernahm Tellerklappern und die gebrüllten Anweisungen des Kochs an die Spülhilfen. Zunächst glaubte der Meisterdieb, auf dem Hof allein zu sein. Doch dann hörte er ein rhythmisches Klacken, das seine Aufmerksamkeit erregte. Zunächst hatte er keine Erklärung für den Ursprung dieser seltsamen Töne.

Lupin flankte von der Laderampe herab. Darunter kauerte im Halbdunkel ein Straßenbengel, wie es sie in Paris zu Tausenden gab. Er mochte vielleicht zehn Jahre sein, obwohl ihr Alter sich schwer schätzen ließ. Seine Jacke und Hose waren zerschlissen und an mehreren Stellen geflickt. Er spielte mit zwei Garnrollen, die durch Schnüre miteinander verbunden waren. Wenn er sie gegeneinander klicken ließ, entstand das Geräusch, das der Meisterdieb gehört hatte.

Lupin deutete auf die Rollen.

»Macht es Spaß, damit zu spielen?«

»Geht so.«

Der Junge schien sich nicht vor dem Mann zu fürchten. Entweder war er durch das Leben auf der Straße schon abgestumpft oder er spürte instinktiv, dass Lupin für ihn keine Bedrohung darstellte.

»Wie heißt du?«

»Paul. Und du?«

»Arsène.«

Paul widmete sich wieder seinen Garnrollen.

»Sitzt du schon länger hier?«

»Möglich, ich habe keine Uhr.«

»Ist dir heute etwas Besonderes aufgefallen?«

»Nein.«

»Das war deine erste Lüge, Paul. Bisher hast du immer die Wahrheit gesagt.«

»Woher willst du das wissen? Bist du ein Flic, Arsène?«

»Nein, bin ich nicht. Aber ich erkenne, wenn jemand schwindelt.«

»Schön für dich.«

»Die Wahrheit lass ich mir etwas kosten. Und denk daran, ich erkenne eine Lüge.«

Mit diesen Worten zog Lupin einige Münzen aus seiner Westentasche und drückte sie in Pauls schmutzige kleine Hand. Der Junge riss angesichts seines plötzlich erworbenen »Vermögens« die Augen auf. Er ließ das Geld in seiner Jacke verschwinden und schaute den Meisterdieb an.

»Vorhin ist eine Mietdroschke vorgefahren. Sie hielt da hinten, am anderen Ende der Rampe. Mich hat niemand bemerkt, weil es hier dunkel ist. Außerdem waren die Leute beschäftigt.«

»Und womit?«

»Es waren zwei Männer, die eine Witwe in den Wagen geschafft haben. Die Frau muss wohl besoffen gewesen sein, jedenfalls konnte sie sich kaum aufrecht halten. Sie musste von den Kerlen gestützt werden.«

Lupin überlegte. Womöglich war Natalie mit Chloroform betäubt worden. Oder sie war durch den Schlag, bei dem Blut geflossen war, immer noch benommen. Beide Varianten schienen möglich zu sein.

»Wie sahen die Männer aus, Paul?«

»So genau konnte ich sie nicht sehen. Der eine war wie ein feiner Herr gekleidet, der andere schien sein Diener zu sein. Auf jeden Fall hat der zweite Kerl die meiste Arbeit gemacht, während der andere ihn nur herumkommandierte.«

»Konntest du hören, was gesprochen wurde?«

»Er sagte so etwas wie: *Tu ihr nicht weh, sie wird noch gebraucht.*«

Lupin zog die Augenbrauen zusammen. Das konnte alles Mögliche bedeuten. Wollten die Entführer durch Natalie an Informationen über ihn gelangen? Oder war die Verschleppung der Witwe eine Reaktion auf den Tod ihres Ehemannes?

»Ist dir noch etwas aufgefallen, Paul?«

Dachte der Junge nach? Oder hatte er bereits wie-

der das Interesse verloren? Lupin wollte schon nach-
haken, da öffnete er seinen Mund.

»Die Mietdroschken haben doch alle so eine Email-
le-Plakette. Diese Kutsche hatte die Nummer 136.«

»Du warst mir eine große Hilfe.«

Der Meisterdieb gab dem Straßenjungen noch
etwas Geld.

»Danke, Arsène. Ich finde es lustig, dass du genauso
heißt wie der große Arsène Lupin.«

»Was weißt du denn über diesen Mann?«

»Er ist ein Meister der Masken«, erklärte Paul altklug. »Er dreht die tollsten Dinger, und obwohl alles
Flics von Paris hinter ihm her sind, kann er ihnen
immer wieder entwischen. Er lebt in einem geheimen
Schloss irgendwo in den Pyrenäen. Niemand kann ihn
bezwingen. Eines Tages will ich so werden wie er.«

Lupin nahm die Lobeshymne auf sich selbst mit
einem Nicken zur Kenntnis und eilte davon. Ihm war
bewusst, dass die unglaublichsten Gerüchte über ihn
kursierten. Einige Dinge hatten sich die Schmierfinken
der Revolverblätter aus den Fingern gesogen, andere
Behauptungen wurden vom Pariser Volksmund auf-
gestellt. Es war ihm gleichgültig, mit seinem zweifelhaften Ruhm konnte er leben.

Immerhin gab es nun einen Hinweis, um die Droschke zu finden. Lupin erkannte, dass er gegen die Zeit
kämpfte. Er musste die Witwe so schnell wie möglich
aus den Klauen ihrer Häscher befreien.

❈18❈

Natalie Noir schlug die Augen auf. Obwohl sie fror, stellte sie zu ihrer Erleichterung fest, dass sie vollständig bekleidet war. Ihre Hände glitten über ihr Kleid. Die Angreifer hätten sie problemlos ausziehen können, als sie bewusstlos gewesen war. Die Witwe tastete über ihren Kopf und bemerkte einen Verband. Sie erinnerte sich an den Schlag, unmittelbar danach musste sie ohnmächtig geworden sein. Aber wo befand sie sich jetzt? Ob sie noch in ihrem Hotelzimmer war? Die Witwe wurde von Finsternis umfangen. Es roch nach Kerzenwachs und süßlichen Blumen. Natalie hatte bisher nur ihre eigene Kleidung überprüft, jetzt glitten ihre Fingerspitzen über ihre unmittelbare Umgebung. Obwohl sie auf einem harten Untergrund lag, fühlte sich der Stoff unmittelbar unter ihrem Körper weich und angenehm an. Es gab nur eine logische Schlussfolgerung.

Die Witwe lag in einem Sarg.

Die Holzkiste war mit Samtstoff ausgeschlagen worden. Natalie richtete sich langsam auf. Immerhin hatte niemand den Sargdeckel geschlossen. Sie glitt mit der rechten Hand über den Rand. Ja, es fühlte sich wie lackiertes Holz an. Und es herrschte eine Totenstille in dem Raum.

Ob sie sich unter der Erde befand? In einer Gruft oder einem Verlies? Oder stand dieser Sarg in einer

Krypta? Natalie erinnerte sich an die letzten Momente, bevor sie niedergeschlagen wurde. Sie hatte in ihrem Hotelzimmer gesessen und über den bizarren Bauplan nachgedacht. Als es an der Tür klopfte, war sie geistesgegenwärtig genug gewesen, ihn in dem kleinen hölzernen Sekretär zu verstecken. Sie hoffte, dass ihre Widersacher das Papier nicht entdeckt hatten. Aber wer waren die Männer?

Noch bevor die Witwe öffnen konnte, hatten sie sich mit einem Nachschlüssel Zutritt verschafft. Und dann ging alles sehr schnell. Bevor Natalie ihren Dolch ziehen konnte, hatte der größere Kerl sich auf sie gestürzt und sie mit einer kurzen Eisenstange niedergeschlagen.

Ihr Dolch!

Reflexartig tastete Natalie nach der schmalen Stichwaffe. Sie war erleichtert, weil sich diese nach wie vor in der Lederscheide an ihrem rechten Strumpfband befand. Die Entführer hatten es offensichtlich nicht für nötig gehalten, die Witwe zu durchsuchen. Waren sie vollendete Kavaliere oder trauten sie einer Dame nicht zu, dass sie sich ihrer Haut wehren konnte?

Natalie wusste nicht, welche dieser beiden Möglichkeiten wahrscheinlicher war. Viel entscheidender fand sie die Frage, aus welchem Grund die Kerle sie verschleppt hatten. Ob sie hinter dem Bauplan her waren? Falls das zutraf, würden sie ihn schon entdeckt haben, denn in der Eile hatte Natalie kein wirklich gutes Versteck finden können.

Ob Freunde ihres toten Ehemanns hinter der Entführung steckten? Sie hatte nicht geglaubt, dass Jules überhaupt jemanden einen Freund nennen würde. Aber womöglich hatte er es ihr einfach verheimlicht.

Und aus welchem Grund war sie in einen Sarg gelegt worden? Wollte man sie begraben, vielleicht sogar lebendig?

Mutmaßungen brachten die Witwe jetzt nicht weiter. Sie wollte gerade aus der Totenkiste steigen, als sie Schritte vernahm. Eine Tür wurde geöffnet, ein Mann mit Laterne betrat den Raum. Das Licht schmerzte nach der tintenschwarzen Finsternis in Natalies Augen. Der Kerl sagte nichts, sondern begann damit, ein halbes Dutzend Fackeln in Brand zu stecken. Diese steckten in eisernen Halterungen an den hohen weiß gekalkten Wänden. Die Kienspäne schufen eine unheimliche Atmosphäre, denn in der Aufbahrungshalle standen noch weitere Särge auf Holzböcken. Die anderen Totenkisten waren ausnahmslos geschlossen. Die Witwe ließ sich nicht so leicht ins Bockshorn jagen. Aber sie wollte versuchen, sich als verängstigtes Kaninchen zu präsentieren. Je weniger sie von den Männern ernst genommen wurde, desto leichter konnte sie die Situation zu ihren Gunsten drehen. Also rang Natalie die Hände und gab ihrer Stimme einen flehenden Unterton:

»Bitte lassen Sie mich gehen! Ich werde Sie auch nicht verraten!«

Das flächige Gesicht des Mannes blieb so unbewegt, als ob es aus Holz geschnitzt worden wäre.

»Bleiben Sie im Sarg.«

Mehr sagte er nicht zu der Witwe. Er sprach mit einem leichten Akzent. War der Kerl ein Flame oder ein Deutscher? Für Natalie machte das keinen Unterschied. Sie musste nur die richtige Gelegenheit abpassen, um einen Gegenangriff zu starten. Und solange sie sich in der Totenkiste befand, war ihre Position denkbar ungünstig. Ihr Widersacher konnte mit ein paar schnellen Schritten aus ihrer Reichweite entkommen, sobald sie ihn mit dem Dolch bedrohte. Also ließ sie die Stichwaffe dort, wo sie war.

Vorerst zumindest.

»Was habe ich Ihnen denn nur getan?«, jammerte die Witwe. Sie selbst fand ihren Auftritt ein wenig zu theatralisch, doch der Hüne schien nicht misstrauisch zu werden. Sicher war sie allerdings nicht, denn sein Gesicht zeigte nach wie vor nicht die geringste Gefühlsregung. Und er schien sie einer Antwort nicht für würdig zu halten. Zumindest blieben seine Lippen verschlossen.

Natalie überlegte nun, welche Möglichkeiten ihr zur Verfügung standen. Doch bevor sie zu einem Entschluss gekommen war, betrat ein weiterer Mann die Aufbahrungshalle.

Was für ein Lackaffe!, dachte die Witwe. Der Anzug dieses Herrn war zweifellos von einem renommierten Schneider auf Maß gefertigt worden. Seine gelben Gamaschen entsprachen ebenso der neuesten Mode wie die schmale Hutkrempe. Die Spitzen des Schnurrbarts hatte er nach oben gezwirbelt. Und seine Brillantine roch so aufdringlich, dass Natalies empfindliche Nase selbst auf diese Entfernung dadurch belästigt wurde.

Der große Kerl schaute den Dandy so an, als ob er auf Anweisungen wartete. Spätestens in diesem Moment war Natalie bewusst, dass dieses Kraftpaket der Lakai des anderen Mannes war. Allerdings wusste sie immer noch nicht, was dieses seltsame Gespann von ihr wollte.

»Ich hoffe, Sie verzeihen uns diesen unfreiwilligen Ausflug, Madame Noir. Die Umstände haben mich bedauerlicherweise zu diesem drastischen Schritt gezwungen.«

Die Witwe versuchte, sich ihre Überraschung nicht anmerken zu lassen. Dieser eitle Pfau kannte ihren wahren Namen, und das war gar nicht gut. In diesem Hotel hatte Lupin sie als seine Schwester Charlotte Ruben vorgestellt, wobei sich das Interesse des versoffenen Rezeptionisten an dem amtlichen Meldezettel in Grenzen hielt.

Wie war es dem Duo gelungen, sich auf ihre Fährte zu setzen?

»Bitte, mein Herr! Verschonen Sie eine arme Witwe.«

Natalie konnte unmöglich einschätzen, ob dieser Mann auf ihr Schmierentheater hereinfiel oder nicht. Ein kaltes Lächeln umspielte seine Lippen.

»Sie wissen, mit wem Sie es zu tun haben, meine Teure?«

Die Witwe schüttelte den Kopf. Sie hasste dieses Katz- und Maus-Spiel. Inzwischen konnte sie es kaum noch abwarten, endlich ihren Dolch einzusetzen. Doch sie hatte es nun mit zwei Gegnern zu tun, wodurch ihre Lage nicht einfacher geworden war.

»Ich bin Graf Leopold de Tabiac.«

Tabiac? Natalie erinnerte sich, dass Lupin diesen Namen einmal erwähnt hatte. Vor Kurzem war es dem Meisterdieb gelungen, Tabiac und dessen Diener Piet zu entkommen. Offenbar wollte der Adlige diese Schmach nicht auf sich sitzenlassen. Er hoffte wahrscheinlich, über die Witwe an Lupin heranzukommen. Natalie musste auf Zeit spielen, etwas Besseres fiel ihr momentan nicht ein.

»Ich fürchte, dass Ihr Name mir nichts sagt, Graf Leopold.«

De Tabiac hob seine Augenbrauen.

»Das ist bedauerlich, aber nicht zu ändern. Es reicht mir vollkommen aus, wenn Sie mir den Aufenthaltsort von Arsène Lupin verraten.«

»Lupin? Ist das nicht dieser schreckliche Verbrecher, hinter dem die gesamte Pariser Polizei her ist? Solche Individuen zählen nicht zu meinem Bekanntenkreis.«

Der Graf lachte, doch er klang nicht amüsiert.

»Sie müssen nicht versuchen, mich aufs Glatteis zu führen, Madame Noir. An mir haben sich schon ganz andere die Zähne ausgebissen. Zum Glück kann man in dieser Stadt für Geld alles kaufen. Lupin bildet sich ein, dass ihn seine Maskerade unsichtbar macht. Doch aufmerksame Beobachter erkennen und durchschauen ihn. Und für eine entsprechende Summe geben sie ihre Hinweise gern weiter.«

Natalie fragte sich, wer Lupin und sie ans Messer geliefert hatte. Letztlich spielte die Antwort aber keine Rolle, denn an ihrer Situation änderte sich nichts.

Die Rolle des Opfers fiel von ihr ab wie die Larve von einem Schmetterling.

»Na schön, de Tabiac. Wenn Sie so clever sind und sich überall Informationen kaufen können, dann benötigen Sie meine Mithilfe doch gar nicht. Sie müssten eigentlich schon längst erfahren haben, wo Sie Lupin finden können.«

Ihr plötzlich so harter Tonfall schien den Adligen zu irritieren, doch nur für einen Augenblick. Piet hingegen trug nach wie vor seinen unbewegten Gesichtsausdruck zur Schau.

»Sie missverstehen mich, Teuerste«, erwiderte der Graf geziert. »Wenn ich Sie nach Lupins Verbleib frage, dann werden Sie von mir sozusagen geprüft. Ich weiß nämlich bereits, wo ich ihn finde. Mir geht es darum, ob Sie ehrlich zu mir sind. Falls das nicht der Fall sein sollte, haben Sie dadurch Ihr Leben verspielt.«

»Dann kann ich wohl mein Testament machen. Ich kann Ihnen nämlich nicht sagen, wo Lupin sich momentan aufhält. Er ist ein ruheloser Mann, den man heute hier und morgen dort findet.«

Natalie hätte darauf wetten können, dass Tabiac

bluffte. Wenn ihm wirklich bekannt war, wo er auf den Meisterdieb treffen konnte, hätte er längst zugeschlagen. Oder vielmehr: zuschlagen lassen. Die Witwe war nämlich überzeugt davon, einen ausgewiesenen Feigling vor sich zu haben. Tabiac ließ gewiss seinen Lakaien die Drecksarbeit machen, so schätzte sie ihren Entführer zumindest ein.

Der Graf schüttelte den Kopf.

»Sie enttäuschen mich, Teuerste. Ich hatte gehofft, dass Sie gefügiger wären. Nun haben Sie sich die Folgen ihres aufmüpfigen und widerspenstigen Verhaltens selbst zuzuschreiben. – Piet, walte deines Amtes.«

Der Diener schien auf diese Anweisung nur gewartet zu haben. Er packte Natalie und hob sie so leicht aus dem Sarg, als ob sie eine Stoffpuppe wäre. Sie erkannte, dass mit seinen Bärenkräften nicht zu spaßen war. Sie würde sich auf den leichteren Gegner konzentrieren müssen. Und das war zweifellos de Tabiac.

Piet hatte seine Arme um ihre Körpermitte geschlungen, um sie aus dem Sarg holen zu können. Nun stellte er sie auf die Füße. Dabei lockerte er seinen Griff ein wenig. Vermutlich geschah die Bewegung unwillkürlich. Natalie wusste es nicht, Aber ihr war vollkommen bewusst, dass sie diese Chance nun nutzen musste. Sie riss sich von dem Lakaien los und stürmte vorwärts, direkt auf de Tabiac los. Noch in der Bewegung ließ sie ihre Hand unter ihr Kleid gleiten und zog den Dolch.

Der Adlige rang nach Luft, als sie ihn gleich darauf packte und die Spitze ihrer Stichwaffe gegen seinen

Kehlkopf drückte. Mit dem anderen Arm presste sie de Tabiac so fest an sich, als ob er ihr feuriger Liebhaber wäre. Dabei verursachte der süßliche Geruch seiner Brillantine ihr beinahe Übelkeit. Andererseits war es ein sehr gutes Gefühl, die Situation endlich wieder kontrollieren zu können.

»Bleib zurück!«, fauchte sie Piet an. »Wenn du auch nur einen Schritt näher kommst, stirbt dein Herr und Meister!«

Der Diener zeigte nun erstmals eine Gefühlsregung, indem er seinen großen Mund aufriss und seine riesigen Pranken sich öffneten und schlossen. Die Witwe zweifelte nicht daran, dass er sie mit bloßen Händen würde töten können. Allerdings hatte sie nicht vor, es so weit kommen zu lassen.

Obwohl Piets Futterluke nun offen stand, gab er keinen Ton von sich. Reden schien nicht seine größte Stärke zu sein.

»Bitte, tun Sie mir nichts«, hauchte der Graf mit zitternder Stimme. »Ich habe eine Gattin und drei süße Kinder.«

»Denen dürften Sie ja ein schönes Vorbild sein«, höhnte Natalie. »Bringen Sie Ihren Sprösslingen auch bei, wie man fremde Damen entführt und in Totenkisten legte? Schon gut, sparen Sie sich die Antwort. – Piet, du wirst jetzt in den Sarg klettern!«

Der Lakai zögerte, doch der Graf verlieh der Anweisung Nachdruck.

»Du tust, was sie sagt, verflucht noch mal!«

Nun setzte sich der riesige Kerl in Bewegung. Er kletterte auf das hölzerne Gestell und ließ sich dann in der Totenkiste nieder.

»Kommen Sie, wir schauen, ob er es auch bequem hat«, sagte Natalie zu de Tabiac. Sie hatte ein gemeines Lächeln auf ihren schönen Lippen. Dann schob sie ihn in Richtung Totenkiste, ohne den Druck ihrer Dolchspitze auf seinen Hals zu verringern. Auf der Stirn des Adligen waren nun unzählige kleine Schweißtropfen zu erkennen. Der Geruch seiner Ausdünstungen vermischte sich auf ekelerregende Weise mit dem Duft seines Puders und seiner Brillantine.

»Legen Sie den Deckel auf den Sarg und schließen Sie ihn!«, kommandierte Natalie.

»Ich soll ...?«

»Normalerweise würde ich Ihnen keine körperliche Arbeit zumuten«, höhnte sie. »Aber Ihr Lakai ist ja momentan unabkömmlich, wie Sie sehen.«

Ächzend griff de Tabiac nach dem schweren Sargdeckel und schaffte es irgendwie, ihn auf die Totenkiste zu bugsieren. Sein Gesicht war so knallrot wie eine Tomate aus der Provence. Die Witwe hatte nicht vor, den Diener in dem Sarg ersticken zu lassen. Piet war stark genug, um den Deckel aus dünnem Holz zu zertrümmern, wenn ihm die Luft knapp wurde. Aber sie brauchte bei ihrer Flucht einen Vorsprung. Der Lakai mit seinen langen Beinen würde sie ansonsten im Handumdrehen einholen. Und was dann geschah, konnte sie sich lebhaft vorstellen.

Mit zitternden Händen schloss der Graf die Schrauben, mit denen der Deckel an der eigentlichen Totenkiste befestigt wurde. Natalie schaute ihm ungeduldig dabei zu.

»Wo befinden wir uns hier eigentlich?«, wollte sie wissen.

»In einem Beerdigungsinstitut, das mir gehört«, gab der Graf zurück. »Ich bin in den unterschiedlichsten Geschäftsfeldern tätig.«

»Sie scheinen ein tüchtiger Herr zu sein«, erwiderte Natalie spöttisch. »Somit ist es kein Wunder, dass Lupin Sie um ein wenig Kapital erleichtern wollte.«

Die Erwähnung des Meisterdiebs schien de Tabiac aufzuwühlen. Er ballte die Fäuste und knirschte mit den Zähnen. Die Witwe hatte nicht vor, sich noch viel länger mit ihm abzugeben. Sie wollte sich jetzt möglichst bald auf Nimmerwiedersehen verabschieden.

»Ich war ...«, begann de Tabiac. Der Adlige wurde unterbrochen, bevor er den Satz beenden konnte. Denn nun betrat ein kräftiger älterer Mann mit Seehundschnauzbart die Aufbahrungshalle. Seiner Kleidung nach konnte es sich bei ihm um einen Hausmeister oder einen Wächter handeln. Er hielt einen Holzprügel in der rechten Hand.

»Was ist denn hier los?«

Seine Stimme war laut und dröhnend, hallte von den Wänden wider.

Das Erscheinen dieses Mannes brachte Natalie für den Moment aus dem Konzept. Und de Tabiac bewies genügend Nervenstärke, um diesen Umstand zu seinen Gunsten zu nutzen. Er ließ sich wie ein nasser Sack zu Boden fallen und rollte von der Witwe weg.

»Helfen Sie mir, Georges!«, kreischte der Adlige im hohen Falsett. »Dieses Weibsstück will mich umbringen!«

Es erschien Natalie unklug, sich auf einen Zweikampf mit dem vierschrötigen Bartträger einzulassen. Grundsätzlich war ihre Waffe zwar gefährlicher als seine. Doch der Kerl hatte lange Arme wie ein Orang-Utan und sein Holzknüppel maß gewiss mehr als einen Meter. Somit war seine Reichweite größer als ihre. Bevor die Witwe ihn mit ihrem Dolch verletzen konnte, hatte er ihr gewiss schon längst den Schädel eingeschlagen.

Also entschied Natalie sich für einen taktischen Rückzug. Sie hatte nämlich an der gegenüberliegenden Schmalseite des Saals eine weitere Tür entdeckt. Dorthin eilte sie nun. Auf dem Weg kippte sie einen der anderen Särge von seinem Gestell. Das tat sie natürlich, um ihre Verfolger am schnellen Fortkommen zu hindern. Sie hatte vermutet, dass die andere Totenkiste entweder leer wäre oder sich eine Leiche darin befinden würde. Doch beides traf nicht zu.

Als der Sarg umkippte, löste sich der Deckel. Mindestens ein halbes Dutzend Gewehre fielen heraus.

❀19❀

Maria, die in Wirklichkeit ganz anders hieß, taumelte durch die dreckigen Gassen von Montmartre. Sie fühlte sich, als ob ihr jemand mit einer Schaufel vor die Stirn geschlagen hätte. So etwas war ihr tatsächlich schon öfter passiert, als sie noch bei ihren Eltern auf dem flachen Land gelebt hatte. Ihr Vater hatte oft genug versucht, sie mit verschiedenen Gegenständen zu einem braven unauffälligen Leben zu erziehen.

Wen Gott liebt, den züchtigt er!

Das war sein Motto gewesen. Wäre es danach gegangen, hätte Maria sich wirklich sehr geliebt fühlen können. Sie war allerdings lieber nach Paris fortgelaufen und verschwendete keinen Gedanken mehr an ihre provinzielle Herkunft. Momentan fiel es ihr ohnehin schwer, sich auf etwas zu konzentrieren. Wenn Maria die Augen schloss, hatte sie sofort wieder das Bild des hilflosen Joseph vor sich, der von diesem alten Scheusal gefesselt wurde.

Joseph!

Was würde der Bestohlene mit ihm anstellen? Maria ahnte, dass der Kahlkopf nicht einfach die Flics rufen würde. Sie kannte diese Sorte Mensch, ihr Vater war nicht anders gewesen. Es machte ihnen Freude, andere zu quälen. Vor allem dann, wenn sie sich dabei noch im Recht fühlten oder glaubten, moralisch überlegen zu sein. Dann kannten ihre Grausamkeiten kein Ende.

Maria verachtete sich selbst dafür, dass sie still und leise geflohen war, anstatt ihrem Freund beizustehen. Sie benötigte jetzt dringend Alkohol, um die Schmach herunterzuspülen.

Sie betrat eines der kleinen Bistros, an denen in diesem Vergnügungsviertel kein Mangel herrschte. Dieses Lokal gehörte einem alten Kauz, der sich Onkel Etienne nannte. Die Luft war blau vom Qualm unzähliger Zigaretten, Zigarren und Pfeifen. Die meisten Mädchen in dem Lokal trugen bunte Fummel, in denen sie sich mehr oder weniger offenherzig präsentierten. Es waren Huren, die hier entweder auf Freier warteten oder sich zwischen zwei Einsätzen eine Pause mit Hochprozentigem gönnten. Ihre Luden sorgten schon dafür, dass nicht so lange Mußephasen entstanden. Auch die Zuhälter vertrieben sich in der Spelunke mit Kartenspielen und Saufwetten die Zeit.

Maria wirkte zwischen den farbigen Paradiesvögeln der käuflichen Liebe wie ein düsterer Rabe, denn für ihre nächtlichen Einbruchstouren hatte sie sich ganz in Schwarz gekleidet. Sie stellte sich an die Theke neben einen Mann, der seinem Gestank nach in einer Gerberei arbeitete. Doch die Einbrecherin war zu niedergeschlagen, um sich über ekelhafte Gerüche aufzuregen. Der dicke Wirt schaute sie fragend an.

»Einen Weinbrand für mich!«

Onkel Etienne nickte, schnappte sich seine Fuselflasche und goss ihr ein reichlich bemessenes Quantum ein. Maria nahm das Glas. Sie kippte sich dessen

Inhalt hinter die Binde und stellte das Gefäß mit einem harten Geräusch auf dem Tresen ab.

»Noch einen!«

Der Wirt wackelte mit seinen Tränensäcken.

»Du kannst doch zahlen, Kleine?«

Maria legte ein paar Münzen auf die Theke. Daraufhin bekam sie einen weiteren Schnaps. Es folgte ein drittes und viertes Glas. Der Wirt bot ihr eine Zigarette an.

»Danke, Großväterchen.«

Er gab ihr Feuer.

»Na, so alt bin ich noch nicht«, lachte Onkel Etienne und ließ ein zahnloses Grinsen sehen. »Obwohl, du könntest glatt meine Tochter sein. Darum rate ich dir: Der Kerl ist es nicht wert.«

Maria schaute ihn verständnislos an.

»Wer ist was nicht wert?«

»Ich rede von dem Burschen, der dir das Herz gebrochen hat und wegen dem du ganz in Schwarz herumläufst. Oder ist er etwa ... tot?«

Die junge Frau brach in Tränen aus. Sie hatte eigentlich nicht nahe am Wasser gebaut. Doch die Worte des Wirts hatten den Schorf von ihrer seelischen Wunde gerissen, die sie eigentlich gerade mit Schnaps zukleistern wollte.

»Was bin ich doch für ein alter Esel!«, grollte der Wirt. »Hier, trink noch einen auf meine Rechnung. Und putz dir erst mal die Nase.«

Er legte ein beinahe sauberes Taschentuch auf den Tresen, außerdem füllte er das Glas.

»Danke, Onkel Etienne«, sagte Maria. »Ich habe gar keinen Liebeskummer, weißt du. Und der Mann meines Herzens ... er ist nicht tot, jedenfalls hoffe ich das sehr. Aber er steckt in großen Schwierigkeiten.«

Der Wirt kniff die Augen zusammen.

»Ich verstehe. Und wahrscheinlich sind es Probleme, bei denen die Flics nicht helfen können, oder?«

»Woher weißt du das?«

Er lachte über Marias Frage.

»Kleine, wer in dieser Gegend lebt, will mit der Polizei nichts zu schaffen haben.«

»Das stimmt wohl«, gab sie zurück und paffte blauen Zigarettenqualm in die Luft. »Und die Unterstützung der Apachen kann ich mir nicht leisten.«

Manche Apachen, wie die rauen Burschen der Pariser Unterwelt genannt wurden, boten für Bares ihre illegalen Dienste an. Doch es gab keine Garantie dafür, dass sie nicht einfach mit dem Geld verschwanden und ihren Auftraggebern eine lange Nase drehten.

»Diese Eckensteher kannst du vergessen«, behauptete Onkel Etienne. »Darf ich denn erfahren, wo genau bei dir der Schuh drückt?«

Ob Maria ihm vertrauen konnte? Sie sagte sich, dass sie nichts zu verlieren hatte. Außerdem witterte sie nun zumindest eine kleine Chance, Joseph zu helfen. Sie konnte ihn nicht einfach in den Händen dieses grausamen Alten zurücklassen. Also erzählte sie dem Wirt von dem Einbruch, der so gründlich schiefgegangen war.

Onkel Etienne kratzte sich nachdenklich im Nacken.

»Nun, das klingt wirklich nach einem Fall für jemanden, der außergewöhnliche Herausforderungen nicht scheut.«

»Kennst du so einen Mann?«, fragte Maria hoffnungsvoll.

»Das will ich meinen«, entgegnete der Wirt stolz. »Wie es der Zufall will, habe ich einen guten Draht zu Arsène Lupin.«

❋ 20 ❋

Inspektor Pollard liebte das Lösen von Rätseln. Andernfalls wäre er gewiss in seinem Beruf nicht so erfolgreich gewesen. Doch nachdem er gemeinsam mit seinem Assistenten zum Quai des Orfèvres zurückkehrt war, wurde ihm die Schwierigkeit seiner selbst gestellten Aufgabe erst so richtig bewusst.

Mithilfe von Grafit schaffte er es, die durchgedrückte Schrift auf dem Hotelblock einigermaßen zu durchschauen. Es handelte sich um englische Worte, doch als Mann von Welt kannte Pollard sich mit der Sprache des ungeliebten europäischen Nachbarn einigermaßen aus. Ob also Jameson diesen Text verfasst hatte, bevor er getötet wurde? Das wäre zumindest eine naheliegende Erklärung. Doch der Sinn dieser Zeilen erschien dem Inspektor als eine wirklich harte Nuss. Am ehesten schien es sich um eine Art Konstruktionsanweisung oder Bauplan zu handeln. Aber für was?

Kidneys war beispielsweise das englische beziehungsweise amerikanische Wort für Nieren. Doch welche Maschine benötigte Nieren, die offenbar von einem Klempner hergestellt werden sollten? Nieren aus Blech? War das nicht völliger Humbug? Ob der tote Amerikaner an einer Geisteskrankheit gelitten hatte? Oder handelte es sich bei der Konstruktionsskizze um den Entwurf einer Maschine, die Pollard einfach noch nicht begriff?

Er führte sich vor Augen, dass noch vor wenigen Jahren ernst zu nehmende Wissenschaftler vor dem Bau von Eisenbahnlinien gewarnt hatten, weil das hohe Tempo der Züge für den menschlichen Körper und Geist Gift wäre. Und heutzutage? Als Pollard im vorigen Jahr in die Normandie gereist war, hatte er die Bequemlichkeit und Schnelligkeit der Waggons durchaus zu schätzen gewusst. Im Vergleich zu den langen anstrengenden Postkutschenfahrten waren sie eine echte Verbesserung. Ging es bei dem Mord an dem Amerikaner am Ende gar um eine sensationelle neue Erfindung?

Der Inspektor war tief in Gedanken versunken, als Marrac hereinplatzte, ohne vorher anzuklopfen. Pollard musste sich auf die Zunge beißen, um ihn nicht anzuschnauzen.

»Was gibt es denn, mein Bester?«

»Die Kollegen in der Telefonzentrale haben eine merkwürdige Meldung hereinbekommen, die ich Ihnen nicht vorenthalten wollte«, begann der Assistent. »Ein maskierter Einbrecher ist angeblich bei einem gewissen Oberst Agares eingestiegen, es soll in der Wohnung Mord und Totschlag gegeben haben.«

Der Eifer des jungen Kriminalisten ging Pollard in diesem Moment auf den Wecker.

»Schön, aber worin besteht die Verbindung zu unserem aktuellen Fall?«

»Ich habe den Wohnungsbesitzer überprüft und festgestellt, dass er vor Kurzem noch im Ausland gewesen ist. In Monaco, genauer gesagt. Dort wurde sein Reisepass abgestempelt. – Sie erinnern sich, Herr Inspektor? Das Amtshilfeersuchen der monegassischen Polizei wegen der entsetzlich zugerichteten Prostituierten? Ähnliche Verletzungen wie ...«

» ... wie bei Jameson«, beendete der Inspektor den Satz seines Assistenten. »Das ist eine höchst interessante Schlussfolgerung, junger Freund. Womöglich handelt es sich bei Oberst Agares um eine der zahlreichen Identitäten, unter denen Arsène Lupin unser Land unsicher macht.«

»Das hatte ich zunächst auch gedacht«, behauptete Marrac. »Allerdings waren die uniformierten Kollegen schon vor Ort und haben nichts Verdächtiges bemerkt. Offenbar handelt es sich um eine Falschmeldung.«

Pollard war bereits aufgestanden, hatte zu Hut, Mantel und Spazierstock gegriffen.

»Na, und? Ehrlich gesagt würde ich einem normalen Straßenflic nicht allzu viel Beobachtungsgabe zutrauen. Wir sind nicht zuletzt deshalb Kriminalisten geworden, weil wir mehr Intelligenz besitzen als unsere Kollegen in Uniform. Deshalb werden wir dem Herrn Oberst noch einmal höchstpersönlich unsere Aufwartung machen. Und falls es sich wirklich bei ihm um Arsène Lupin handelt, werde ich ihm höchstpersönlich die Maske vom Gesicht reißen!«

* * *

Oberst Agares war in seinem Element. Er liebte es, wenn die Menschen sich vor ihm fürchteten. Wenn sie begriffen, dass der Tod nur noch eine Erlösung für sie sein würde. Wenn sie sich danach sehnten, endlich sterben zu dürfen.

Wegen seiner speziellen Verhörmethoden war der hohe Offizier während seiner aktiven Zeit bei den Kolonialtruppen geschätzt worden. Er hatte sich in Französisch-Indochina einen zweifelhaften Ruf erworben. Das ging so lange gut, bis er von einer geheimnisvollen Sekte entführt und verschleppt wurde. In einem verschwiegenen Kloster war er getötet und danach ins Leben zurückgeholt worden. Nachdem ihm die Flucht aus dieser Klause gelungen war, musste er seinen Abschied von der Armee nehmen.

Agares würde sich niemals wieder dem Befehl eines Vorgesetzten unterwerfen können. Er kannte nur noch einen Herrn, der über ihm stand: den Todesgott.

Das Schicksal des jungen Einbrechers war Agares vollkommen gleichgültig. Deshalb befasste er sich zunächst mit ihm, um Chalandon zu zeigen, wozu er fähig war. Der Oberst beglückwünschte sich selbst dazu, dass dieser Strolch in seine Wohnung eingedrungen war. Der Kleinkriminelle eignete sich hervorragend als Demonstrationsobjekt für Agares' Grausamkeit. Je länger er sich mit dem Einbrecher beschäftigte, desto eher würde er diesen Kuppler zum Reden bringen.

Das Schrillen der Türklingel unterbrach ihn in seinem schändlichen Tun. Der Oberst unterdrückte einen Fluch, legte das Skalpell beiseite und wischte sich die Hände ab. Dann bedachte er seine beiden unfreiwilligen Gäste mit einem kalten Blick und verließ den Raum.

Wenig später saß Agares in seiner Bibliothek und blätterte in der Tageszeitung, als ob er ein normaler Mensch wäre. Barnabas klopfte leise an die Tür, dann trat er in Begleitung zweier Herren ein.

»Verzeihen Sie die Störung, Herr Oberst. Diese Beamten sind von der Kriminalpolizei.«

Es wäre gar nicht nötig gewesen, Agares diese Information zu geben. Er gehörte zu den Menschen, die ihrem Gegenüber die Profession auf den ersten Blick ansahen. Die Kleidung, der Habitus, die Körpersprache, die Wortwahl – das alles waren für den hohen Offizier untrügliche Anzeichen dafür, mit wem er es zu tun hatte. Und er irrte sich sehr selten. Allenfalls bei Mördern täuschte Agares sich gelegentlich, obwohl er selbst schon mehr als genug Männer und Frauen ums Leben gebracht hatte. Doch viele Verbrecher töteten nicht berufsmäßig, sondern aus Leidenschaft, Rache oder purer Freude am Blutrausch. Für den letzteren Grund hatte der Oberst noch am ehesten Verständnis, weil er selbst so empfand.

Dass nun zwei Vertreter des Gesetzes vor ihm standen, war für ihn also keine Überraschung. Hatten ihre uniformierten Kollegen, die vor Kurzem schon bei ihm gewesen waren, etwas übersehen? Agares machte sich jedenfalls keine Sorgen, denn er konnte dieses seltsame Gespann beim besten Willen nicht als Bedrohung ansehen.

Der ältere Kriminalist war zweifellos ranghöher. Die deutlich erkennbare Unterwürfigkeit seines jüngeren Kollegen war ein untrügliches Zeichen dafür. Außerdem hatte dieser Zivilpolizist ein Gesicht, das einer topografischen Landkarte glich. Während seiner Jahre bei der Ordnungsmacht waren ihm vermutlich viele Dinge widerfahren, die meisten davon unangenehm bis bedrohlich. Für so etwas hatte der Oberst ein untrügliches Gespür. In gewisser Weise fühlte er sich dem Beamten sogar verbunden, obwohl Empfindungen wie Kameradschaft oder Solidarität ihm fremd waren. Vermutlich befanden sie sich in derselben Altersgruppe. Doch während sein Gegenüber wahrscheinlich schon von der Pensionierung und einem friedlichen Lebensabend träumte, hatte Agares solche Fantasien nicht.

Er stand gerade erst am Anfang seines neuen – ewigen – Lebens. Und diese Vision würde er sich gewiss nicht von zwei lächerlichen Pariser Kriminalern zerstören lassen!

»Ich bin Inspektor Pollard, das ist Sergeant Marrac«, stellte der Ermittler sich und seinen Gehilfen vor. »Haben wir das Vergnügen mit Herrn Oberst Agares?«

Der Offizier zwang sich zu einem Lächeln, um sich gesellschaftskonform zu verhalten. Auf diese Weise würde er die Störenfriede hoffentlich am schnellsten wieder loswerden.

»So ist es. Kann ich den Herren eine Erfrischung anbieten, eventuell eine Limonade? Als alter Soldat bin ich Stärkeres gewohnt, aber Sie sind gewiss im Dienst.«

Er lachte leise. Agares war bekannt, dass Scherze über Alkohol unter Männern schnell das Eis brachen. Er selbst machte sich nichts aus berauschenden Getränken, aber darum ging es nicht.

»Eine Limonade nehmen wir gern«, erwiderte Pollard. Sein Assistent beschränkte sich auf ein Nicken. Der schlaksige Kerl war in den Augen des Obersten keinen Schuss Pulver wert. Wäre er in Agares' Regiment gewesen, dann hätte er ihn als Kanonenfutter für einen Sturmangriff auf Rebellenstellungen verwendet. Mehr konnte man mit einer solchen Kreatur nach seiner Meinung sowieso nicht anfangen.

Die Zivilpolizisten nahmen auf den Besucherstühlen vor dem Schreibtisch des Offiziers Platz. Barnabas entfernte sich, um die Limonade zu bringen. Er hatte auf ein Signal gewartet, um die Erfrischungen zu vergiften. Doch ein solcher Wink blieb aus. Was für einen Zweck hatte es, die beiden zu töten?

Agares verspürte keine Hemmungen davor, einen Polizisten ins Jenseits zu befördern. Doch wenn sie starben, würden Kollegen von ihnen erscheinen und viele lästige Fragen stellen. Nein, da war es viel klüger, diese beiden Bastarde mit Freundlichkeit in die Irre zu führen.

Barnabas kehrte im Handumdrehen aus der Küche zurück und servierte drei hohe Gläser mit Zitronenlimonade. Pollard nahm einen Schluck und ließ die Flüssigkeit genießerisch in seinem Mund kreisen, als ob er auf einer Weinprobe wäre.

»Wirklich köstlich, Herr Oberst.«

Wie lange will dieser Schwätzer mir denn meine Zeit stehlen?, dachte Agares gereizt. Trotzdem gelang es ihm, seine leutselige Fassade aufrechtzuerhalten.

»Sind Sie ebenfalls wegen dieses Fehlalarms zu mir gekommen?«, fragte er mit gespielter Unschuld.

»Also wurde bei Ihnen nicht eingebrochen?«, wollte Pollard wissen.

»Nein, das hätte ich wohl mitbekommen«, erwiderte Agares und lachte, als ob der Inspektor einen Witz gemacht hätte. Die meisten Menschen mochten es, wenn man sie für charmante Plauderer hielt. Doch dieser Kriminalbeamte schien aus einem anderen Holz geschnitzt zu sein.

»Wir fragen uns, warum sich jemand am Telefon als die Concierge Ihres Hauses ausgibt und behauptet, dass bei Ihnen ein Blutbad stattfindet«, sagte der Ermittler.

Der Oberst hob die Schultern.

»Wahrscheinlich steckt ein Witzbold dahinter, der mit seiner Zeit nichts Besseres anzufangen weiß, als unsere wackeren Polizeikräfte zum Narren zu halten.«

Agares hatte gehofft, Pollard durch diese plumpe Schmeichelei den Wind aus den Segeln zu nehmen.

Doch leider blieb der Inspektor beharrlich.

»Würde es Ihnen große Umstände machen, wenn wir uns in Ihren Gemächern umschauen dürften? Manche Spitzbuben sind so geschickt, dass sie in fremde Gebäude eindringen, ohne dass es von den Bewohnern bemerkt wird.«

»Ihre uniformierten Kollegen haben meine bescheidene Bleibe bereits in Augenschein genommen, Herr Inspektor.«

Nun war es Pollard, der schmunzelte.

»Herr Oberst, Sie sind ein hoher Offizier. Es gibt einen Grund für den Unterschied zwischen einem gemeinen Soldaten und einem Befehlshaber. Darin werden Sie mit mir gewiss übereinstimmen. Und bei der Polizei ist es genauso. Es ist durchaus möglich, dass die braven Wachtmeister nichts übersehen haben. Aber ich möchte mich trotzdem gern selbst vergewissern.«

Der ist ja wirklich hartnäckig!, dachte Agares grimmig. Trotzdem machte er eine einladende Geste.

»Selbstverständlich, Herr Inspektor. Sie tun Ihre Pflicht, dabei werden wir Sie so gut wie möglich unterstützen. Lassen Sie uns doch gleich in diesem Raum beginnen.«

In der Bibliothek, die dem Oberst gleichzeitig als Arbeitszimmer diente, fanden die Zivilpolizisten nichts Verdächtiges. Sie setzten die Suche im Wohnsalon fort, inspizierten die beiden Gästezimmer, die Dienstbotenkammer sowie die Küche und den Vor-

ratsraum. Schließlich mussten sie noch Agares' Schlaf-
gemach in Augenschein nehmen.

»Es ist mir wirklich unangenehm, derart in Ihre Pri-
vatsphäre eindringen zu müssen«, sagte Pollard zu
Agares.

Was für eine miserable Lüge, gab der Oberst in Gedanken zurück. Doch er sagte lächelnd: »Wenn Sie ein
paar leicht bekleidete Mädchen in meinem Bett ver-
muten, dann muss ich Sie leider enttäuschen. Ich bin
ein eingefleischter Junggeselle.«

Der Inspektor lachte über den kleinen Scherz, doch
die Augen des Kriminalisten blieben wachsam.

Was wiederum Agares nicht entging.

Er begriff, dass Pollard ein Gegner war, den man keineswegs unterschätzen durfte. Vielleicht war es doch ein
Fehler gewesen, die Polizisten nicht zu vergiften. Doch
man konnte es ja immer noch nachholen, etwas zu unternehmen. Zumindest gegen den Inspektor, denn Marrac war nach Agares' Meinung so harmlos wie ein Welpe.

Im Schlafzimmer gingen die Zivilbeamten direkt zu
den beiden Flügelfenstern, nahmen sie genau in Augenschein.

»Dieses Fenster wurde aufgehebelt«, sagte der Sergeant. »Schauen Sie nur!«

Er deutete auf die Stelle, wo der verfluchte Einbrecher tatsächlich eingedrungen war.

»Ich wiederhole, dass bei mir niemand eingestiegen ist«, betonte Agares mit Nachdruck. »Mein Assis-

tent musste das Fenster neulich mit einem Stemmeisen bearbeiten, weil es geklemmt hat und sich nicht richtig schließen ließ. Ein Handwerker ist schon bestellt. Aber Sie wissen ja, wie lange es in Paris dauert, bis solche Arbeiten ausgeführt werden.«

Er blinzelte dem Inspektor vertraulich zu, obwohl er Pollard (und auch Marrac) am liebsten den Hals umgedreht hätte. Doch der ältere Kriminalist schien nun genug geschnüffelt zu haben.

»Ja, das kann man deutlich erkennen«, bestätigte er. »Es hat keinen Einbruch gegeben, Marrac. – Verzeihen Sie bitte, dass wir Ihre Zeit gestohlen haben, Herr Oberst.«

»Sie tun nur Ihre Pflicht«, wiederholte Agares. »Außerdem bin ich ein Privatier, der über Mußestunden im Überfluss verfügt.«

»Ich verstehe«, erwiderte Pollard. »Eine letzte Sache noch, Herr Oberst: Wie war eigentlich Ihre Reise nach Monaco?«

Dieser plötzliche Themenwechsel irritierte Agares.

»Woher wissen Sie davon?«, schnarrte er unfreundlicher, als er es beabsichtigt hatte.

»Nun, die Französische Botschaft in Monaco ist per Telegraf zu erreichen«, meinte Pollard betont unschuldig. »Mein Gedanke war, ob Sie womöglich im dortigen Casino eine größere Summe Geld gewonnen haben. Falls Ganoven Sie beobachtet haben und Ihnen nach Paris gefolgt sind, wäre das eine Erklärung für den Einbruch bei Ihnen.«

»Eine geniale Schlussfolgerung, Herr Inspektor«, schmeichelte Agares. »Allerdings hat ja kein Einbruch stattgefunden.«

»Nein, natürlich nicht«, erwiderte Pollard lachend. »Verzeihen Sie bitte nochmals, falls wir Ihnen Scherereien gemacht haben. Wir wünschen noch einen angenehmen Tag!«

»Danke, gleichfalls.«

Barnabas geleitete die ungebetenen Besucher zur Tür. Und der Oberst beglückwünschte sich selbst dazu, dass er die beiden Gefangenen in einem Geheimraum hinter der Vorratskammer untergebracht hatte.

Der Kuppler und der Einbrecher waren so fest geknebelt worden, dass sie kaum atmen konnten.

Von Sprechen ganz zu schweigen.

Natalie Noir war geistesgegenwärtig genug, um
sich vor ihrer Flucht aus dem Aufbahrungsraum
eines der Gewehre zu schnappen. Es handelte sich um
ein Chassepot M 1866. Der gezogene Hinterlader war
das Standardmodell der französischen Streitkräfte,
wie sie mit dem Kennerinnenblick einer passionierten
Schützin erkannte. Außer den Langwaffen hatte der
Sarg auch kleine Munitionsschachteln enthalten, von
denen die Witwe ebenfalls eine mitnahm.

Lupins Gefährtin wollte am liebsten jede Auseinandersetzung vermeiden, wenn es sich machen ließ. Doch
bevor sie wieder von Piet und seinesgleichen einge-
fangen wurde, wollte sie sich lieber mit der Waffe in
der Hand zur Wehr setzen. Und wenn es darum ging,
mehrere Gegner auf Distanz zu halten, war ein Gewehr
einfach besser geeignet als ein Dolch.

Aus welchem Grund dieser merkwürdige Graf wohl
Infanteriewaffen in Särgen versteckte? Über diesen
Punkt wollte sie gern mit Lupin gemeinsam spekulieren, doch dafür musste sie zunächst einmal entkommen.

Die Tür an der Schmalseite des Saals führte zu einem fensterlosen Gang mit sehr hohen Wänden und
Oberlichtern aus Glas. Natalie eilte an mehreren Ni-
schen vorbei, in denen Madonnenfiguren und Darstel-

lungen von Heiligen standen. War die Witwe in eine Kirche verschleppt worden? Aber warum hatte de Tabiac sie angelogen? Zu dem Zeitpunkt war sie in seiner Gewalt gewesen und er hatte fälschlicherweise geglaubt, die Oberhand behalten zu können.

Natalie hatte die Munition in ihrer Kleidtasche verstaut. Sie hielt das Chassepot in ihrer Rechten, während sie mit der linken Hand ihren Saum etwas hob, um besser rennen zu können. Wütende Laute hinter ihr deuteten darauf hin, dass die Männer bereits die Verfolgung aufgenommen hatten.

Der Gang teilte sich nun. Da sich links ein hohes Eisengitter befand, wäre die Witwe beinahe nach rechts gelaufen. Doch dann erkannte sie ihren Irrtum. Warum vergitterte man einen Korridor? Weil sich hinter dem eisernen Hindernis womöglich ein Ausgang befand. Es gab natürlich auch andere Möglichkeiten, doch Natalie erschien es plausibel. Sie hatten keinen Schlüssel, aber dafür etwas Besseres.

Mit routinierten Bewegungen schob sie eine Patrone ins Gewehrschloss, machte die Waffe feuerbereit und drückte ab. Das Schussecho hallte von den Wänden wider und schmerzten in ihren Ohren. Doch das war ihr egal, denn das Gitter sprang auf!

Mit einem leisen Jubelschrei flitzte sie durch die nun offene Tür. Die Stiefeltritte hinter ihr wurden lauter. Es gab keinen Zweifel daran, was das zu bedeuten hatte.

Ihre Verfolger kamen näher.

Natalie erkannte zu spät, dass sie in der Falle steckte. Sie betrat nun einen großen Sakralraum, der früher vielleicht eine Kapelle gewesen war. Nun hatte man ihn säkularisiert, jedenfalls waren Kruzifixe und andere religiöse Symbole entfernt worden. Damit hätte sie leben können. In ihrer Situation war es viel schlimmer, dass die nach außen führenden Türen und Pforten zugemauert worden waren!

Im Gang hinter ihr konnte sie bereits schemenhaft die drei Männer erkennen.

Die Witwe wollte sich nicht kampflos ergeben. Sie eilte die Wendeltreppe zu der ehemaligen Kanzel hoch. Während in früheren Zeiten von hier aus das Wort Gottes verkündet worden war, wollte sie nun den schurkischen Adligen und seine Handlanger stattdessen mit blauen Bohnen empfangen.

Sie lud das Chassepot erneut, legte es auf die Brüstung und zielte über Kimme und Korn. Die Witwe wollte unnötiges Blutvergießen vermeiden. Möglicherweise würden die Kerle sich schon zurückziehen, wenn sie einen heißen Empfang bekamen.

Doch was dann?

Bevor Natalie sich darüber den Kopf zerbrechen konnte, erkannte sie Piets riesenhafte Gestalt. Er schnaubte vor Wut, sein blasses Gesicht war von Hass verzerrt. Offenbar nahm er es ihr wirklich übel, dass sie ihn in einen Sarg hatte steigen lassen.

Er soll sich freuen, dass er noch lebt, dachte die Witwe – und schoss. Sie zielte auf die Wand neben dem

Lakaien. Gips und Verputz wurde vom Mauerwerk gerissen, spritzte Piet ins Gesicht. Die Kugel jaulte als Querschläger davon. Der Diener ließ sich instinktiv zur Seite fallen. Seine Bewegungen bewiesen Natalie, dass er eine militärische Ausbildung genossen hatte. Vermutlich stand er nicht zum ersten Mal in seinem Leben unter Beschuss. Piet verlor jedenfalls nicht die Nerven. Stattdessen riss er eine Pistole hervor, ging in einer Nische in Deckung und erwiderte das Feuer.

Die Witwe musste sich ducken, um nicht getroffen zu werden. Das heiße Blei sirrte an ihr vorbei.

Sie legte eine neue Patrone ein, schoss erneut. In der Schlacht bei Sedan hatten die französischen Truppen dank dieses Gewehrmodells den Preußen kräftig eingeheizt (was letztlich doch nichts genützt hatte). Doch diese Erfolgsgeschichte konnte Natalie nicht beliebig nachahmen, denn die kleine Munitionsschachtel enthielt nur insgesamt neun Schuss.

Außerdem fehlte der Witwe die Tötungsabsicht.

Gewiss, als erstklassige Schützin hätte sie die drei Männer innerhalb kürzester Zeit ins Jenseits befördern können. Sie war ja auch wütend auf ihre Verfolger, aber nicht *so* wütend. Bisher hatte sie nur ihrem verblichenen Ehemann den Tod gegönnt und die Angelegenheit war bereits erledigt.

Während ihr diese Gedanken durch den Kopf geisterten, kämpfte sie weiter. Es zeigte sich nämlich, dass auch der Hausmeister und der Graf mit Schusswaffen ausgerüstet waren. Sie nahmen Natalie nun ins Kreuzfeuer. Falls de Tabiac sie lebend fangen wollte, damit sie Lupins Aufenthaltsort verriet, war von dieser Absicht nichts mehr übrig geblieben.

Der Witwe flogen die Holzsplitter von der Kanzel nur so um die Ohren, während sie vor den Kugeln ihrer Widersacher Deckung suchte. Wie durch ein Wunder war sie bisher unverletzt geblieben. Aber das würde nicht mehr lange so bleiben. Natalie stellte grimmig fest, dass sie bereits die letzte Patrone einlegte.

Da kam ihr ein rettender Einfall.

Als das große Kruzifix über dem ehemaligen Altar abgenommen worden war, hatten die Arbeiter einige von der Decke herabhängende Seile hinterlassen. Sie waren gewiss stabil genug, um das Gewicht einer zierlichen Frau zu tragen. Falls nicht, kam es darauf auch nicht mehr an.

Natalie war eine Frau der schnellen Entschlüsse. Sie ließ das Chassepot zurück, packte ein Seil und stieß sich mit ganzer Kraft von der Kanzel-Brüstung ab. Damit hatten ihre Verfolger nicht gerechnet. Piet und die beiden anderen ballerten auf sie, verfehlten die Witwe aber.

Sie durchschlug mit ihren Stiefeletten eines der bunten Kirchenfenster. Die Scherben zerrissen ihr Kleid an mehreren Stellen, doch das war ihr in diesem Moment egal.

Natalie hatte es geschafft!

Ihre Handflächen brannten wie Feuer, als sie sich an dem Seil hinabgleiten ließ. Die Witwe landete unsanft auf dem Straßenpflaster hinter dem Gebäude. Sie befand sich in einer stillen Gasse, in einem ihr völlig unbekannten Teil von Paris. War das hier Saint-Germain-des-Prés? Oder Le Marais? Oder Invalides? Darüber konnte sie sich später Gedanken machen. Jetzt musste sie schnell verschwinden, denn ihre Verfolger würden wohl kaum so schnell aufgeben. Ihren Dolch hatte Natalie wieder an seinem üblichen Platz am Oberschenkel verstaut. Sie lief bis zum Ende der Gasse.

Dort wartete eine Pferdedroschke.

Die Witwe runzelte die Stirn. Das war beinahe zu schön, um wahr zu sein, zumal die Gegend nicht gerade belebt wirkte. Sie blieb zögernd stehen und schaute den alten Kutscher mit dem grauen Backenbart und dem schäbigen Gehrock misstrauisch an.

»Nun springen Sie schon herein, Madame Noir«, sagte er mit Lupins Stimme. »De Tabiac ist ein ungemütlicher Zeitgenosse, und das gilt auch für seine Helfershelfer.«

❧ 22 ❧

Nachdem sie Agares' Wohnung verlassen hatten, wollte Marrac sofort zum Polizeipräsidium zurückkehren. Doch sein Vorgesetzter hielt ihn zurück.

»Nicht so eilig, mein Guter«, sagte der Inspektor jovial. »Ich finde, Sie haben sich jetzt eine Belohnung verdient.«

Pollard klopfte seinem Untergebenen auf die Schulter und bugsierte ihn in ein kleines Eck-Bistro, in dem es nach Anisschnaps und billigen Zigarren roch. Die Ermittler nahmen an einem der Marmortische Platz. Der Kriminalist bestellte eine Flasche Rotwein, außerdem Rinderbraten à la Bordeaux für sich und eine Portion Sülze für Marrac. Pollard fand, dass man es mit der Großzügigkeit auch nicht übertreiben musste.

Der Sergeant schaute irritiert aus der Wäsche, als sein Chef ihm ein Glas Wein aufnötigte. Aber natürlich war er zu feige, um gegen den Alkoholkonsum während der Dienstzeit zu protestieren. Pollard probierte einen Bissen von seinem Braten, dann sagte er: »Sie haben den richtigen Riecher, junger Freund. Wenn Sie die Reise des sauberen Herrn Oberst nach Monaco nicht bemerkt hätten, dann wäre dieser Vogel uns womöglich entflogen.«

Marracs Ohren nahmen wieder eine kirschrote Farbe an. Das war offenbar die Art, wie er auf Lob reagierte.

»Dann halten Sie also Agares für verdächtig, Herr Inspektor?«

»Allerdings! Obwohl ... um Arsène Lupin in Verkleidung wird es sich bei ihm wohl nicht handeln.«

»Weshalb nicht?«

»Weil Lupin viel größer ist als dieser alte Glatzkopf! Ich habe ihm schon einmal Auge in Auge gegenübergestanden, diesem Erzverbrecher. Lupin mag ein Meister der Maske sein, aber er kann sich nicht mindestens zwei Handbreit kleiner machen.«

»Das leuchtet mir ein«, gab der Sergeant zurück.

»Sehr schön. Trotzdem kann der Oberst natürlich mit Lupin unter einer Decke stecken. Es ist gut, dass wir uns gegenüber Agares unser Misstrauen nicht anmerken ließen. Dieser Schleimbeutel glaubte offensichtlich, ein paar Holzköpfe vor sich zu haben. Dabei sieht doch ein Blinder ohne Krückstock, dass das Fenster in seinem Schlafzimmer *von außen* aufgehebelt wurde! Und das ist noch nicht alles. Ich nehme an, dass Sie ebenfalls die minimalen Blutspuren auf dem Teppich bemerkt haben.«

»N-natürlich«, stieß Marrac hervor. Das war keine überzeugende Lüge. Doch der Inspektor hatte zu gute Laune, um daran Anstoß zu nehmen.

»Wahrscheinlich ist wirklich jemand bei Agares eingestiegen«, mutmaßte Pollard, »vielleicht sogar Lupin höchstpersönlich!«

»Aber warum sollte dieser Verbrecher bei seinem Komplizen einbrechen?«, gab Marrac zu bedenken.

»Sie kennen die Kriminellen noch nicht so wie ich«, erwiderte der Vorgesetzte gönnerhaft. »Die gönnen sich gegenseitig absolut nichts. Womöglich fühlte Lupin sich beim Teilen der Beute übervorteilt und hat sich alles unter den Nagel reißen wollen.«

»Also könnte Agares Lupin getötet haben, Herr Inspektor?«

»Damit müssen wir rechnen. Allerdings ist es auch möglich, dass er den Meisterdieb irgendwo gefangen hält. Es gibt genügend Leute, die mit Lupin noch ein Hühnchen zu rupfen haben. Und denen ist er lebend mehr wert als tot.«

»Wir könnten Agares und diesen Barnabas beschatten«, schlug der Sergeant eifrig vor. Pollard hatte inzwischen seinen Braten aufgegessen und tupfte sich mit der Serviette die Lippen ab.

»Genau diese Aufgabe habe ich für Sie vorgesehen«, verkündete er. »Wenn Sie weiterhin so viel Einsatz zeigen, werden Sie es bei der Polizei noch weit bringen, junger Freund.«

Vielleicht sogar bis zum Präfekten, dachte der Inspektor. Doch diese Bemerkung schluckte er noch gerade rechtzeitig herunter. Sein polizeilicher Instinkt sagte ihm, dass mit Agares etwas ganz gewaltig faul war. Wenn Marrac es schaffte, an diesem Mann dranzubleiben, würde er den Sergeanten am Ende vielleicht sogar wirklich zu Lupin führen.

❧ 23 ❧

Natalie Noir ließ sich wohlig seufzend in die Lederpolster des Zweispänners sinken. Lupin knallte mit der Peitsche und die beiden Pferde trabten mit einem beachtlichen Tempo in Richtung Seine davon. Die Witwe warf noch einen Blick über die Schulter nach hinten. Sie sah Piet, der über und über mit dem von der Wand gesprengten Putz bedeckt war. Er schwang drohend seine Pistole und versuchte, die Droschke per pedes einzuholen.

Doch Lupin erhöhte das Tempo weiterhin. Er fädelte sich in den massiven Pariser Stadtverkehr ein und schaffte es, ein langsames Brauereigespann zwischen die Kutsche und den Verfolger zu bringen. Während Piet versuchte, an dem Fuhrwerk vorbeizukommen, zog der Meisterdieb in Kutscherverkleidung davon. Eine Viertelstunde später war von dem Lakaien des Grafen und den übrigen Verfolgern nichts mehr zu sehen.

Die Witwe beugte sich vor.

»Ich weiß es zu schätzen, dass Sie stets zur rechten Zeit am passenden Ort auftauchen, Lupin. Darf ich fragen, wie Sie mich gefunden haben?«

»Oh, ich hatte kindliche Hilfe«, entgegnete er und berichtete von dem Straßenjungen, der sich die Nummer der Mietkutsche gemerkt hatte. Natalie hob ihre sorgfältig gezupften Augenbrauen.

»Gehe ich recht in der Annahme, dass wir uns jetzt genau in diesem Gefährt befinden, mit dem der grässliche Graf mich entführt hat?«

»Sie sagen es. Und da ich nicht weiß, ob der wahre Kutscher sich bald von meinen Fesseln befreien kann, sollten wir so bald wie möglich das Transportmittel wechseln. Es gibt ohnehin einiges zu besprechen.«

»Das kann man wohl sagen!«, entgegnete die Witwe. Inmitten des Straßenlärms war ein sinnvoller Wortwechsel kaum möglich, daher übten sich Natalie und Lupin im Schweigen. Die Witwe betrachtete die Häuserfassaden, Kirchen und Geschäfte, an denen die Kutsche vorbeiratterte. Allmählich kam ihr das Straßenbild wieder bekannt vor. Doch in einer so großen Stadt wie Paris war es illusorisch, mit jeder Ecke und jedem Winkel vertraut zu sein. Am Boulevard de la Bastille reihte Lupin sich mit dem Zweispänner an einem Droschkenstand ein, wo die Kutscher auf Kundschaft warteten. Vor ihm waren acht andere Gespanne. Daher würden der Meisterdieb und seine Gefährtin sich ungestört austauschen können, bevor ein möglicher Fahrgast aufkreuzte.

Lupin drehte sich halb auf dem Kutschbock um, sodass er Natalie betrachten konnte.

»Ich will Ihnen ja nicht zu nahe treten, doch Ihr Kleid hat unter Ihrer spektakulären Flucht gelitten, Teuerste.«

»Dann haben Sie mitbekommen, dass ich durch das geschlossene Fenster entkommen bin?«

»Ja, das konnte man auch von der Straßenecke aus sehen. Ich wollte gerade in die ehemalige Kirche eindringen, um Sie herauszuhauen.«

»Dieser Punkt dürfte sich ja nun erledigt haben«, gab die Witwe trocken zurück. »Sie werden nicht glauben, was ich dort entdeckt habe.«

Natalie berichtete von den Chassepol-Gewehren, die in dem Sarg versteckt gewesen waren. Lupin nickte.

»Graf de Tabiac ist ein noch größerer Schurke, als ich bisher angenommen hatte. Es gab vor einiger Zeit einen spektakulären Raub in einem Armeedepot, von dem Sie möglicherweise gehört haben. De Tabiac ist also nicht nur geldgierig, er ist auch kein Patriot. Ich denke, die Streitkräfte werden für einen anonymen Hinweis auf diese säkularisierte Kirche sehr dankbar sein.«

»Sie sollten es nicht übertreiben mit der Uneigennützigkeit, Lupin. Am Ende müssen Sie noch um Ihren Ruf als Meisterdieb fürchten.«

»Mein Interesse an Waffen hält sich in Grenzen. – Das gilt natürlich nicht für diesen amerikanischen Revolver, mit dem Sie mich freundlicherweise beschenkt haben.«

»Mit dieser Bemerkung haben Sie gerade noch die Kurve gekriegt, bevor Sie mich gekränkt hätten.«

Lupin lächelte und wechselte das Thema.

»Wir befinden uns nur ungefähr drei Kilometer Luftlinie von dem Hotel entfernt, aus dem Sie verschleppt wurden. Was halten Sie davon, wenn ich dorthin zurückkehre und Ihr Gepäck hole? Und Sie sollten sich auch etwas frisch machen, denn die Gefangenschaft ist nicht spurlos an Ihnen vorbeigegangen.«

»Sie haben milde Worte für die Tatsache gefunden, dass ich schmutzig bin«, sagte Natalie mit einem verkniffenen Lächeln auf den Lippen. »Ja, ich würde mich wirklich gern umziehen. Außerdem habe ich das rätselhafte Dokument versteckt, bevor der Graf mich entführen ließ. Ich hoffe sehr, dass die Kerle es nicht gefunden haben.«

Die Witwe verriet dem Meisterdieb, an welchem Platz sich das Schriftstück befand. Lupin ließ die Pferde wieder antraben und näherte sich dem Hotel durch eine ruhige Seitengasse. Dort ließ er Natalie in der Kutsche zurück und verschwand wie eine Geistererscheinung von der Bildfläche. Die Frau in Schwarz lächelte. Inzwischen hatte sie sich an seine Fähigkeit gewöhnt, wie ein Phantom plötzlich aufzutauchen und sich wieder unsichtbar zu machen. Diese Fähigkeit war allerdings weder magisch noch übermenschlich. Lupin hatte sich lediglich die besten Tricks der größten Illusionisten zu eigen gemacht, außerdem arbeitete er ständig an der Vervollkommnung seiner Fähigkeiten.

Natalie fragte sich, warum er sein Talent als Dieb verschwendete. Ein Mann wie Lupin hätte der gefährlichste Spion in Frankreichs Diensten sein können. Sie glaubte, die Antwort zu kennen. Lupin liebte die Freiheit und als ein Erfüllungsgehilfe des Staates wäre sie stark eingeschränkt worden. Auch Geheimagenten mussten die Befehlskette einhalten und sie konnte sich Lupin unmöglich als einen willigen Empfänger von Anweisungen vorstellen.

Während sie über den Meisterdieb und seine Motivation nachdachte, kehrte er schon wieder von seiner Mission zurück. Lupin hatte eine Reisetasche dabei, außerdem das rätselhafte Dokument.

»Ich wurde von niemandem bemerkt«, sagte er. »Und das Papier befand sich immer noch dort, wo Sie es verborgen hatten.«

»Herzlichen Dank, Lupin. Wo kann ich mich umziehen? Hier in der Droschke könnte es etwas heikel werden, falls ein Unbefugter einen Blick hineinwirft. Bei Ihnen gehe ich davon aus, dass Sie als Mann von Welt sich abwenden würden.«

»Selbstverständlich«, erwiderte er. »Ich schlage vor, dass wir uns zum Bistro von Onkel Etienne begeben. Es befindet sich zwar in einer anrüchigen Gegend, aber in seinem Hinterzimmer sind Sie garantiert ungestört und können in Ruhe Ihr Äußeres in Ordnung bringen.«

»Einverstanden. Ist dieser Etienne ein naher Verwandter von Ihnen?«

Lupin lachte.

»Das kann man nun wirklich nicht behaupten. In meinem Beruf benötige ich stets Informationen, wie Sie sich denken können. Und Onkel Etienne ist sozusagen ein Auskunftsbüro auf zwei Beinen. Er hört buchstäblich das Gras wachsen, um einmal diese alte Phrase zu bemühen.«

»Ich brenne darauf, ihn kennenzulernen«, versicherte die Witwe.

Der Meisterdieb ließ die Peitsche knallen und lenkte die Gespannpferde in Richtung Montmartre. Er wollte die Kutsche allmählich loswerden, aber das war kein Problem. Wenn er die Droschke in der Nähe der Place Pigalle unbeaufsichtigt ließ, würde das dortige Gossengesindel das Gefährt im Handumdrehen stehlen. Lupin kämpfte sich durch den dichten Straßenverkehr der Hauptstadt und erreichte das Vergnügungsviertel. Er war Natalie beim Aussteigen behilflich. Gemeinsam betraten sie das schäbige Bistro von Onkel Etienne, wo sie sich an die Theke stellten. Der Alte erkannte den Meisterdieb offenbar nicht, was Lupins Vertrauen in seine Verkleidungskünste bestätigte.

»Was darf es sein, Kutscher?«

Lupin machte das geheime Handzeichen, das er mit Onkel Etienne vereinbart hatte. Die kleinen Augen des Wirts leuchteten auf.

»Na, dann kommen Sie mal durch, *Kutscher.* Und bringen Sie die feine Dame mit.«

Die beiden folgten Onkel Etienne in einen schmalen dunklen Gang, der weg vom Schankraum führte. Der Wirt wandte sich an Lupin: »Sie kommen wie gerufen. Ich habe im Hinterzimmer momentan ein Mädchen einquartiert, das großen Kummer hat. Ich habe ihr in

Aussicht gestellt, dass der große Arsène Lupin ihr garantiert helfen kann.«

»Falls dieser Arsène Lupin jemals hier auftauchen sollte«, sagte Lupin.

Onkel Etienne lachte meckernd.

»Sie mögen es nicht, dass ich für Sie Entscheidungen treffe, das ist schon klar. Aber hören Sie sich die Geschichten der Kleinen erst einmal an. Sie hat das Herz auf dem rechten Fleck, und hübsch ist sie auch noch ... oh, verflucht! Was bin ich doch für ein Rindvieh!«

Den letzten Satz gab der Wirt von sich, während er einen Seitenblick auf Natalie warf.

»Schon gut, wir sind nicht miteinander verheiratet«, erwiderte sie, hakte sich aber trotzdem bei Lupin ein.

Onkel Etienne verzichtete auf weitere Kommentare. Wahrscheinlich ahnte er, dass er sich dadurch bloß um Kopf und Kragen reden würde. Er klopfte kurz an die Tür seines eigenen Hinterzimmers, dann trat er ein. Der Raum war gemütlich eingerichtet und viel sauberer als seine Gaststube. Es gab ein großes breites Plüschsofa, auf dem sich ein nicht allzu großer Mensch ganz ausstrecken konnte. Eine junge Frau hatte dort gedöst. Nun warf sie ihre Wolldecke zur Seite und sprang auf, als ob sie von einem Skorpion gestochen worden wäre. Sie war vollständig bekleidet. Ihre schwarzen Kleider erinnerten an die Tracht einer Witwe.

»Wer ist das?!«, kreischte sie erschrocken.

»Immer mit der Ruhe, Maria«, brummte Onkel Etienne. »Dieser Herr ist der berühmte Arsène Lupin, in einer seiner genialen Verkleidungen. Und die Dame, äh ...«

»Ich stelle mich mal selbst vor«, sagte die Witwe und trat auf die junge Frau zu. »Mein Name ist Natalie Noir. Und deine Kleidung scheint mir eher einem Einbruch als der Trauer zu dienen, habe ich recht?«

Maria senkte den Kopf und errötete.

»Ja, doch vielleicht bin ich bald auch eine Witwe. Ich weiß nicht, was aus meinem Freund geworden ist.«

Lupin schaltete sich ein.

»Wenn ich dir helfen soll, dann muss ich alles über dein Problem erfahren.«

»Ich mache mal einen Mokka«, schlug der Wirt vor und verschwand. Lupin und Natalie nahmen an dem Tisch in dem Raum Platz. Maria schien Vertrauen zu fassen. Vielleicht war sie auch einfach nur verzweifelt genug, um sich jemandem anvertrauen zu müssen. Auf jeden Fall berichtete sie alles über den geglückten Einbruch, der am Ende doch so dramatisch schiefgegangen war.

Inzwischen war Onkel Etienne mit dem Mokka zurückgekehrt. Lupin nahm einen Schluck von dem starken türkischen Kaffee, dann schaute er Maria ernst an.

»Ich fürchte, dein Freund Joseph ist an den Falschen geraten. Ein normaler Bürger würde die Flics rufen, wenn er einen Einbrecher in seinem Haus oder seiner Wohnung entdeckt. Ich kenne Oberst Agares.«

178

Der Meisterdieb verschwieg allerdings, dass er selbst schon mit verstellter Stimme die Polizei verständigt hatte. Agares hatte den Eindringling Joseph nicht gerade mit Samthandschuhen angefasst. Lupin bezweifelte, ob der Einbrecher überhaupt noch lebte. Aber er wollte Maria seinen Verdacht noch nicht mitteilen, das wäre unnötig grausam gewesen. Womöglich hatte Agares den jungen Kriminellen aus irgendeinem Grund am Leben gelassen. Falls das so war, dann musste er dringend befreit werden.

»Ich werde mich um die Angelegenheit kümmern«, versprach Lupin.

Maria lächelte.

»Das ... werde ich Ihnen niemals vergessen!«

Natalie trank ihren Mokka aus und stellte die Tasse hart auf die Untertasse.

»Darf ich die Herren nun bitten, den Raum zu verlassen? Ich denke, dass diese junge Dame dringend ein wenig tröstenden Zuspruch von weiblicher Seite braucht.«

24

Eugene Chalandon hatte mit dem Leben abgeschlossen.

Der Kuppler war fest überzeugt davon, dass man ihn ebenfalls ermorden würde. Und eigentlich sehnte er sich sogar nach einem schnellen Tod.

Doch genau einen solchen würde man ihm wohl vorenthalten.

Voller Grauen hatte Chalandon mit eigenen Augen gesehen, wie dieser alte Satan und sein schöner Gehilfe den Einbrecher Joseph ums Leben gebracht hatten. Nachdem die beiden Gefangenen von ihren Knebeln erlöst worden waren, war kurz Zeit für einen ungestörten Gedankenaustausch gewesen.

Daher kannte Chalandon den Namen seines Leidensgenossen. Er wusste auch, dass eine junge Frau, die sich Maria nannte, an Josephs Diebstouren beteiligt gewesen war. Joseph hatte immer wieder betont, wie froh er war, dass seine Freundin nicht in die Hände dieser Bestien geraten waren.

Das hatte er zumindest getan, als er noch sprechen konnte. Und atmen. Inzwischen war beides nicht mehr möglich. Josephs letzter Lebensfunken war erloschen. Und Chalandon würde nun Ähnliches bevorstehen.

Er verdankte sein Leben ausschließlich der Tatsache, dass der Oberst den Aufenthaltsort dieser verfluchten hübschen Witwe erfahren wollte. Und den kannte der Kuppler nun einmal nicht!

Und wenn er den beiden Sadisten eine Lüge auftischte? Chalandon fürchtete sich vor den Konsequenzen. Wenn sie ihn durchschauten, konnte er die Aussicht auf einen raschen und möglichst schmerzlosen Tod getrost vergessen. Wobei man zugeben musste, dass Joseph wohl nicht aus reiner Lust an der Grausamkeit getötet worden war.

Vielmehr schienen die zwei Perversen eine Art von wissenschaftlichem Ziel zu verfolgen. Der Alte, den sein Helfer unterwürfig mit *Herr Oberst* ansprach, machte sich jedenfalls fleißig Notizen, während die Skalpelle, Sonden und Sägen ihre unbarmherzige metallische Arbeit verrichteten.

Nun war Nacht, das vermutete Chalandon zumindest. Die Verkehrsgeräusche von der Straße waren weniger geworden. Seine Taschenuhr hatten die Mörder ihm zwar gelassen. Doch was sollte er mit dem Zeitmesser anfangen, der sich seiner Westentasche befand? Die Hände des Kupplers waren hinter seinem Rücken gefesselt. Außerdem hatte Barnabas ihm wieder einen Knebel zwischen die Zähne geschoben, sodass er wenig Luft bekam, nicht schreien konnte und seine Kehle immer stärker austrocknete.

Ein kleiner Vorgeschmack auf die Qualen, die ihm noch bevorstanden.

Doch am gruseligsten fand er es, sich den Raum mit Josephs Leiche teilen zu müssen.

Der fensterlose Geheimraum war der Ort gewesen, an dem der Einbrecher sein Leben ausgehaucht hatte. Die Leiche lag immer noch auf dem Tisch, der nach Chalandons Meinung eher als Schlachtbank gedient hatte. Es war stockfinster, denn die Lampen hatten Agares und Barnabas mitgenommen.

Aber für den Gefangenen war entscheidend, dass ihm die Anwesenheit des Toten permanent bewusst war. Außerdem konnte er ihn *riechen*. Der Gestank nach Blut war einfach überwältigend.

Plötzlich erklang ein leises, schabendes Geräusch. Der Atem des Kupplers stockte. Er bekam ohnehin schon schlecht Luft. Doch jetzt kam es ihm so vor, als ob er ersticken müsste. Und zwar vor Angst.

Als kleines Kind hatte er unzählige Gespenstergeschichten gehört, die abends in seinem Heimatdorf am Ofen erzählt worden waren. Die Furcht vor Wesen aus einer anderen Welt war ihm niemals abhandengekommen. Als Erwachsener hatte Chalandon es bloß verstanden, sie zu unterdrücken oder durch Vergnügungen zu überlagern. Doch womit sollte man sich amüsieren, wenn man gefesselt und geknebelt mit einem Leichnam zusammen eingesperrt war?

Der Kuppler hatte Angst davor, dass der Tote sich erheben und auf ihn zukommen würde. Denn das undefinierbare Geräusch wurde nun lauter. Chalandon wäre gern weggelaufen, aber das war natürlich unmöglich. Auch einen Schrei konnte er vergessen. Der Schweiß lief ihm in Strömen über den Rücken, doch diese Reaktion brachte ihm keine Linderung. Immerhin saß er fest auf seinem Stuhl. Seine Knie hätten Chalandon den Dienst versagt, daran gab es für ihn keinen Zweifel.

Nun ertönte ein leises Quietschen, das ihm bekannt vorkam. Es waren die Scharniere der Geheimtür.

Chalandons Magen krampfte sich noch mehr zusammen. Also waren die Peiniger zurückgekommen! Aber warum machten sie kein Licht? Nein, das stimmte nicht ganz. Zwar herrschte auch im angrenzenden Raum Dunkelheit. Doch die Gestalt, die nun lautlos in das Geheimzimmer glitt, hatte eine Blendlaterne in der einen Hand.

Und einen Revolver in der anderen.

Der Eindringling stellte die Lampe auf den Boden und trat in ihren Lichtkegel.

Trotz der schlechten Beleuchtung erkannte der Kuppler, dass es sich bei seinem nächtlichen Besucher weder um Agares noch um Barnabas handelte. Aber mit wem bekam er es jetzt zu tun? Womöglich mit einem Komplizen des Einbrechers? Ja, das war möglich. Der Mann trug eine karierte Mütze, die untere Hälfte seines Gesichts hatte er mithilfe eines schwarzen Tuchs maskiert. Hose und Jacke waren dunkel, das kragenlose Hemd war quer gestreift. In dem breiten Ledergürtel steckte ein Dolch. Der Maskierte sah von Kopf bis Fuß so aus, wie sich jeder brave Bürger einen Pariser »Apachen« vorstellte.

Eigentlich hätte Chalandon sich über den nächtlichen Besuch freuen sollen, denn der Kerl steckte garantiert nicht mit dem Oberst und dessen Handlanger unter einer Decke. Andererseits: Er war garantiert nicht auf der Bildfläche erschienen, um den Kuppler zu retten.

Wie würde der Bursche reagieren, wenn er bemerkte, dass Joseph abgeschlachtet worden war?

Der Eindringling legte den Zeigefinger vor seinen Mund unter dem Tuch. Eine Geste, die international verstanden wurde. In Chalandon keimte Hoffnung auf. Offenbar wollte der Fremde ihn von seinem Knebel befreien. Und genau das geschah nun. Der Maskierte glitt geräuschlos auf den Kuppler zu und löste den Knoten des festen Tuchs, mit dem Chalandon am Sprechen und Schreien gehindert worden war. Sein Kiefer schmerzte. Die Zunge fühlte sich an, als wäre sie mit Sandpapier behandelt worden. Und obwohl die Mundhöhle knochentrocken war, brachte er einige Worte hervor.

»Ich danke Ihnen von Herzen, Monsieur«, flüsterte Chalandon.

»Schon gut«, lautete die Antwort. »Wenn Sie diese Räume lebend verlassen wollen, halten Sie sich an meine Anweisungen.«

»Selbstverständlich.«

»Sehr gut. Ich werde Sie nun auch entfesseln. Danach bleiben Sie noch kurz hier sitzen, verstanden?«

Der Kuppler nickte, obwohl sein Fluchtinstinkt fast übermächtig wurde. Verlangte dieser unbekannte

Mann nicht etwas Übermenschliches von ihm? Wer so viel Grauen gesehen hatte wie Chalandon während der vergangenen Stunden, der wollte nur noch fortlaufen. Doch er führte sich vor Augen, dass er diesem Maskierten seine Freiheit verdankte. Es würde ihm wohl nichts anderes übrig bleiben, als auf den mysteriösen Apachen zu vertrauen.

Im Handumdrehen glitten die Seile zu Boden, mit denen Chalandon gebunden worden war. Er rieb sich seine schmerzenden Knöchel und spürte, wie allmählich wieder das Leben in seine Gliedmaßen zurückkehrte. Es war kein Vergnügen, stundenlang stramm gefesselt bewegungslos auf einem harten Stuhl sitzen zu müssen. Im Vergleich zum Schicksal des jungen Einbrechers konnte der Kuppler sich allerdings fühlen wie im Paradies.

Nachdem der Fremde Chalandon befreit hatte, wandte er sich von ihm ab, nahm die Blendlaterne und ging zu Josephs blutiger Leiche hinüber. Der Kuppler musste seinen Blick abwenden, da sein Magen bereits zu rebellieren begann. Nun war er froh darüber, dass er zuvor in absoluter Dunkelheit gesessen hatte. Der ständige Anblick des gemarterten Toten hätte ihm ansonsten vielleicht den Verstand geraubt. Der Unbekannte gab keinen Laut von sich. Falls er schockiert war, ließ er es sich nicht anmerken. Es kam dem Kuppler so vor, als wenn er einen Gegenstand einstecken würde. So genau wollte er es gar nicht wissen.

Nun kehrte der Fremde zu ihm zurück.

»Wir verschwinden jetzt«, raunte er. »Sie ziehen Ihre Stiefel aus, kapiert? Wenn Sie auf Socken gehen, verursachen Sie viel weniger Geräusche. Und bleiben Sie stets direkt hinter mir. Wenn der Oberst oder Barnabas erwachen, werde ich nicht den Kopf für Sie hinhalten.«

Chalandon nickte, während er sich schnell seiner Fußbekleidung entledigte. Die Vorstellung, erneut in die Gewalt dieser beiden Sadisten zu geraten, war beinahe unerträglich für ihn. Gleichzeitig führte er sich vor Augen, dass der Eindringling die Namen der Männer kannte. Also schien er genau zu wissen, was hier vor sich ging. Und wie war es ihm gelungen, den geheimen Raum zu finden? Als der Kuppler hierher geschafft worden war, hatte er gesehen, dass es nur eine sehr gut getarnte Tapetentür gab. Ob der Maskierte von der Existenz dieses Zimmers gewusst hatte? Aber woher?

Chalandon nahm seine Stiefel in die linke Hand und schlich nun hinter dem Mann her, der wieder nach seiner Blendlaterne gegriffen hatte. In ihrem Schein konnte der Kuppler sehen, dass sein Retter seine Schuhe mit alten Lumpen umwickelt hatte. So konnte er sich dort, wo keine dicken Teppiche auf dem Parkettfußboden lagen, sehr leise fortbewegen.

Sie verließen das Geheimzimmer und durchquerten die Bibliothek, als plötzlich die Standuhr schlug. Dröhnend verkündete sie den Anbruch der Mitternacht. Der plötzliche Lärm erschreckte den Kuppler. Er ließ einen seiner Stiefel fallen. Doch bevor der Gegenstand auf dem Boden landen und noch mehr Krach verursachen konnte, schoss die freie Hand des Fremden nach hinten und fing den Stiefel auf. Dann gab der Maskierte ihn an Chalandon zurück.

»Seien Sie nicht so nervös.«

»Natürlich, Monsieur. Verzeihen Sie, Monsieur«, wisperte der Kuppler.

Chalandon fühlte sich wie in einem Albtraum, der niemals endet. Seine Gliedmaßen waren von dem langen bewegungslosen Sitzen steif und er verspürte einen entsetzlichen Durst. Am liebsten hätte er einen Liter Roten getrunken. Der Wein würde ihm hoffentlich auch beim Vergessen helfen. Obwohl er sich nicht vorstellen konnte, dass er jemals über seine Erlebnisse bei diesem alten Satan hinwegkommen würde.

Der Maskierte bewegte sich auf dem breiten Korridor auf die Tür zu, öffnete sie leise und gelangte gemeinsam mit Chalandon nach draußen. Der Kuppler sog gierig die nach kaltem Rauch und frischen Pferdeäpfeln riechende Pariser Nachtluft in seine Lungen. Die Männer eilten bis zur nächsten Straßenecke. Dort wurde Chalandon von seinem Retter in normaler Lautstärke angesprochen:

»Das wäre geschafft. Von hier aus müssen Sie allein zurechtkommen. Ich rate Ihnen, Ihr Kuppler-Gewerbe in Paris aufzugeben und bis ans Ende der Welt zu fliehen. Der Oberst wird unbedingt erfahren wollen, wer die Witwe ist. Und Sie haben ja miterleben müssen, wozu er fähig ist.«

»Allerdings, Monsieur. Ich weiß nicht, wie ich Ihnen danken soll. Sie scheinen über meine Angelegenheiten erstklassig im Bilde zu sein. Darf ich fragen, mit wem ich es zu tun habe?«

Die Antwort des Maskierten bestand darin, dass er sich blitzartig abwandte. Gleich darauf war er in der Finsternis verschwunden.

25

Lupin hatte für Joseph nichts mehr tun können. Insofern war seine Mission gescheitert. Dass er Chalandon befreite, war in gewisser Weise auch Eigennutz gewesen. Womöglich hätte der Kuppler dem grausamen Oberst doch einen Hinweis darauf geben können, wie er Natalie in seine Finger bekam. Und das wollte der Meisterdieb um jeden Preis verhindern.

Er schlug sich den Rest der Nacht mit Informationsbeschaffung um die Ohren und kehrte erst im Morgengrauen zu der Witwe und Maria zurück. Die beiden Frauen hatten gemeinsam im Hinterzimmer von Onkel Etienne geschlafen und kamen nun in die Gaststube des Bistros, die zu so früher Stunde noch verwaist war. Lediglich der Wirt selbst hatte es sich nicht nehmen lassen, schon einen starken Kaffee zu kochen.

Maria eilte auf Lupin zu. Ihre Augen waren weit aufgerissen, die Haare hingen ihr ins Gesicht. Im ersten Moment strahlte sie noch so etwas wie Hoffnung oder Zuversicht aus. Aber dann schien sie zu begreifen, dass der Meisterdieb allein zurückgekehrt war.

»Joseph ...?«

Mehr als dieses eine Wort brachte sie nicht hervor. Lupin schüttelte langsam den Kopf.

»Es tut mir sehr leid, ich bin zu spät gekommen.«

Die junge Frau schlug sich die Hände vor das Gesicht, ihre Schultern zuckten. Sie weinte bitterlich. Natalie kümmerte sich um sie und führte sie zurück ins Hinterzimmer. Onkel Etienne stieß einen langen Seufzer aus.

»Scheint eine üble Geschichte zu sein, Monsieur Lupin. Wie wäre es mit einem Kaffee?«

»Ja, sehr gern.«

Der Meisterdieb trank von der heißen aromatischen Flüssigkeit und hing seinen Gedanken nach. Ob es eine Möglichkeit gab, Oberst Agares das Handwerk zu legen? Der ehemalige Offizier war ein Gegner, den Lupin auf keinen Fall unterschätzen durfte. Und solange der alte Schurke lebte, würde er die Jagd nach Natalie Noir nicht aufgeben. Daran hatte Lupin nicht den geringsten Zweifel.

Musste also Agares sterben? War das die einzige Lösung des Problems?

Die Recherchen hatten jedenfalls ergeben, dass Agares selbst eiskalt über Leichen ging. Der Meisterdieb spielte im Geist einige Varianten durch, während er seinen Kaffee trank. Ihm war gar nicht bewusst, dass Onkel Etienne inzwischen ebenfalls verschwunden war. Stattdessen kam die Witwe wieder zu ihm.

»Maria hat sich noch einmal hingelegt, der Wirt konnte ihr ein Beruhigungspulver verabreichen. Das arme Kind tut mir so leid, Lupin. Also lebt dieser Joseph wirklich nicht mehr?«

»Nicht nur das, Teuerste. Er ist auf eine abscheuliche Art und Weise zu Tode gekommen. Details wollte ich seiner Gefährtin ersparen.«

Lupin deutete einige Dinge an, die Natalie erbleichen ließen. Außerdem zog er einen in Wachstuch eingewickelten Gegenstand aus der Tasche und legte ihn auf die Theke. Es handelte sich um eine ungefähr faustgroße mechanische Vorrichtung, an der getrocknetes Blut klebte. Die Witwe kniff die Augen zusammen.

»Was in aller Welt ist das?!«

»Ich vermute, dass es sich um eine Art künstliche Niere handelt. Diese Erzschurken haben Joseph seine echten Nieren entnommen und durch diesen Apparat ersetzt. Das groteske Experiment hat nicht funktioniert. Jedenfalls sieht es nach meiner laienhaften Meinung nicht danach aus, dass dieses Ding seinen Dienst erfüllt hätte.«

»Agares muss wahnsinnig sein, Lupin! Wie kann er ernsthaft glauben, dass sich lebenswichtige Organe durch mechanische Apparaturen ersetzen lassen?«

Lupin nahm noch einen Schluck Kaffee.

»Mit gesundem Menschenverstand ist das wirklich nicht nachzuvollziehen. Wahrscheinlich wird sich Agares durch den Tod des Einbrechers nicht von seinem Vorhaben abhalten lassen, ganz im Gegenteil. Wir müssen davon ausgehen, dass es weitere Opfer geben wird – und Sie, meine Teuerste, befinden sich nach wie vor in Lebensgefahr.«

»Sie meinen, weil ich diesen Konstruktionsplan entwendet habe?«

Der Meisterdieb nickte.

»Der Oberst kann keine Mitwisserin gebrauchen.

Er will das Geheimnis des ewigen Lebens ganz für sich allein. Ich vermute, dass er auch seinen treuen Helfer Barnabas zu gegebener Zeit ins Jenseits befördern wird. Der Oberst hat schon in der Vergangenheit absolute Skrupellosigkeit bewiesen. Auf dem Weg hierher stattete ich dem Militärarchiv noch einen nächtlichen Besuch ab. Dort wartete faszinierende, doch auch beunruhigende Lektüre auf mich.«

»Machen Sie es nicht so spannend«, bat Natalie.

»Der Oberst hat seinen Abschied von der Armee genommen, nachdem er sich in unseren fernöstlichen Kolonien durch besondere Grausamkeit hervortat. Seine Untaten wurden immer wieder vertuscht, doch eines Tages verschwand er unter ungeklärten Umständen. Angeblich hatte es eine Geheimgesellschaft auf ihn abgesehen. Nach zwei Wochen wurde der Oberst von Einheimischen im Dschungel gefunden, bewusstlos und nur mit einem Lendenschurz bekleidet. Seiner Akte konnte ich nicht entnehmen, was während dieser Zeit mit ihm geschehen ist. Agares hat auch später niemals darüber gesprochen. Fest steht nur, dass er wenig später als Zivilist nach Frankreich zurückkehrte.«

»Agares macht mir Angst«, gestand Natalie. »Er kommt mir noch unberechenbarer vor als mein Gatte. Und das will etwas heißen.«

Die Witwe senkte den Blick. Lupin war sicher, dass sie in diesem Moment in üblen Erinnerungen schwelgte. Doch sie riss sich zusammen und wandte sich wieder an ihn:

»So, wie ich Sie kenne, haben Sie bereits einen Plan.«

Der Meisterdieb nickte.

»Im Grunde ist es ganz einfach. Am besten wäre es, wenn wir Agares seine Kopie der Konstruktionszeichnung entwenden würden. Außerdem müssen wir dafür sorgen, dass er hinter Gittern landet.«

»Und wenn uns das nicht gelingt?«

»Dann ist der Tod des Obersten die einzige Alternative.«

26

Claude Marrac fror. Der junge Sergeant hatte eine Position eingenommen, von der aus er Oberst Agares' Wohnung gut im Auge behalten konnte. Leider war Marrac es noch nicht gewohnt, stundenlang bewegungslos ein verdächtiges Objekt zu observieren. Während der Nacht war Nebel aufgezogen und die dicken Dunstschwaden hatten ihn an seinem eigenen Beobachtungsvermögen zweifeln lassen. Einmal war es ihm so vorgekommen, als ob zwei Männer heimlich das Gebäude verlassen würden.

Marrac hatte die schemenhaften Gestalten sogar einige Straßenzüge weit verfolgt, doch dann den Kontakt verloren. Je weiter er sich von dem Haus entfernte, desto größer wurden seine Zweifel. Schließlich war der Kriminalist davon überzeugt, sich geirrt zu haben. Er kehrte zu Agares' Behausung zurück und schickte ein Stoßgebet zum Himmel, dass sich dort inzwischen nichts getan hatte.

Offenbar wurde sein Flehen erhört. Zumindest war ihm keine Veränderung aufgefallen. Weit nach Mitternacht lichtete sich der Nebel und fahles Mondlicht beleuchtete eine gespenstische Szenerie.

Marrac drückte sich tiefer in die Deckung eines Hauseingangs, als sich ein Pferdefuhrwerk näherte und vor dem Gebäude zum Halten kam. Der Kutscher stieß einen schrillen Pfiff aus. Wenig später trat ein

Mann aus dem Haus, der mit einer langen Tuchrolle beladen war. Er hatte sie sich auf die Schulter gehievt und beförderte sie nun mithilfe des Kutschers auf die Ladefläche des Pritschenwagens. Dann stiegen die beiden Männer auf den Bock, die Peitsche knallte und das Gefährt setzte sich langsam in Bewegung.

Pollards Untergebener beglückwünschte sich selbst dazu, dass er für einen solchen Fall vorgesorgt hatte. Marrac war für diesen Einsatz mit einem der neuen Fahrräder aus dem Fuhrpark der Pariser Polizei ausgestattet worden. Nun schwang er sich in den Sattel und nahm die Verfolgung auf. Natürlich setzte der Sergeant nicht die Karbidlampe in Betrieb, die normalerweise nachts der Beleuchtung des Zweirads diente. Die Dunkelheit war seine beste Tarnung.

Das Fuhrwerk vermied die großen Boulevards der Hauptstadt. Was sich wohl in der Tuchrolle befinden mochte? Über diese Frage sinnierte Marrac, während er dem Gefährt mit gebührendem Abstand folgte. Wenn er diese Frage beantworten konnte, würde seine Position im Polizeipräsidium gewaltig gestärkt werden. Der Sergeant war nicht so dumm, wie sein Chef ihn einschätzte. Ihm war bewusst, dass er es nur seiner Verwandtschaft zu verdanken hatte, dass er mit dem legendären Mordermittler zusammenarbeiten durfte. Doch wenn Marrac bewies, dass er auch ganz allein etwas zu einer Ermittlung beisteuern konnte, würde er in der Gunst seines Vorgesetzten hoffentlich steigen.

Die Männer auf dem Kutschbock schienen nicht bemerkt zu haben, dass ein einsamer Radfahrer hinter ihnen her war. Das Fuhrwerk hatte inzwischen die Außenbezirke von Paris erreicht. Vor den Eisengittern eines kleinen Friedhofs brachte der Kutscher die Pferde zum Stehen.

Marrac blieb zurück und lehnte sein Fahrrad gegen den hohen Zaun. Die Männer schafften die Tuchrolle gemeinsam durch das offen stehende Tor auf das Gelände.

Die wollen hier eine Leiche verbuddeln!, dachte der Sergeant, während er sich auf Zehenspitzen dem Gottesacker näherte. Sein Herz schlug bis zum Hals. Eigentlich war er nicht abergläubisch, zumindest hatte er sich das bisher eingebildet. Ein Kriminalbeamter hatte sich an Fakten und Zusammenhängen zu orientieren. Da war kein Platz für Vorstellungen von Untoten oder Gespenstern.

Doch nun musste Marrac in finsterer Nacht über einen Friedhof schleichen. Seine einzige Lichtquelle war der fahle Mondschein, der auf die Grabsteine und Mausoleen fiel. Ein Geräusch ließ ihn zusammenzucken. Im ersten Moment glaubte der Sergeant, dass ein Sargdeckel geöffnet worden wäre. Doch dann erkannte er, dass sein Gehör ihm einen Streich gespielt hatte. In Wirklichkeit wurde der Krach vom Klappern der Pferdehufe und dem Rollen der Wagenräder auf dem stillen Vorstadt-Straßenpflaster verursacht.

Waren also der Kutscher und der andere Mann nach Paris zurückgekehrt? Hatte Marrac jetzt nur noch die Toten als Gesellschaft? Für einen Moment verursachte dieser Gedanke ihm Magendrücken, doch dann erkannte er seine Chance. Der Sergeant konnte herausfinden, ob hier wirklich eine Leiche abgelegt worden war. Außerdem – wenn die Kerle fort waren, würde auch nichts mehr gegen eine bessere Beleuchtung sprechen!

Mit tastenden Fingern zog Marrac eine kleine Blendlaterne und sein Feuerzeug aus seinem Mantel. Schon beim zweiten Versuch gelang es ihm, den Docht zu entzünden. Nun fiel es ihm schon viel leichter, sich auf dem stillen Friedhof zügig zu bewegen. Marrac ging zur Westseite des Geländes, wo sich auf den meisten Pariser Gottesäckern die Gräber der namenlosen Toten befanden.

In der Hauptstadt starben täglich Vagabunden und Herumtreiber, über deren Herkunft niemand etwas Genaueres sagen konnte. Sie wurden meist in Jutesäcke gesteckt und in schmucklosen Gräbern beigesetzt. Der junge Gesetzeshüter näherte sich einer Stelle, wo sich mehrere offene Gruben befanden. Hier sollten in den nächsten Tagen offenbar weitere Tote beigesetzt werden. Wenn ein Mörder hier sein Opfer ablegte und mit einer Schicht Erde bedeckte, würde es niemals gefunden werden. Nach Marracs Meinung war das eine sehr einfache, aber effektive Methode, um einen Leichnam unbemerkt loszuwerden. Mehrere Schaufeln waren an die Mauer eines Mausoleums gelehnt. Der Unbekannte konnte sich einfach des Werkzeugs bedienen.

Der Sergeant schaute sich die Umgebung genauer an. Wo war der Tote abgeblieben? Der längliche Gegenstand, den Marrac für einen menschlichen Körper hielt, war in ein graues Tuch eingeschlagen gewesen. Und die Zeit bis zur Abfahrt des Fuhrwerks dürfte kaum ausgereicht haben, um das Opfer erfolgreich zu verscharren. Daraus folgte nur eine mögliche Konsequenz.

Der Mörder musste sich noch auf dem Friedhof befinden!

Der Kutscher hingegen war mitsamt seinem Gefährt verschwunden, das hatte Marrac deutlich gehört. Er hatte es also nur mit einem Gegner zu tun. Doch diese Tatsache war auch kein Trost, denn sein Widersacher konnte sich in der Finsternis verbergen. Der junge Polizeibeamte hingegen stand mit seiner Blendlaterne wie auf einem Präsentierteller.

»Polizei!«, rief Marrac so forsch wie möglich. »Zeigen Sie sich!«

Eine Antwort blieb aus. Pollards Assistent zog seinen Dienstrevolver. Einen Moment lang spielte er mit dem Gedanken, seine Blendlaterne zu löschen. Aber ob das wirklich so eine gute Idee war? Gewiss, dann würde er selbst ebenfalls nicht mehr gut gesehen werden können. Doch der Mörder kannte sich womöglich auf dem Friedhof gut aus, hatte hier vielleicht schon mehrere Leichen vergraben. Außerdem bot die Lichtquelle Marrac ein wenig Sicherheit. Und darauf wollte er auf keinen Fall verzichten. Es kam einfach darauf an, sich nicht überrumpeln zu lassen. Denn eines hatte der Kriminalist erkannt: Er war ein lästiger Zeuge, den der Mörder auf keinen Fall mit dem Leben davonkommen lassen durfte.

Marrac schlich seitwärts an den offenen Gräbern vorbei. Er musste sich einfach vergewissern, ob in einer der Gruben das graue Paket lag. Besser wäre es gewesen, Verstärkung anzufordern. Doch wie sollte er das anstellen? Der Sergeant hatte natürlich seine Trillerpfeife dabei. Aber welcher Polizeikollege sollte ihn hören? Er befand sich schließlich auf einem abgelegenen Friedhof am Rand einer öden Vorstadt. Es gab auch in dieser Gegend eine Wache, doch die war garantiert zu weit entfernt.

Marrac konnte nicht auf Unterstützung hoffen.

Er zuckte zusammen, als der Ruf eines Käuzchens ertönte. Wenigstens hatte er keinen Schreckenslaut ausgestoßen. Der Sergeant wollte auf keinen Fall, dass der Verbrecher seine Angst spürte. Denn Marrac fürchtete sich. Es wäre unsinnig gewesen, es leugnen zu wollen. Der Schweiß rann ihm in Strömen über den Rücken, seine Rechte krampfte sich um den Griff seiner Waffe. In der Linken hielt er die Laterne, schwenkte sie hin und her. Gleichzeitig lauschte Marrac konzentriert darauf, ob ein Angreifer sich von hinten näherte.

Doch er bemerkte nichts.

Der Kriminalist hatte bereits in mehrere Gräber gelinst, als sein Puls sich noch stärker beschleunigte. In der vierten Grube von rechts lag das graue Tuch, in das vermutlich ein menschlicher Körper eingehüllt war.

Marrac glaubte sogar, auf dem hellen Stoff eingetrocknete Blutflecken zu erkennen. Er beugte sich instinktiv vor, um sich die Sache genauer anzusehen.

In diesem Moment wurde er attackiert.

Der Gegner hatte den Moment gut ausgewählt. Marrac musste balancieren, um nicht vom Rand aus in die offene Grube zu stürzen. Außerdem hatte er angenommen, durch einen Schuss oder einen Messerstich attackiert zu werden. Stattdessen wurde ihm eine Drahtschlaufe über den Kopf geworfen.

Unbarmherzig zog der Mörder die Schlinge zu.

Marrac ließ die Laterne in das Grab fallen. Sie ging nicht aus, was aber kein Trost war. Das Licht illuminierte den Todeskampf des jungen Polizisten. Vergeblich versuchte er, die Finger seiner linken Hand zwischen den Draht und seinen Hals zu schieben. Mit der Rechten hielt er immer noch seinen Revolver, doch die Waffe nützte ihm im Moment ebenso wenig wie seine Trillerpfeife.

Oder – vielleicht doch?

Wenn Marrac jetzt schoss, traf er seinen Gegner vielleicht nicht. Doch wenn jemand hörte, dass hier etwas Ungewöhnliches vorging, würde er vielleicht die Polizei alarmieren. Der Sergeant befand sich hier nicht in Montmartre, wo es der Ehre widersprach, die Flics zu holen. Er musste es zumindest versuchen. Es fragte sich allerdings, ob er es schaffen würde, denn der Schmerz an seiner Kehle war kaum noch auszuhalten. Vor Marracs Augen drehten sich rotglühende Kreise, seine Lungen schrien nach Sauerstoff. Er schaffte es immerhin, den Revolverhahn zu spannen. Ob Marrac noch genug Kraft haben würde, um den Zeigefinger zu krümmen?

Er wollte es auf jeden Fall versuchen. Der Sergeant begriff, dass er sterben würde. Er hätte diesen Fall gerne gelöst, doch Inspektor Pollard würde es auch ohne ihn schaffen. Und der Mörder landete garantiert am Galgen.

Das war der letzte Gedanke, den Marrac in diesem Leben hatte.

Inspektor Pollard war nicht begeistert davon, dass Marrac am Morgen keine Meldung machte. Der junge Sergeant glänzte am Quai des Orfèvres durch Abwesenheit. Sein Vorgesetzter schaute demonstrativ auf die Uhr, doch es war niemand da, der sich durch diese Geste hätte schuldig fühlen können.

Ob Pollard den Diensteifer seines Assistenten falsch eingeschätzt hatte? Ein junger Polizist musste sich auch einmal eine Nacht um die Ohren schlagen können, ohne am nächsten Tag gleich seine Aufgaben zu vernachlässigen.

Die Jugend von heute hat einfach keine Energie mehr, dachte der Inspektor verdrossen. Was konnte schon so schwierig daran sein, das Haus eines Verdächtigen zu observieren? Oder hatte Marrac womöglich Ärger mit dem Oberst bekommen? Würde Agares so dumm sein, sich an einem Polizeibeamten zu vergreifen?

Pollard zündete sich eine Zigarre an und schüttelte den Kopf. Er konnte sich nicht vorstellen, dass sein Assistent sich in Gefahr brachte. Marrac war vorsichtig ... doch es mangelte ihm an Erfahrung. Würde er wirklich einem so skrupellosen Gegner wie Agares gewachsen sein?

Der Inspektor hatte seine Beziehungen spielen lassen und die Militärakte des Obersten angefordert. Ihr Inhalt glich seiner Meinung nach eher einer Räubergeschichte als einer dienstlichen Beurteilung. Es war von einer rätselhaften Sekte die Rede, die den Offizier verschleppt haben sollte. Doch Agares hatte sich zu diesem Punkt stets in Schweigen gehüllt.

Pollard schaute nachdenklich seinem Zigarrenrauch nach. Seiner Meinung nach war der Oberst auf jeden Fall undurchsichtig. Ob in seiner Wohnung wirklich ein Mord geschehen war? Und welche Rolle spielte Lupin bei dieser Angelegenheit? Steckte der Meisterdieb wirklich mit Agares unter einer Decke?

Pollard wollte Lupin unbedingt hinter Schloss und Riegel bringen. Der Inspektor verabscheute die Art, wie dieser *Bonvivant* seit Jahren dem Gesetz eine lange Nase drehte und einfach das tat, was ihm beliebte. Jedoch ... Pollard konnte nicht aus seiner Haut. Er war durch und durch ein Analytiker. Und als ein solcher musste er sich eingestehen, dass weder der bestialische Mord an der Prostituierten in Monaco noch das Abschlachten des Amerikaners in Paris zum Charakter des Meisterdiebs passten. Andererseits war es natürlich denkbar, dass es ein geheimes Band zwischen Lupin und Agares gab, das Pollard einfach noch nicht bemerkt hatte. Jedenfalls konnte er nicht länger untätig in seinem Kontor sitzen. Er betätigte die elektrische Klingel, woraufhin Sergeant Philippe Gracier auf der Bildfläche erschien.

Pollard konnte Gracier nicht ausstehen. Während Marrac durchaus fügsam und gutwillig war, hielt der Inspektor den anderen Sergeanten für einen Spitzbuben. Pollard hatte Gracier stark im Verdacht, ein Krimineller mit Polizeimarke zu sein. Gracier war in Montmartre aufgewachsen. Dafür konnte er natürlich nichts. Doch die übelsten Schurken der Stadt waren ihm von Kindesbeinen an bekannt. Er war mit ihnen auf du und du, hatte gemeinsam mit späteren Mördern und Räubern die Schulbank gedrückt und die dreckigen Straßen des Vergnügungsviertels unsicher gemacht.

War es wirklich glaubhaft, dass er nach seinem Eintritt in die Pariser Polizei jeden Kontakt zu ihnen abgebrochen hatte? Oder wurde Gracier regelmäßig bestochen, um seine Jugendfreunde über alle wichtigen Ermittlungen auf dem Laufenden zu halten?

Pollard betrachtete verdrossen den bleistiftdünnen Schnurrbart des Sergeanten. Es spielte keine Rolle, dass er Gracier nicht mochte. Nach Lage der Dinge war er der einzige Assistent, über den er aktuell verfügen konnte.

»Sie wünschen, Herr Inspektor?«

Graciers dunkle Stimme hatte immer noch eine leichte Färbung von *Argot* an sich. Die Sprache der kriminellen Halbwelt lag ihm offensichtlich im Blut. Das war von Vorteil, wenn er sich unauffällig Informationen beschaffen sollte. Doch in Pollards Augen war seine Redeweise ein weiterer Hinweis auf Graciers zweifelhafte Loyalität gegenüber der Polizei.

Der Vorgesetzte stieß Qualmwolken aus wie eine Dampflokomotive im *Gare du Nord.*

»Ihr Kollege Marrac ist während einer Observierung spurlos verschwunden!«

Gracier grinste frech.

»Und Sie sind sicher, dass er sich nicht im nächstgelegenen Bistro aufwärmt?«

»Ich mache hier keine Scherze, Gracier!«, donnerte der Inspektor und schlug mit der Faust auf seine Schreibtischplatte. »Sie werden jetzt lostraben und sich mit sämtlichen Hospitälern in Verbindung setzen. Geben Sie die Information auch an sämtliche Polizeidienststellen in Paris und dem Umland in einem Radius von fünfzig Kilometern weiter. Ich will sofort erfahren, was mit ihm geschehen ist.«

»Soll ich auch seine Familie verständigen?«, fragte der Sergeant mit Unschuldsmiene. Dieser Bastard wusste natürlich, dass Marrac mit dem Präfekten verwandt war. Diese Tatsache hatte während der vergangenen Monate wohl jeder Polizist aufgeschnappt, der am Quai des Orfèvres arbeitete.

Pollard schwitzte plötzlich Blut und Wasser. Daran hatte er noch gar nicht gedacht. Falls Marrac wirklich etwas zugestoßen war, würde der Inspektor seine Karriere begraben können. Als der direkte Vorgesetzte trug er die Verantwortung für das Wohlergehen seines jungen Mitarbeiters.

»Nein, das hat noch Zeit. Gehen Sie jetzt gefälligst an die Arbeit.«

Pollard wedelte mit der Hand, als ob er eine lästige Fliege verscheuchen wollte. Gracier nickte seinem

Chef zu und verließ das Büro. Der Inspektor konnte sich lebhaft vorstellen, dass der Sergeant sich jetzt ins Fäustchen lachte. Und es gab nichts, was er dagegen unternehmen konnte. Am liebsten wäre er direkt zu Agares gefahren und hätte die Wahrheit aus ihm herausgeprügelt. Doch was sollte das bringen? Objektiv gesehen hatte er nicht genug in der Hand, um gegen den Oberst vorgehen zu können. Die wenigen Blutstropfen auf dem Boden bewiesen überhaupt nichts. Agares konnte jederzeit behaupten, dass die Spuren von ihm selbst stammten und von der faulen Putzfrau nur übersehen worden waren.

Pollard nahm sich noch einmal Agares' Militärakte vor. Irgendetwas musste er unternehmen, sonst fürchtete er um seinen Verstand.

Der Oberst entstammte einer Familie von Winzern. Nachdem sein älterer Bruder unter nicht näher geklärten Umständen ums Leben gekommen war und seine Eltern ebenfalls nicht mehr lebten, war er der Alleinerbe eines kleinen Weingutes. Da Agares eine Wohnung in der Hauptstadt hatte, würde er sich nicht allzu oft dort aufhalten. Der Oberst war nicht verheiratet und hatte keine Kinder, was für einen Mann in seiner Stellung eher ungewöhnlich war. Der Adel und das Bürgertum legten Wert darauf, dass ihr Besitz nach ihrem Tod an einen Familienangehörigen überging.

Ob Agares sich nichts aus Frauen machte? War dieser gut aussehende Sekretär Barnabas womöglich sein Lustknabe? An diese Möglichkeit hatte Pollard bisher noch gar nicht gedacht. Doch falls seine Annahme zutraf, ergab sich daraus ein handfestes Mordmotiv. Die Unzucht zwischen Männern war nicht nur gesetzlich verboten, sondern stellte zugleich ein großes gesellschaftliches Tabu dar. Eine Person, die ungewollt Zeuge solcher Ausschweifungen geworden war, musste aus Agares' Sicht eine ungeheuerliche Bedrohung darstellen.

Und nur tote Zeugen redeten nicht.

Hatte Marrac etwas gesehen, das ihm zum Verhängnis geworden war ...?

Pollard verlor jedes Gefühl für Zeit und Raum. Er grübelte düster vor sich hin, bis Gracier wieder hereinplatzte. Der Inspektor zuckte zusammen.

»Anklopfen lernt man wohl nicht, wenn man am Montmartre aufwächst?«

»Verzeihen Sie bitte. Aber ich habe eine Meldung von der Polizeistation Vaucresson bekommen. Auf dem dortigen Friedhof wurde eine Leiche gefunden.«

»Ein Toter auf dem Friedhof, wer hätte das gedacht!«, höhnte Pollard. Doch der Sergeant blieb ernst.

»Der Mann hatte einen Pariser Polizeiausweis bei sich. Es könnte sich um Sergeant Marrac handeln.«

Pollard fühlte sich, als ob ihm jemand den Boden unter den Füßen weggezogen hätte. Seine schlimmsten Befürchtungen schienen Wirklichkeit zu werden. Doch er musste sich mit eigenen Augen davon überzeugen, dass sein Assistent wirklich tot war. Er sprang auf, griff nach Hut, Mantel und Spazierstock.

»Wir fahren sofort dorthin. Kümmern Sie sich um ein Automobil!«

»Schon geschehen, Herr Inspektor.«

Die beiden Ermittler verließen das Polizeipräsidium und stiegen im Hof in eine behördliche Benzindroschke, die von einem uniformierten Flic gelenkt wurde. Pollard stützte seine Hände auf den Knauf seines Stocks und würdigte Gracier, der neben ihm saß, keines Blickes.

Was hatte Marrac in diesem elenden Kaff Vaucresson zu schaffen gehabt? Dort gab es nichts, nur ein paar armselige Bauern und Invaliden, die von einem Leben in Paris träumten. Der Auftrag des Sergeanten hatte gelautet, Agares zu beschatten. Und wenn er nun genau das getan hatte? War Marrac dem Oberst oder dessen Komplizen bis in den Vorort gefolgt und dann entdeckt worden?

Die Fahrt durch den dichten hauptstädtischen Straßenverkehr dauerte nach Pollards Meinung eine halbe Ewigkeit. Dafür entdeckte er kurz vor dem Ziel einen verdächtigen Gegenstand.

»Anhalten!«, rief der Inspektor und schlug zur Bekräftigung seiner Worte dem vor ihm sitzenden Polizisten leicht auf die Schulter.

»Was gibt es denn?«, fragte Gracier, als der Wagen bremste.

»Haben Sie Tomaten auf den Augen? Da, das ist Marracs Fahrrad!«

Der Inspektor stieg aus und zeigte mit der Spazierstockspitze auf das Gefährt, das neben dem Eisengitter des Friedhofs im hohen Gras lag.

Gracier beugte sich über das Zweirad.

»Ja, das ist ein Dienstrad der Pariser Polizeipräfektur. Jetzt sehe ich das Siegel auch.«

Pollard verkniff sich einen Kommentar. Er eilte auf das eigentliche Friedhofsgelände. Dort standen zwei uniformierte Dorfpolizisten. Sie salutierten, als er ihnen seine Dienstmarke zeigte. Außerdem gab es noch einen Zivilisten in einem grauen Kittel. Er hatte riesige schmutzige Hände, einen Walrossschnurrbart und eine Rotwein-Fahne.

»Das ist Monsieur Clegeau, der Totengräber«, stellte der ranghöhere Flic ihn vor. »Er hat den Leichenfund gemeldet.«

Der Inspektor nickte dem Mann zu und nannte seinen eigenen Namen.

»Berichten Sie mir, was geschehen ist«, forderte er.

Clegeau kratzte sich im Nacken.

»Tja, ich wollte vorhin mit dem Ausheben der neuen Gräber weitermachen. Vorgestern hat eine ganze Familie den Gashahn aufgedreht, weil sie die Rechnung nicht mehr zahlen konnten. Verdammt viele Gräber also. Einige hatte ich schon vorbereitet, doch das eine war schon wieder halb zugeschüttet. Ich dachte, da hätte sich jemand einen Scherz erlaubt. Und dann sah ich *ihn*.«

Der Totengräber zeigte nach rechts. Pollard hatte bisher die Leiche seines jungen Mitarbeiters nicht bemerkt, weil er nicht in die Richtung geschaut hatte. Sein Magen krampfte sich zusammen, während der inzwischen ebenfalls aufgekreuzte Gracier sich eine Zigarette anzündete. Der Inspektor hätte ihm gern in den Hintern getreten, doch stattdessen konzentrierte er sich lieber auf den Toten.

Man konnte Marracs gewaltsames Ende nur sühnen, indem man den oder die Täter vor Gericht brachte.

Die Augen im knochigen bleichen Gesicht des Sergeanten waren weit aufgerissen, der Mund ebenfalls. Er musste krampfhaft versucht haben zu atmen, was ihm aber nicht gelungen war. Der schmale blutige Streifen direkt über dem Hemdkragen zeugte davon, dass Marrac stranguliert worden war. Vermutlich mit einem Draht. Seinen Dienstrevolver hielt er noch in der erstarrten Hand.

»Er muss versucht haben, sich zu wehren«, meinte Gracier. Dieser Montmartre-Lümmel hatte doch tatsächlich die Hände in den Hosentaschen!

»Wir sind hier nicht auf dem Jahrmarkt, zeigen Sie gefälligst Respekt!«, fauchte Pollard. Dann fuhr er etwas ruhiger fort: »Ja, aber der Täter kam von hinten. – Haben Sie nicht behauptet, der Polizist hätte in einem Grab gelegen? Auf seiner Kleidung ist keine Erde zu sehen.«

Die letzten beiden Sätze galten dem Totengräber.

»Da haben Sie mich falsch verstanden«, verteidigte sich Clegeau. »Ich meinte, dass ein Grab halb zugeschüttet sei. Aber der junge Mann lag nicht darin, der war die ganze Zeit da hinten neben dem Mausoleum.«

Der Inspektor nickte.

»Wenn Sie keine Erde in das Loch geschaufelt haben, dann muss es jemand anders gewesen sein. Ich möchte, dass Sie nachschauen, ob sich etwas dort befindet.«

Pollard deutete auf das halb zugeschüttete Grab. Der Leichenbestatter zögerte. Doch der drohende Blick des Inspektors veranlasste ihn schließlich dazu, der Aufforderung nachzukommen.

Während Clegeau mit der Arbeit begann und Gracier weiterhin Maulaffen feilhielt, kehrte Pollard zum Eingang des Gottesackers zurück. Dort konnte man auf der feuchten schlammigen Straße noch die Spuren eines Pferdefuhrwerks erkennen. Der Kriminalist stellte sich vor, dass sein Assistent von Paris aus mit dem Fahrrad das Gespann verfolgt hatte. Womöglich war mit dem Wagen ein Toter transportiert worden, der heimlich in einem der Armengräber des Vororts verscharrt werden sollte. Doch warum hatte Marracs Mörder die Arbeit nicht beendet? Und warum hatte er die sterblichen Überreste des jungen Sergeanten neben dem Mausoleum liegen lassen, wo sie jeder Friedhofsbesucher sofort finden konnte?

Entweder war er gestört worden oder er hatte keine Zeit mehr gehabt. Das waren zumindest zwei Möglichkeiten, die Pollard einfielen. Ob der Kutscher gleichzeitig der Mörder gewesen war? Oder hatten zwei Männer die Leiche auf dem Friedhof beseitigt? Doch wenn sie zu zweit waren, warum hatten sie nicht beide Toten schnell verscharrt?

Die Stimme des Totengräbers riss den Inspektor aus seinen Grübeleien.

»Hier ist etwas!«

Pollard eilte zum Grab zurück. Er und Gracier blickten in die Grube. Dort hatte Clegeau eine längliche Rolle freigelegt, die in grauen Stoff eingeschlagen war.

»Schneiden Sie das Tuch auf!«, befahl der Inspektor.

Der Bestatter trat zurück und bekreuzigte sich.

»Das ist nicht meine Aufgabe.«

Pollard unterdrückte einen Fluch, stieg selbst in die Grube hinab und zog sein Taschenmesser. Er schlitzte das Tuch auf und erblickte die entsetzlich zugerichtete Leiche eines jungen Mannes.

Mit einem Seitenblick bemerkte er, dass Gracier grün im Gesicht wurde.

»W-wer könnte das sein, Herr Inspektor?«, brachte der Sergeant hervor.

»Ich tippe auf den Einbrecher«, gab Pollard zurück.

»Was für ein Einbrecher?«

»Das erkläre ich Ihnen später. Mich interessiert im Moment, ob der Mörder unseres Kollegen mit dem Pferdefuhrwerk nach Paris zurückgekehrt ist oder nicht.«

»Wir haben hier auch eine Bahnstation!«, meldete sich Clegeau stolz zu Wort. Normalerweise hasste es der Inspektor, wenn sich Zivilisten ungefragt in polizeiliche Untersuchungen einmischten. Doch nun hakte er nach.

»Wie war das?«

»Es gibt eine Vorortbahn, die Station ist hier direkt die Straße hinunter. Können Sie nicht verfehlen.«

Der Totengräber deutete mit seiner schmutzigen rechten Hand nach Norden.

Gracier zündete sich eine frische Zigarette an und inhalierte den Rauch tief. Sein Gesicht nahm wieder etwas Farbe an.

»Glauben Sie, dass der Mörder mit dem Zug gefahren ist, Herr Inspektor?«

»Das will ich hoffen, denn dann könnte es Zeugen gegeben haben. Wenn der Täter zusammen mit dem Kutscher per Fuhrwerk zurückgekehrt ist, sehe ich schwarz. Die beiden stecken nämlich garantiert unter einer Decke.«

Pollard wollte baldmöglichst veranlassen, dass Marracs Leiche obduziert wurde. Doch zunächst ließ er sich zusammen mit Gracier zur Bahnstation fahren, die nur aus einem bescheidenen Giebelhaus und einem Schuppen bestand. Der Stationsvorsteher war ein magerer alter Mann mit Nickelbrille und Mundgeruch. Er reckte seinen Kopf vor wie ein Geier, als der Inspektor ihm seine Dienstmarke zeigte.

»Polizei?«, krächzte er. »Was kann ich für Sie tun?«

»Fahren eigentlich auch nachts Züge auf dieser Strecke Richtung Paris?«, wollte Pollard wissen.

»Das kommt darauf an, was Sie unter nachts verstehen«, erwiderte der Bahnbeamte. »Um 3.17 Uhr trifft hier der Regionalzug von Versailles nach Paris ein, den wir aber streng genommen als Frühmorgenverbindung ...«

Der Inspektor unterbrach sein Gegenüber.

»Schön, und ist Ihnen heute ein Passagier aufgefallen? Womöglich ein Fremder, der nicht hierhergehört?«

Der Stationsvorsteher schürzte die Lippen und legte einen Zeigefinger an seinen Mund.

»Lassen Sie mich nachdenken ... Meist nehmen ja nur die Arbeiter den Zug, die zur Frühschicht ins Zementwerk wollen. Aber heute war tatsächlich ein junger Herr hier, den ich noch niemals gesehen hatte. Er löste eine Fahrkarte erster Klasse nach Paris.«

Pollards Pulsschlag beschleunigte sich noch weiter.

»Können Sie den Passagier genauer beschreiben?«, drängte er.

Der Bahnmensch tat sein Möglichstes. Er schilderte eine Person, die genau wie Oberst Agares' Assistent Barnabas aussah.

»Sehr gut«, sagte Pollard voller grimmiger Genugtuung. Dann wandte er sich an seinen neuen Assistenten. »Sergeant Gracier, wir müssen sofort nach Paris zurück und eine Verhaftung vornehmen!«

❧ 28 ❧

Agares war unzufrieden.

Einerseits freute er sich darüber, dass das Schicksal ihm diesen Einbrecher als Versuchsperson in die Hände gespielt hatte. Andererseits war der plötzliche Tod des jungen Kriminellen für den Oberst der beste Beweis dafür, dass Jamesons Bauplan seine Tücken hatte.

Ob die ganze Konstruktion zum Scheitern verurteilt war?

Nein, so weit wollte er nicht gehen. Die Erfahrung hatte Agares gelehrt, dass Beharrlichkeit und Skrupellosigkeit stets zum Ziel führten. Genial an dem Entwurf war, dass kein Handwerker den Sinn der einzelnen Konstruktionsteile erkennen konnte. Der Oberst bestellte sie stets als mechanische Spielzeuge. Und über deren Funktionstüchtigkeit machten sich die ausführenden Kräfte keine Gedanken, solange das Geld weiterhin floss.

Agares blickte auf seine Taschenuhr. Barnabas war schon lange überfällig. Über die Treue des jungen Mannes zerbrach der ehemalige Offizier sich nicht den Kopf. Er wusste, dass Barnabas ihm treu ergeben war. Dafür hatte Agares gesorgt. Gedanken musste er sich nur über diejenigen Menschen machen, die noch einen freien Willen besaßen.

Der Oberst brannte darauf, das Experiment zu wiederholen. Beim nächsten Mal wollte er es besser machen, da musste es einfach perfekt werden. Ob Barnabas wirklich der Beste für diese komplexe Aufgabe war?

Er bekommt es ja noch nicht einmal hin, eine Leiche loszuwerden, ohne dabei Stunden zu vertrödeln, dachte der Oberst schlecht gelaunt.

Endlich hörte er das vertraute Drehen des Schlüssels im Türschloss. Gleich darauf betrat Barnabas die Bibliothek, nachdem er schüchtern angeklopft hatte.

»Da bist du ja endlich! Warum hat es so lange gedauert, den Toten loszuwerden?«

Der Assistent schüttelte den Kopf.

»Wir haben ihn in ein Armengrab gelegt, Herr Oberst. Aber bevor ich den Einbrecher vollständig begraben konnte, wurde ich von einem Polizisten überrascht. Zum Glück konnte ich das Problem ebenfalls lösen.«

Barnabas berichtete, wie er Marrac in der Dunkelheit aufgelauert und ihn getötet hatte. Dann schaute er seinen Herrn und Meister Beifall heischend an. Doch falls er geglaubt hatte, dass Agares sein Handeln anerkennen würde, sollte er bitter enttäuscht werden.

»Du bist wirklich ein Kretin!«, knurrte der Oberst gefährlich leise. »Du sagst, der Kerl wäre ein Kriminalbeamter gewesen?«

»Ja, ich habe seine Jacke durchsucht, als er tot war. Sein Name war Sergeant Claude Marrac.«

»Es ist mir egal, wie er hieß! In diesem Kuhdorf, wo

du den Toten verscharrt hast, gibt es keine Kriminal-
polizei. Das bedeutet: Marrac arbeitet hier in Paris, am
Quai des Orfèvres. Und daraus folgt, dass er dich beim
Abtransport der Leiche beschattet hat!«

Barnabas erbleichte.

»Also ...«

»Also hast du die Flics auf meine Spur gebracht.
Und du weißt, was das bedeutet, oder?«

Der junge Mann zuckte zusammen, instinktiv taumelte er ein paar Schritte zurück.

»Nein, Herr Oberst! Bitte n...«

Er konnte den Satz nicht mehr beenden. Agares
bleckte seine spitzen Zähne, sprang seinen Assistenten
wie ein Raubtier an und zerfetzte im Handumdrehen
dessen Kehle. Bevor der Blutrausch endgültig von dem
Oberst Besitz ergriff, riss er sich von seinem sterben-
den Opfer los. Er musste jetzt klar denken, wenn er seinen Hals noch einmal aus der Schlinge ziehen wollte.
Agares fürchtete sich nicht wirklich vor der Polizei,
doch sie konnte ihm Ärger machen und ihn bei seinem
großen Vorhaben stören. Und das wollte er unbedingt
vermeiden.

Während Barnabas sich auf dem Boden in einer
Blutlache wälzte, eilte der Oberst in die Küche. Er kehrte mit einer Weinflasche zurück, deren Boden er an
der Tischkante abschlug. Der Wein floss auf den Teppich und vermischte sich mit dem Blut. Agares nahm
den Konstruktionsplan, faltete ihn zusammen und
steckte ihn in Barnabas' Jackentasche.

»Du fragst dich wahrscheinlich, warum ich dir die Zeichnung gebe, kleiner Trottel. Die Wahrheit ist: Ich benötige sie nicht mehr. Jede Einzelheit hat sich in mein Gedächtnis eingebrannt. Ich werde diese Witwe beseitigen, falls sie glaubt, mit ihrem Exemplar etwas anfangen zu können. Ansonsten führe ich die Flics auf eine falsche Fährte, wobei du mir behilflich sein wirst. Und dafür musst du noch nicht einmal am Leben bleiben.«

Agares' Worte blieben ohne Erwiderung, denn Barnabas hatte bereits seinen letzten Atemzug getan. Daher spürte er auch nicht mehr, dass der Oberst ihm die abgebrochene Weinflasche ins Gesicht rammte. Die Scherben waren nun mit Blut benetzt, und es gab eine einleuchtende Erklärung für die zerfetzte Kehle des Opfers.

Der Oberst setzte sich in einen Lehnstuhl und fesselte sich selbst mit einem festen Strick. Natürlich gelangen ihm die Knoten nicht so perfekt, als wenn es eine andere Person getan hätte. Er musste jetzt einfach auf sein schauspielerisches Talent vertrauen.

Und auf die Dummheit der Pariser Polizei.

Agares wartete, während sein kalter Blick auf der Leiche ruhte. Barnabas war stets ein loyaler Gefolgsmann gewesen, doch nach Meinung des Obersten war jeder Mensch ersetzbar. Das galt natürlich nicht für ihn selbst. Doch er war sich der Tatsache sehr bewusst, dass seine lebenswichtigen Organe im Lauf der Zeit an Funktionskraft verlieren und schließlich den Dienst versagen würden.

Das war der Moment, in dem die meisten Frauen und Männer starben. Es sei denn, sie kamen durch Gewalt, Krankheiten oder Unfälle ums Leben. Genau aus diesem Grund war Agares von Jamesons Erfindung so angetan. Die mechanische Niere musste offenbar noch überarbeitet werden. Ein künstliches Herz, Lungenflügel aus Wachspapier sowie einen Dünndarm aus Kautschuk hatte Agares bereits in Auftrag gegeben. Er konnte es kaum erwarten, sich diese Organe einpflanzen zu lassen.

Wenn er nun darauf verzichtete, die Witwe in seine Finger zu bekommen?

Der Oberst hielt nicht viel von Frauen. Und er bezweifelte, ob sie den Sinn des Konstruktionsplans überhaupt begriff. Vermutlich hatte sie das Dokument nach dem Diebstahl im Hotelzimmer einfach weggeworfen. Verlassen wollte er sich allerdings nicht darauf. Nach Agares' Meinung musste man stets alle Eventualitäten berücksichtigen. Aus diesem Grund saß er nun auch gefesselt auf seinem Stuhl, obwohl ihm seine momentane Untätigkeit als eine grandiose Zeitverschwendung erschien. Womöglich waren die Kriminalisten vom Quai des Orfèvres sogar zu dämlich, um in Barnabas den Mörder ihres Kollegen zu sehen. Agares beschloss, den Gesetzeshütern noch zwei Stunden Zeit zu geben.

Aber noch vor Ablauf dieser Frist klopfte es laut an der Tür.

»Polizei! Aufmachen!«, donnerte eine harte Männerstimme.

»Hilfe, ich bin gefesselt!«, rief der Oberst so kläglich, wie er konnte. Es missfiel ihm, das hilflose Opfer spielen zu müssen. Doch nach Lage der Dinge war dies die beste Möglichkeit, um sich elegant aus der Affäre zu ziehen.

»Oberst Agares?«, fragte der Polizist vor der Tür.

Wer sonst soll denn in meinen Gemächern gefesselt sein? Vielleicht der Papst?, dachte der alte Schurke. Er schrie: »Bitte helfen Sie mir! Hier ist Fürchterliches geschehen!«

Er vernahm, wie die Beamten vor der Tür sich leise berieten. Agares fragte sich, wie lange das noch dauern sollte. Es war seiner Ansicht nach kein Wunder, dass Paris immer stärker zu einer Hauptstadt des Verbrechens wurde.

Endlich ertönten knackende und rumpelnde Geräusche, gefolgt vom Splittern des Türholzes. Die Tritte von schweren Stiefeln erklangen. Im nächsten Moment stürmten mehrere Männer mit gezogenen Revolvern in den Fäusten herein. Einige von ihnen waren uniformierte Flics. In einem der beiden Zivilisten erkannte Agares Inspektor Pollard, der andere war ein junger Bengel mit dünnem Schnurrbart. Der Oberst ermahnte sich selbst dazu, vorsichtig zu sein. Pollard war ein gerissener alter Hund, der sich nicht so schnell aufs Glatteis führen ließ.

Der Inspektor musterte Agares mit einem misstrauischen Blick, während er dessen Fesseln löste.

»Was ist geschehen, Herr Oberst?«

Die Antwort erfolgte nicht sofort. Agares gab sich alle Mühe, den geschockten Biedermann zu spielen. Er ließ seine Unterlippe zittern, als er den Mund öffnete. Und er schaffte es, seiner Stimme einen furchtsamen Unterton zu geben.

»Mein Vertrauter Barnabas ... ich fürchte, er ist wahnsinnig geworden. Und er hat sich mit einem Erzschurken eingelassen, der ganz Paris in Angst und Schrecken versetzt. – Ich rede von Arsène Lupin!«

Es entging dem Oberst nicht, dass der Inspektor bei der Erwähnung dieses Namens zusammenzuckte. Jeder französische Polizist, der etwas auf sich hielt, wollte den Meisterdieb höchstpersönlich verhaften und sich dafür vom Präsidenten der Republik einen Orden ans Revers heften lassen. Doch Pollard schien besonders aufmerksam zu werden, nachdem Agares den geheimnisvollen Meister der Masken bezichtigt hatte. Oder kam es dem Oberst nur so vor? Wenn er sein Ziel erreichen wollte, musste er seine Karten jetzt richtig ausspielen.

Pollard zog seine Augenbrauen zusammen. Er half Agares auf die Beine.

»Lupin? Was hatte er mit Ihrem Barnabas zu schaffen? Das müssen Sie mir erklären.«

»Wenn ich das nur selbst wüsste!«, behauptete der Oberst. »Mein Assistent hat sich meine Vertrauensseligkeit schamlos zunutze gemacht. Es scheint beinahe so, als ob Sie recht hatten, als Sie neulich bei mir waren, Herr Inspektor. Sie vermuteten einen Einbruch. Doch ich verschloss die Augen vor der Wirklichkeit.«

»Wie meinen Sie das?«

»Die Einzelheiten kenne ich nicht, weil ich in dieser Geschichte das Opfer bin«, log Agares. »Ich konnte aber aufschnappen, dass Barnabas und Lupin einen Amerikaner in seinem Hotelzimmer ermordeten. Sie stahlen ihm irgendein Dokument.«

»Und wo ist dieses Papier jetzt?«

»Das weiß ich nicht.«

Pollard nickte langsam. Er kniete sich neben den Leichnam und durchsuchte dessen Taschen. Natürlich fand er den Bauplan. Er faltete ihn auseinander und hielt ihn dem Oberst vor die Nase.

»Könnte es dieses Schreiben gewesen sein?«

Agares tat so, als ob er sich das Papier erst genauer anschauen müsste.

»Ich glaube, ja«, erwiderte er. Es war ihm unmöglich einzuschätzen, ob der Inspektor auf sein Märchen hereinfiel oder nicht. Der Oberst hatte improvisieren müssen – und das nur wegen Barnabas' Unachtsamkeit! Wäre mehr Zeit gewesen, dann hätte er sich eine bessere Geschichte ausdenken können.

»Was hat es damit auf sich?«

Pollard stellte die Frage, während er mit dem Papier vor Agares' Gesicht herumfuchtelte.

»Darüber kann ich nur mutmaßen, Herr Inspektor. Bekanntlich ist dieser Lupin ein berüchtigter Dieb. Womöglich sollen diese technischen Angaben beim Einbruch in eine Bank oder ein Juweliergeschäft helfen. Fest steht jedenfalls, dass Lupin und Barnabas noch einen weiteren Komplizen hatten. Das muss der Mann gewesen sein, der ohne mein Wissen in meine Wohnung eindrang. Ich hörte später, wie Lupin zu meinem Assistenten sagte: ‚Ich habe ihn kaltgemacht, der kann uns nicht mehr verraten.'«

Der Inspektor runzelte die Stirn.

»Aber warum hätte dieser Mittäter bei Ihnen einbrechen sollen?«

Agares hob die Schultern.

»Höchstwahrscheinlich wollte er dieses rätselhafte Papier stehlen. Darum drehte sich alles. Und Lupin war nicht zum Teilen bereit. Deshalb schlachtete er den armen Barnabas mit der abgebrochenen Flasche ab. Ich dachte schon, dass auch mein letztes Stündlein geschlagen hätte.«

Pollard nickte.

»Bei allem Respekt, Herr Oberst – ich verstehe nicht, weshalb der Verbrecher Sie nicht auch umgebracht hat. Warum sollte er den Augenzeugen eines Mordes am Leben lassen?«

»Vermutlich sollte ich auch sterben, nur eben später. Lupin konnte nicht ahnen oder wissen, dass die Polizei mich noch einmal aufsuchen würde. Ich verdanke Ihnen mein Leben, Herr Inspektor!«

»Wir tun nur unsere Pflicht«, murmelte Pollard. Agares konnte unmöglich einschätzen, ob dieser alte Kriminalist ihm glaubte oder nicht. Der Inspektor war kein Mann, der sich gern in die Karten schauen ließ. Aber dasselbe traf auch auf den Oberst selbst zu.

Während die beiden Männer miteinander sprachen, hatte der Zivilpolizist mit dem schmalen Schnurrbart die zerbrochene Weinflasche verpackt. Pollard deutete auf den Gegenstand.

»Wenn wir Glück haben, dann können wir die Fingerabdrücke des Täters auf dem Glas feststellen, Herr Oberst. Bei einem früheren Einbruch hat Lupin seine Fingerabdrücke hinterlassen, daher ist uns ein Abgleich möglich.«

»Das ist ... gut«, murmelte Agares. Plötzlich schwitzte er Blut und Wasser. Sobald die Polizei dieses Beweisstück geprüft hatte, würde seine Geschichte platzen wie eine Seifenblase. Er musste dringend Paris verlassen, bevor er verhaftet wurde. Pollard veranlasste nun, dass die Leiche fortgeschafft wurde. Außerdem schaute er sich in den weiteren Räumen um, was auch Barnabas' Kammer einschloss. Doch er schien dort nichts zu finden, das sein Interesse erweckte.

Das Gesicht des Inspektors blieb ausdruckslos. Er zündete sich eine Zigarre an und warf das Streichholz auf den Boden, ohne dabei Agares aus den Augen zu lassen. Normalerweise hätte der Oberst sich diese respektlose Geste verbeten. Doch da er immer noch den dankbaren befreiten Gefangenen spielen musste, verkniff er sich jeden Kommentar.

»Ja, dieser Barnabas muss wirklich ein abgefeimter Schurke gewesen sein«, sinnierte Pollard. »Dieser junge Mann begleitete sie doch auch nach Monaco, wenn ich mich nicht irre?«

Agares versuchte, sich nichts anmerken zu lassen. Hatte dieser alte Fuchs Pollard am Ende sogar den Tod der kleinen Hure registriert? Würde er schlau genug sein, um einen Zusammenhang herzustellen?

»Ja, Barnabas war bei dieser Reise dabei, Herr Inspektor. Warum fragen Sie?«

»Reine Neugierde«, behauptete der Kriminalist. »Nun habe ich Sie aber lange genug mit meinen Fragen gequält, Herr Oberst. Sollen wir Ihren Hausarzt rufen lassen, damit er Sie untersucht? Oder möchten Sie von uns in ein Hospital chauffiert werden?«

»Sie sind sehr fürsorglich, aber das wird nicht nötig sein«, entgegnete Agares. »Ich werde mich etwas hinlegen, da mich die Ereignisse doch sehr mitgenommen haben. Falls ich mich dann später nicht besser fühle, kann ich immer noch medizinische Hilfe in Anspruch nehmen.«

»Wie Sie wünschen. Wir melden uns wieder bei Ihnen, wenn es Neuigkeiten gibt.«

Barnabas' sterbliche Überreste wurden abtransportiert und die Polizisten verließen die Wohnung.

Agares atmete tief durch. Die Gefahr war gebannt, zumindest für den Moment. Ob Pollard etwas mit dem Konstruktionsplan würde anfangen können? Trotz der zweifellos vorhandenen Intelligenz des Inspektors bezweifelte der Oberst das stark. Er hatte alles getan, um die Fantasie des Kriminalisten in eine falsche Richtung zu lenken. Und der Oberst bezweifelte sehr stark, dass Pollards Fantasie ausreiche, um den

Entwurf für einen künstlichen Menschen als solchen zu erkennen.

Agares durfte jetzt nichts Unüberlegtes tun. Er ging in sein Schlafzimmer, um die wichtigsten Dinge für seine Abreise zu packen. Normalerweise gehörte diese Tätigkeit zu Barnabas' Aufgaben. Aber noch während der Oberst wahllos Wäsche in eine lederne Reisetasche warf, fragte er sich, ob diese Idee wirklich gut war.

Womöglich ließ Pollard das Haus observieren, das hatte er schließlich schon zuvor getan. Wenn Agares mit Gepäck das Gebäude verließ, würden bei der Polizei sämtliche Alarmglocken läuten.

Doch wenn er eine Droschke rief und so tat, als ob er zum Arzt wollte ... Diese Idee gefiel ihm viel besser. Also kehrte Agares in die Bibliothek zurück, um seine Brieftasche zu holen.

Da ertönte eine fremde Männerstimme.

»Ich bin irritiert, dass Sie mich einfach zum Sündenbock machen wollen, Oberst Agares.«

Nach dem Einsatz in der Wohnung des Obersten sollte Sergeant Gracier die abgebrochene Weinflasche umgehend zur kriminaltechnischen Untersuchung bringen. Das tat er auch. Allerdings war der junge Kriminalist der Meinung, dass er sich danach eine Pause verdient hatte. Und weil er sich in seinem heimatlichen Viertel immer noch am wohlsten fühlte, kehrte er im Bistro von Onkel Etienne ein. Dort war es voll, aber niemand schenkte ihm Beachtung. Das war Gracier recht. Er musste nicht im Mittelpunkt stehen, sondern beobachtete lieber aus dem Hintergrund heraus und nutzte seine Chance, wenn sie sich ihm bot. Er bestellte ein Bier und eine Bohnensuppe, schob seinen Hut in den Nacken und freute sich des Lebens, als er plötzlich angesprochen wurde.

»Du bist doch dieser Flic, oder?«

Gracier zog die Augenbrauen zusammen. Die meisten seiner Kindheitsfreunde hatten sich damit abgefunden, dass er inzwischen auf der anderen Seite des Gesetzes stand. Trotzdem gab es immer noch Leute, die ihm seine Polizeilaufbahn übel nahmen und sie sogar als eine persönliche Beleidigung betrachteten. Er drehte also langsam den Kopf und stellte sich darauf ein, gleich seinen Dienstrevolver einsetzen zu müssen.

Doch die Frage war nicht von einem gewaltbereiten Straßenschläger gekommen, sondern von einem sehr hübschen jungen Mädchen. Ihre Lippen waren kirschrot, die ausdrucksvollen grünen Augen glänzten. Unter ihrem engen schwarzen Kleid zeichnete sich eine gute Figur ab. Graciers Interesse war geweckt. Ihr Gesicht wies zwar einen melancholischen Zug auf, aber das störte ihn nicht. Es erhöhte den Reiz sogar noch.

»Und wenn das so wäre?«

Ihre Gegenfrage lautete: »Darf ich mich zu dir setzen?«

Sie verlieh ihren Worten Nachdruck, indem sie ihre Hand auf seinen Oberschenkel legte und ihn anlächelte. Spätestens in diesem Moment war es um Gracier geschehen. Er setzte ein gewinnendes Grinsen auf und winkte den Wirt heran.

»Es ist mir ein Vergnügen, Mademoiselle ...?«

»Nenn mich Maria.«

»Sehr gern. Was trinkst du, Maria?«

»Einen Weinbrand.«

Der Sergeant bestellte für sie. Als Onkel Etienne das Glas gebracht hatte, fragte Gracier: »Warum hast du dich nach meinem Beruf erkundigt?«

»Weil ich etwas von dir wissen will. Wie ich erfahren habe, bist du kein gewöhnlicher Flic, sondern arbeitest am Quai des Orfèvres, als Kriminalbeamter.«

Gracier warf sich in die Brust.

»Ja, wir geben uns nicht mit den kleinen Fischen ab. Mord, Entführungen, schwerer Raub, Verschwörungen gegen die Republik – solche Kriminalfälle sind mein tägliches Brot, schöne Maria.«

Er warf ihr einen Blick zu, mit dem er zeigen wollte, was für ein Draufgänger er war. Die junge Frau trank ihren Weinbrand aus, ohne das Glas abzusetzen.

»Ich will direkt zur Sache kommen«, sagte sie. »Es geht mir um einen Mann namens Oberst Agares. – Du kennst ihn, nicht wahr?«

Offenbar hatte Graciers Gesicht eine deutliche Reaktion gezeigt. Er kniff die Augen zusammen, fragte misstrauisch: »Und wenn das so wäre?«

Maria schob ihre Hand auf seinem Oberschenkel noch etwas höher.

»Ich will dir keinen Ärger machen. Niemand wird erfahren, dass du mich über ihn informiert hast. Ich muss einfach alles wissen, was du in Erfahrung bringen kannst. Du siehst mir wie ein Mann aus, der clever ist und alles herausfindet.«

Der Sergeant grinste geschmeichelt.

»Ja, das ist sehr gut möglich. Du willst doch keine Straftat begehen, oder?«

»Wie kommst du denn darauf? Nein, ich habe die ehrbarsten Absichten. Ich möchte mich bei dem Herrn Oberst als Dienstmädchen bewerben. Und du weißt ja, wie so etwas läuft: Je mehr man über die Herrschaft Bescheid weiß, desto leichter bekommt man so eine Stellung.«

Gracier konnte keine besonders gute Schulbildung vorweisen, aber dumm war er nicht. Der junge Kriminalist glaubte dem Mädchen kein Wort. Wahrscheinlich brauchte Maria die Informationen, um den Oberst bestehlen oder übers Ohr hauen zu können.

Allerdings konnte Gracier Agares nicht ausstehen. Während seines Militärdienstes war er von genau solchen alten Knochen wie dem Oberst bis aufs Blut geschliffen worden, hatte immer noch Albträume von den unfreiwilligen Monaten im Dienst des Vaterlandes. Daher hielt sich sein Mitleid mit Agares in Grenzen. Ganz abgesehen davon, dass dieser Knacker in einer der reichsten Gegenden von Paris residierte. Warum sollte Gracier also dieser Süßen keinen Gefallen tun?

»Wenn ich dir helfe – was springt für mich dabei heraus?«, fragte er unverblümt.

Maria kniff ein Auge zu.

»Du darfst eine Nacht lang alles mit mir machen, was du willst.«

Ob sie ahnt, worauf sie sich einlässt?, dachte der Sergeant. Er hatte viel Fantasie. Bilder entstanden in seinem Kopf, die sich nicht mehr verdrängen ließen. Ja, er würde sich auf dieses Spiel einlassen. Nun war es zu spät, um noch einen Rückzieher zu machen. Wenn er jetzt kniff, würde Maria ihn für einen Aufschneider und Großsprecher halten. Dank seiner Mitarbeit bei Inspektor Pollard würde es für Gracier ein Leichtes sein, dieser Süßen die gewünschten Dokumente zu verschaffen. Sie sollte es nicht bereuen, sich mit ihm eingelassen zu haben.

»Verlass dich ganz auf mich«, sagte er blinzelnd zu Maria. Dann winkte er dem Wirt, damit er ihr noch einen Weinbrand brachte.

✻ 30 ✻

Agares hatte den schlanken Mann in dem schwarzen Gehrock noch niemals zuvor gesehen. Trotzdem wusste er genau, wen er vor sich hatte. Der Fremde hielt einen großkalibrigen Revolver auf ihn gerichtet.

»Arsène Lupin«, sagte der Oberst. »Über wie viele Verkleidungen verfügen Sie eigentlich? Und ich muss Sie wohl nicht fragen, auf welche Weise Sie in meine Räumlichkeiten eingedrungen sind.«

»Lenken Sie nicht ab, Agares. Sie haben der Polizei einen Bären aufgebunden, um mich als Mörder abzustempeln. Davon bin ich natürlich überhaupt nicht begeistert, wie Sie sich vorstellen können. Deshalb werden wir beide nun einen gemeinsamen Ausflug zum Quai des Orfèvres machen.«

Agares lachte, aber er klang nicht amüsiert.

»Sie erstaunen mich, Lupin! Sie wollen sich der Justiz stellen, nachdem Sie so lange Zeit den Häschern des Gesetzes entkommen sind?«

»Nein, ich werde mich weiterhin meiner Freiheit erfreuen. Nur Sie werden sich für Ihre schändlichen Taten verantworten müssen.«

»Glauben Sie wirklich, dass die Polizei Ihnen glauben wird? Das Wort eines berüchtigten Kriminellen steht gegen das eines verdienten Offiziers unserer glorreichen Armee.«

Lupin schüttelte den Kopf.

»Ich muss überhaupt nichts behaupten oder beweisen. In dem Moment, wo die Flics Ihre Fingerabdrücke auf der Weinflasche finden, wird die Wahrheit ans Licht kommen.«

Der Oberst schwitzte Blut und Wasser. Woher wusste dieser verfluchte Dieb, dass die Flasche untersucht werden sollte? Er musste den Wortwechsel zwischen Pollard und Agares belauscht haben. Aber wie war das möglich? Natürlich – Lupin hatte in dem Geheimraum gesteckt und sein Ohr vermutlich von innen gegen die dünne Tapetentür gepresst. Kein Wunder, dass er über den Polizeibesuch so gut im Bilde war!

Agares änderte seine Taktik, so wie er es beim Militär gelernt hatte. Wenn man den Feind nicht auf die eine Art und Weise vernichten konnte, so musste man es eben anders probieren. Das Wichtigste war in jedem Fall der Sieg. Er zwang sich zu einem falschen Lächeln.

»Hören Sie, Lupin – Sie und ich hatten einen schlechten gemeinsamen Start. Im Grunde sind wir uns sehr ähnlich. Wir beide sind Männer von Format, die über den lächerlichen Gesetzen der Republik stehen. Wir gleichen zwei Titanen, die sich zwischen Gnomen bewegen.«

»Ich bin anderer Meinung«, widersprach der Meisterdieb. »Sie sind für mich ein Wurm oder Aasgeier, der sich am Elend und dem Schmerz anderer Menschen ergötzt. Ich hingegen erleichtere nur jene Herrschaften um ihr Hab und Gut, die den Verlust leicht verschmerzen können.«

»Ja, Sie sind ein wahrer Heiliger!«, höhnte Agares, der sich über Lupins Beleidigungen ärgerte. »Hat Ihnen diese schöne Witwe den Kopf so verdreht, dass Sie nicht mehr wie ein Mann handeln können?«

Der Oberst glaubte, Lupin aus dem Konzept gebracht zu haben. Sollte es ihm gelungen sein, den wunden Punkt seines Widersachers zu treffen? Agares zweifelte nicht daran, dass diese Frau dem Erzkriminellen viel bedeutete. Wäre es anders gewesen, hätte Lupin wohl kaum versucht, sie vor Agares zu schützen. Es hätte ihm egal sein können, ob sie dem Oberst in die Hände gefallen wäre oder nicht.

»Sie reden zu viel«, erwiderte Lupin. »Bewegen Sie sich gefälligst. Inspektor Pollard wird sich gewiss über Ihr Mitteilungsbedürfnis freuen. Ich bin eher gelangweilt.«

»Dann muss ich mich wohl in mein Schicksal fügen«, sagte der Oberst seufzend. Er stand neben seinem Schreibpult. Plötzlich kam Leben in seinen mageren Körper. Blitzschnell schüttete er den Inhalt des Tintenfasses in Lupins Gesicht. Der Meisterdieb war geblendet. Er feuerte, doch die Kugel verfehlte Agares und sirrte als Querschläger davon.

Ob der Oberst seinen Feind töten sollte? Die Gelegenheit war günstig, denn Lupin war in diesem Moment wehrlos. Agares entschied sich dagegen. Womöglich hatte sein Gegner Verbündete in der Nähe, die ihm zu Hilfe eilen würden. Außerdem war der Schuss nicht zu überhören gewesen.

Also nahm der Alte die Beine in die Hand und ergriff die Flucht.

Alles, was er brauchte, hatte er in seinem Gehirn bei sich.

❊31❊

Auch Natalie Noir beherrschte inzwischen die Kunst der Verkleidung. Da die Polizei nach einer Witwe suchte, war es ohnehin nicht ratsam, weiterhin ein schwarzes Kleid zu tragen. Also hatte sie sich für eine Aufmachung entschieden, in der sie nicht von einem original Pariser Waschweib zu unterscheiden war. Ihr Haar hatte sie zu einem dicken Zopf geflochten, der über ihren Rücken herunterhing. Ein zum Stirnband zusammengedrehtes rotes Tuch sollte verhindern, dass ihr bei der schweren Arbeit die Schweißperlen in die Augen liefen. Die fadenscheinige Bluse war ebenso abgetragen und geflickt wie das Wams und der lange rote Rock. Holzpantinen vervollständigten ihre Montur. Lediglich einem guten Beobachter wäre aufgefallen, dass ihre Hände nicht so gerötet und rissig waren wie die einer echten Wäscherin.

Außerdem waren diese Frauen arm und verfügten nicht über einen Zeitmesser. Natalie hingegen hatte eine Taschenuhr bei sich, die sie diskret in ihrer Schürzentasche verbarg. Sie hatte darauf bestanden, Lupin zum Haus des Obersten zu begleiten. Am liebsten wäre sie dabei gewesen, wenn der Meisterdieb sich Agares vorknöpfte. Doch Lupin hatte sie überredet, gemeinsam mit einem zuverlässigen Kutscher in der nächsten Seitengasse zu warten. Der Plan sah vor, Agares zu entführen und gefesselt in der Nähe des Polizeipräsidiums aus dem Wagen zu werfen. Ein Zettel mit einigen erklärenden Worten in seiner Jackentasche sollte die Flics dazu veranlassen, Agares' Rolle bei einigen Todesfällen genauer zu untersuchen.

Doch jetzt war Lupin für Natalies Geschmack schon zu lange überfällig. Und als nun auch noch ein Schuss ertönte, gab es für sie kein Halten mehr.

»Arsène ist in Gefahr!«, rief sie dem Mann auf dem Kutschbock zu. »Halte dich bereit. Es kann sein, dass wir schnell verschwinden müssen!«

Mithilfe eines Dietrichs öffnete sie die Hintertür des Gebäudes, wie es zuvor schon durch den Meisterdieb geschehen war. Der Witwe wurde bewusst, dass sie soeben Lupins Vornamen benutzt hatte. Das war zuvor noch niemals geschehen, solche Vertraulichkeiten entsprachen nicht ihrer Art. Doch jetzt war weder Ort noch Stunde, um sich über Gefühle den Kopf zu zerbrechen.

Lupin war kein Mann, der zur Gewalttätigkeit neigte. Wenn er geschossen hatte, musste es dafür einen guten Grund geben. Oder hatte gar nicht er gefeuert? War der Meisterdieb von dem Oberst niedergeknallt worden wie ein toller Hund?

Natalie machte sich auf das Schlimmste gefasst, als sie in Agares' Wohnung eindrang. Sie selbst war nur mit ihrem Dolch bewaffnet, den sie aber noch nicht zur Hand genommen hatte. Es erwies sich als sinnvoller, ihn wie eine Trumpfkarte im entscheidenden Moment auszuspielen.

Lupin kniete in der Bibliothek auf dem Boden, sein Peacemaker lag neben ihm. Doch sein Gesicht war nicht blutrot, sondern tintenschwarz. Vor Erleichterung fiel ihr ein Stein vom Herzen.

»Planen Sie eine Verkleidung als Schornsteinfeger, Lupin?«

Nachdem die Witwe diese scherzhafte Bemerkung gemacht hatte, drehte der Meisterdieb seinen Kopf in ihre Richtung.

»Ich freue mich, Ihre Stimme zu hören, Teuerste. Es ist dem Schurken nicht gelungen, mir mein Augenlicht zu nehmen. Dennoch lässt mein Sehvermögen momentan zu wünschen übrig. Ich wäre für Ihre Hilfe dankbar, bevor er hier von Flics nur so wimmelt.«

»Das ist selbstverständlich, Lupin. Stützen Sie sich auf mich!«

Natalie half ihm vom Boden hoch. Lupins Augen waren gerötet und er blinzelte ununterbrochen. Sie führte ihn zur Hintertreppe. Gemeinsam verließen die beiden das Haus durch den Dienstboteneingang, mehr stolpernd als gehend. Trotzdem gelangten sie zur Karosse, ohne sich etwas zu brechen.

Lupin und Natalie ließen sich in die Sitzpolster fallen und der Kutscher trieb die Pferde an.

»Ich werde Ihr Äußeres wieder in Ordnung bringen.«

Mit diesen Worten fischte die Witwe ein Taschentuch aus ihrer Schürzentasche, spritzte ein wenig Kölnisch Wasser darauf und begann damit, vorsichtig Lupins Gesicht zu säubern. Er hielt still, soweit das in dem ruckelnden Gefährt möglich war. Es kam ihr so vor, als ob ihm diese Behandlung gefallen würde.

»Agares hat mich überrumpelt«, gestand er. »Ich hätte ihn auf Waffen durchsuchen und sicherstellen müssen, dass er keine Alltagsgegenstände als Wurfgeschosse zweckentfremden konnte.«

»Sie sind eben kein Flic«, stellte Natalie trocken fest. »Einem ausgebildeten Polizisten wäre ein solcher *faux pas* womöglich nicht passiert. Andererseits hätten unsere wackeren Gesetzeshüter wohl nicht unbemerkt in das Domizil des Schurken eindringen können.«

»Wo Sie recht haben, haben Sie recht, Teuerste.«

»Wie geht es nun weiter?«

Lupin berichtete der Witwe von dem Gespräch zwischen dem Oberst und dem Inspektor, das er von dem Geheimraum aus belauscht hatte. Er fügte hinzu: »Ich finde es bemerkenswert, dass Agares so ohne Weiteres seinen Konstruktionsplan der Polizei überlassen hat.«

»Was schlussfolgern Sie daraus, Lupin?«

»Erstens traut der Oberst Pollard und dessen Leuten nicht zu, die Bedeutung dieses Dokuments zu erkennen. Diese arrogante Haltung passt zu seinem Selbstverständnis, dass die restliche Menschheit ihm unterlegen ist. Zweitens sind seine Pläne schon so weit fortgeschritten, dass er die Theorie endgültig in die Praxis umsetzen will.«

»Ich erinnere mich mit Befremden an diese mechanische Niere, die Sie mir präsentiert haben«, erwiderte

Natalie. »Offenbar konnte dieses bizarre Organ den armen Joseph nicht am Leben erhalten.«

»Meiner Meinung nach sollte der Einbrecher nur als Versuchskaninchen dienen«, sagte Lupin. »Ich bin überzeugt davon, dass der Oberst selbst die Unsterblichkeit erlangen möchte. Und dabei wird er auf Nummer sicher gehen wollen.«

»Dafür benötigt er aber einen erstklassigen Operateur«, gab die Witwe zu bedenken. »Jedenfalls kann ich mir nicht vorstellen, dass Agares sich von irgendeinem Tierarzt oder Rossschlächter künstliche Organe einsetzen lässt.«

»Das ist ein wichtiger Gedanke, Teuerste. Wen würden Sie denn als den besten Chirurgen der Hauptstadt bezeichnen?«

Natalie legte nachdenklich die Stirn in Falten.

»Da fällt mir auf Anhieb Dr. Charles Wilbourg ein. Er genießt einen erstklassigen Ruf unter seinen Berufskollegen und Patienten.«

Lupin gab nicht sofort eine Antwort, sondern starrte nachdenklich vor sich hin.

»Ich wäre Ihnen verbunden, wenn Sie Ihre Überlegungen mit mir teilen würden«, sagte die Witwe nach einer Weile.

»Verzeihen Sie bitte. Ich befürchte, dass ein so renommierter Mediziner wie Dr. Wilbourg sich wohl kaum freiwillig für Agares' übles Vorhaben hergeben wird. Also muss der Schurke ein Druckmittel finden.«

»Ich habe eine Idee«, verkündete Natalie. »Was halten Sie davon, wenn ich im Haushalt des Doktors vorspreche und mich dort zum Schein als Dienstmädchen bewerbe? Das Personal ist oft besser informiert als die Herrschaft selbst. Falls dort etwas Ungewöhnliches geschehen ist, dann erfahre ich es auf diese Weise am besten.«

»Ja, das ist gut. Ich würde nur gern erst zu Onkel Etienne fahren und mich gründlicher waschen.«

»Als Dame weiß ich gepflegte Herren natürlich stets zu schätzen«, gab Natalie kess zurück.

Wenig später betraten sie das Bistro. Die Witwe bemerkte sofort, dass der Wirt unruhig war, was seiner üblichen ausgeglichenen Art widersprach.

»Maria ist verschwunden!«, rief Onkel Etienne statt einer Begrüßung.

Natalie runzelte die Stirn. Sie hatte geglaubt, dass die junge Einbrecherin etwas Vertrauen zu ihr gefasst hätte. Die Witwe war enttäuscht, weil Maria ohne Abschied gegangen war. Andererseits befand sich das arme Ding in einer seelischen Notlage. Der Tod ihres Gefährten hatte sie zweifellos aus der Bahn geworfen.

Lupin hakte nach.

»Hat Maria sich zuvor auffällig verhalten, Onkel Etienne?«

»Wie man es nimmt«, brummte der Alte. »Sie hat einem Kerl schöne Augen gemacht. Ich dachte erst, dass sie einfach auf andere Gedanken kommen wollte. Aber der Bursche ist nicht nur ein Polizist, sondern auch ein Windhund.«

»Das klingt, als ob du nicht allzu viel von ihm halten würdest.«

»Er heißt Philippe Gracier und stammt aus dieser Gegend. Ich glaube, er ist nur Flic geworden, um die Hand aufhalten zu können. Er ist kein Mann, dem man vertrauen sollte.«

Der Meisterdieb dankte dem Wirt für die Information.

»Ich werde mich später darum kümmern«, versprach er. »Doch nun sollten wir zunächst Ihr Vorhaben in die Tat umsetzen, Madame Noir.«

Natalie hatte die Zeit genutzt und die Anschrift des berühmten Chirurgen im Adressbuch nachgeschlagen. Dr. Wilbourg besaß ein Haus im neunten Arrondissement. Die Witwe und Lupin verloren keine Zeit und ließen sich dorthin kutschieren. Zwei Querstraßen vom Ziel entfernt brachte Natalie die Karosse zum Halten.

»Ich werde den Rest der Strecke zu Fuß zurücklegen. Es wirkt nicht sehr glaubwürdig, wenn sich ein armes Dienstmädchen bis vor die Eingangstür fahren lässt.«

»Sie denken wirklich an alles«, sagte Lupin.

»Nicht der Rede wert«, gab sie zurück und öffnete den Wagenschlag. Der Witwe taten die anerkennenden Worte des Meisterdiebs gut. Ihr war bewusst, dass sie einiges auf die Beine stellte, um in seiner Gunst zu steigen. Ganz abgesehen davon, dass sie seine Gegenwart mehr genoss als die eines jeden anderen Menschen. War Natalie etwa dabei, sich Hals über Kopf in den rätselhaften Abenteurer zu verlieben? Sie schob diese Frage in die Tiefen ihres Unterbewusstseins zurück und läutete am Dienstboteneingang Sturm.

Es dauerte nicht lange, bis ein griesgrämiger Kerl mit Hakennase öffnete. Er trug die Livree eines Dieners.

»Was soll der Krach?«, fragte er mit ungnädigem Unterton. Sein kalter Blick musterte Natalies ärmliche Aufmachung von oben bis unten. Sie versuchte, einen möglichst unterwürfigen Eindruck zu machen. Die Witwe hatte nämlich ihr Gegenüber sofort durchschaut. Sie schätzte den Mann mit dem großen Zinken auf ungefähr fünfzig Jahre. Den Jungdiener würde sie also nicht vor sich haben, vielmehr den leitenden Diener, der in den angelsächsischen Ländern als Butler bezeichnet wurde. So ein Ober-Lakai hielt sich viel auf seine jämmerliche Macht zugute.

»Monsieur, ich suche eine Stellung als Dienstmädchen«, sagte sie so schüchtern, wie es ihr nur möglich war.

Der Lakai ließ sie immer noch vor der Tür stehen.

»Du?« Er klang verwundert. »Du bist doch eine Wäscherin, zumindest siehst du so aus.«

»Ja, das stimmt. Doch meinen Patron hat der Schlag getroffen, er liegt nun krank im Bett und seine Frau musste alle Wäscherinnen entlassen, auch mich.«

»So ein Pech«, erwiderte der Hakennasige, und er klang beinahe bedauernd. »Auch in diesem Haus hat das Unglück Einzug gehalten. Charlotte, die einzige

Tochter der Herrschaft, ist seit einer Woche spurlos verschwunden. Die Flics stehen vor einem Rätsel.«

»Wirklich?«, hakte Natalie scheinbar staunend nach. Ihr Interesse war nicht geheuchelt, sie trug nur etwas dick auf. Der Diener nickte gewichtig.

»Ja, selbst so ein behütetes Fräulein aus gutem Hause ist heutzutage nicht mehr vor Entführungen sicher. Ich bin sicher, dass sie verschleppt wurde. Und zu allem Überfluss ist seit gestern auch noch mein Herr fort. Seitdem wurde Dr. Wilbourg jedenfalls von niemandem mehr gesehen. Madame weint sich die Augen aus dem Kopf. Wenn ich nicht hier wäre, um den Haushalt zu organisieren, würde alles zusammenbrechen.«

Davon bin ich überzeugt, du Wichtigtuer!, dachte Natalie. Sie sagte: »Gibt es denn die Möglichkeit, dass ich angestellt werde?«

»Ich bedauere, momentan ist die Herrschaft an keinem neuen Personal interessiert. Aber du kannst am Samstag zurückkommen, da ist mein freier Tag. Ich lade dich in ein Bistro ein ...«

»Bedaure, ich bin verlobt.«

Mit diesen Worten ließ die Witwe den Lakaien stehen. Sie klapperte mit ihren Holzpantinen davon, denn nun hatte sie alles erfahren, was sie wissen musste.

Wenig später berichtete Natalie Lupin von ihrem Gespräch mit dem Diener. Der Meisterdieb nickte.

»Ja, es passt alles zusammen. Agares hat das Mädchen entführen lassen. Nun wird der Oberst den Chirurgen dazu zwingen, für ihn zu arbeiten.«

»Glauben Sie, dass Agares sich auf sein Weingut zurückgezogen hat?«

Lupin hob die Schultern.

»Das wäre zumindest der erste Ort, an dem ich nach ihm Ausschau halten würde. Zwar hat der Oberst jetzt nicht mehr seinen treuen Gefolgsmann Barnabas, doch es gibt in Paris genügend Kriminelle, die für ihn alles tun und ihm bis ans Ende der Welt folgen würden. Jedenfalls, solange die Kasse stimmt. Agares' Besitz liegt in der Nähe von Toulon-la-Montagne, das ist ein Dorf in der Champagne. Ich werde sofort dahin aufbrechen. Möglicherweise kann ich noch das Schlimmste verhindern.«

Natalie runzelte die Stirn.

»Ich würde Sie gern begleiten, doch Marias Schicksal lässt mich nicht kalt. Ich muss einfach herausfinden, was mit ihr geschehen ist. Wenn dieser zwielichtige Flic ihr etwas angetan hat ...«

Es war nicht nötig, den Satz zu beenden.

»Sie sollten Ihrem Herzen folgen«, entgegnete Lupin. »Falls es Ihre Zeit erlaubt, können Sie mir ja immer noch dorthin folgen.«

Charlotte Wilbourg kam allmählich zu sich.

Was war mit ihr geschehen? Allmählich kehrten die Erinnerungen zurück. Da waren schwarz gekleidete maskierte Männer gewesen. Die Kerle hatten sie gepackt und ihr ein übel riechendes Stück Watte vor Mund und Nase gepresst. Daraufhin war Charlotte in Ohnmacht gefallen. Und wo befand sie sich jetzt?

Sie wollte sich bewegen, doch ihre Hände waren hinter dem Rücken gefesselt. Mit den Fingerspitzen ertastete sie den Untergrund. Es fühlte sich an, als ob sie auf einem rauen Stoff liegen würde. Außerdem hatte man ihr einen Sack über den Kopf gestülpt, sodass sie nichts sehen konnte.

»Ist da jemand?«, hauchte sie. Die junge Frau erschrak vor ihrer eigenen Stimme, weil sie sich so unwirklich anhörte. Charlotte traute sich nicht, lauter zu reden oder gar um Hilfe zu rufen. Womöglich würden ihre Entführer dann wütend. Sie schluckte schwer, ihre Kehle fühlte sich wie ausgedörrt an. Sie hatte keine Ahnung, wie viel Zeit seit ihrer Verschleppung vergangen war.

Es roch nach dem Jutestoff des Sacks und nach Ziegen. Ob man sie in einen Stall gesperrt hatte? Auf jeden Fall war ihr nicht warm. Sie wusste auch nicht, ob es Tag oder Nacht war. Sie lauschte. Es herrschte eine Stille, wie man sie in der Hauptstadt nur während der ruhigsten Nachtstunden vorfand. Nun läutete eine Kirchenglocke. Und die klang so weit entfernt und so leise, dass sie unmöglich von einem der großen Pariser Gotteshäuser stammen konnte. Außerdem meinte Charlotte, das Muhen einer Kuh zu hören.

Die Entführer hatten sie also aufs Land gebracht. Sie konnte buchstäblich überall sein. Es gab in Frankreich unzählige kleine Dörfer. Immerhin musste die junge Frau sich nicht fragen, aus welchem Grund das Verbrechen geschehen war.

Ihr Vater sollte garantiert erpresst werden.

Dr. Charles Wilbourg galt als der beste Chirurg der Hauptstadt, worauf seine Tochter sehr stolz war. Erfolg rief leider immer auch Neider auf den Plan. Außerdem hatten die Zeitungen oft über den durch die ärztliche Kunst erworbenen Reichtum ihrer Familie berichtet, für Charlottes Geschmack ein wenig zu oft. Dr. Wilbourg führte ein großes Haus mit viel Personal im besten Arrondissement von Paris. Es war kein Wunder, dass Verbrecher ein großes Stück vom Kuchen abhaben wollten.

Als sie mit ihren Überlegungen an diesem Punkt angelangt war, fühlte sie sich ein wenig beruhigt. Die Kriminellen würden sie gewiss gut behandeln, damit das Geschäft mit Dr. Wilbourg auf jeden Fall glatt über die Bühne ging. Sie hoffte nur, dass ihr Vater möglichst bald zahlte. Die Vorstellung, Tage oder sogar Wochen in einem Ziegenstall eingesperrt zu sein, erschreckte sie. Charlotte war den Luxus gewöhnt, den die Hauptstadt einem jungen Mädchen aus dem gehobenen Bürgertum bieten konnte.

Klavierstunden, Literaturzirkel, Tanzvergnügen, Tennis, Fechten – ihre Tage waren angefüllt mit Annehmlichkeiten und Zerstreuungen. Dazu gehörte es gewiss nicht, in die Provinz verschleppt und von Unterweltgestalten festgehalten zu werden.

Plötzlich ertönte ein schabendes Geräusch, gefolgt von einem metallischen Knarren. Charlotte hielt unwillkürlich den Atem an. Bekam sie Gesellschaft? Würden diese gemeinen Kerle ihr am Ende sogar Gewalt antun? Sie führte ein behütetes Leben. Trotzdem hatte sie mitbekommen, dass mit den kriminellen Elementen der Hauptstadt nicht zu spaßen war. Diese Apachen oder wie immer sie sich nennen mochten, waren zu den grässlichsten Untaten fähig – auch und gerade gegenüber weiblichen Opfern.

Charlotte zuckte zusammen, als sie plötzlich leicht an der Schulter berührt wurde.

»Keinen Laut!«, flüsterte jemand.

Die Anweisung kam eindeutig von einer Frau. Charlotte wusste nicht, was sie machen sollte. In ihrem gefesselten Zustand hatte sie sowieso keine Wahl. Also tat sie zunächst einmal nichts.

Im nächsten Moment wurde ihr der Sack vom Kopf gezogen. Charlotte blinzelte und schaute sich um. Sie befand sich wirklich in einem kleinen stallartigen Gebäude mit winzigen verschmutzten Fenstern. Trotzdem ließ sich erkennen, dass draußen entweder Morgen- oder Abenddämmerung herrschte. Vor allem wollte die Tochter des Chirurgen wissen, durch wen sie Gesellschaft bekommen hatte. Eine junge Frau kauerte neben ihr. Charlotte hatte die Fremde noch nie zuvor gesehen. Der Blick ihrer neuen Bekanntschaft war zum Fürchten. Außerdem hielt sie einen Revolver in der Hand.

»Bitte tun Sie mir nichts!«, flehte Charlotte. Die andere Frau ging nicht darauf ein. Stattdessen fragte sie: »Wer bist du? Warum wirst du hier gefangen gehalten?«

Charlotte runzelte die Stirn. Ob es sich um einen grausamen Scherz handelte? Oder steckte diese Fremde gar nicht mit den Entführern unter einer Decke? Aber warum war sie bewaffnet?

»Ich weiß nicht, wer mich verschleppt hat. Mein Name ist Charlotte Wilbourg. Mein Vater ist ein renommierter Chirurg. Ich vermute, dass Lösegeld für mich erpresst werden soll.«

Die andere Frau lachte leise.

»Ja, vielleicht«, erwiderte sie. »Hör zu, Charlotte. Ich lasse dich jetzt frei, einverstanden? In einer halben Stunde wird die Sonne untergegangen sein, dann ist es in dieser abgelegenen Gegend stockfinster. Wenn du den Stall verlässt, hältst du dich links. Nach ein paar hundert Metern kommst du auf die Landstraße, die nach Fèrebrianges führt. Dort kannst du zur Gendarmerie gehen und deine Geschichte erzählen. Wenn dein Vater wirklich so berühmt ist, wird er in ganz

Frankreich nach dir suchen lassen. Ich stelle nur eine einzige Bedingung ...«

»Ja?«

»Du und ich tauschen die Kleider, bevor du den Stall verlässt.«

❊ 33 ❊

Niemand beachtete den Landarbeiter, als er an der Bahnstation Étoges aus einem Waggon der dritten Klasse stieg. Mit den Händen in den Hosentaschen und einer erloschenen Zigarettenkippe im Mundwinkel verließ er das Gebäude und trottete Richtung Toulon-la-Montagne, als ob er den Weg schon hunderte Male gegangen wäre.

In Wirklichkeit befand sich der weit gereiste Lupin zum ersten Mal in seinem Leben in dieser entlegenen Ecke der Champagne. Allerdings hatte er sich noch in Paris eine Generalstabskarte der Gegend genau eingeprägt. Und dort, wo er an die Grenzen seines Orientierungssinns stieß, wollte er sich auf seinen Instinkt verlassen. Insbesondere ging er davon aus, dass Agares sich auf seinem Weingut möglichst gut vor ungebetenen Gästen schützen würde. Falls der Oberst sich nicht allein auf Zäune verließ, gab es für diesen Zweck nur zweibeinige und vierbeinige Wachen.

Lupin hatte eine Tasche über der Schulter, in der Arbeiter üblicherweise ihr Pausenbrot und ihre Blechkanne mit sich führten. Der Meisterdieb hatte sich allerdings mit einigen anderen Utensilien ausgerüstet, die ihm bei der Durchführung seines Plans helfen sollten. Er war den ganzen Tag lang gefahren. Nun zog bereits die Abenddämmerung herauf. Einerseits würde es für Lupin leichter sein, im Schutz der Dunkelheit ungesehen sein Ziel zu erreichen. Andererseits gestaltete es sich natürlich schwieriger, in der Finsternis die richtigen Gebäude zu finden. Hier auf dem flachen Land konnte man von Straßenlaternen nur träumen. Wenn die Sonne untergegangen war, kam nur noch vom Mond und von den Sternen ein wenig fahles Licht.

Daher beschleunigte er seine Schritte, um mit den letzten Strahlen des untergehenden Tagesgestirns das Anwesen des schurkischen Offiziers zu erreichen. Lupin befand sich auf einer abschüssigen unbefestigten Nebenstraße. Vor einer halben Stunde war ihm ein Pferdefuhrwerk entgegengekommen. Außer dem Kutscher hatte er bisher in der Umgebung keine Menschenseele gesehen. Auf einem nahe gelegenen Hügelkamm befand sich ein Landhaus, umgeben von Weinbergen. Wenn Lupin die Karte richtig gelesen hatte, musste es Agares' Besitz sein. Doch nun bestand die Aufgabe darin, ungesehen dorthin zu gelangen.

Der Meisterdieb bemerkte an einem Baumstamm am Straßenrand Hundehaare. Ein Tier war dort vorbeigelaufen, wobei die Rinde ein wenig von dem Fell abgeschabt hatte. Lupin hatte richtig vermutet. Das Gelände des Weinguts war nicht eingezäunt. Stattdessen setzte der Oberst auf Abschreckung durch Wachhunde. Lupin zog einige Würste aus seiner Tasche und warf sie im hohen Bogen in die Weinberge. Dann kauerte er sich neben die Chaussee und lauschte.

Es dauerte nicht lange, bis auf dem kargen Boden das Geräusch von schnell herannahenden Vierbeinern zu hören war. Knurren und Schmatzen zeugten davon, dass die Hunde sich über die Würste hermachten. Der Meisterdieb hatte die Nahrung mit einem starken Betäubungsmittel präpariert. Er wollte einerseits die Tiere nicht töten, sich aber auch nicht von ihnen zerfleischen lassen. Lupin zweifelte nicht daran, dass die Wachhunde des Obersten scharf waren und auf Menschen losgehen würden.

Er wartete noch eine Weile, dann schlich er auf das Landhaus zu. Zwischen einigen Weinstöcken lag ein Bluthund, der leise schnarchte. Ein Wurstzipfel neben ihm zeugte davon, dass es dem Tier geschmeckt hatte. Lupin hielt nun seinen Revolver schussbereit in der Hand. Natürlich war es immer noch möglich, dass weiteren Hunden die Gratis-Mahlzeit entgangen war. Doch momentan deutete nichts auf weitere wachsame Vierbeiner hin. Zumindest keine, die nicht ebenfalls betäubt waren. Das wurde dem Meisterdieb klar, als er wenig später auf einen weiteren schlafenden Bluthund stieß.

Lupin nutzte beim Anschleichen die Rebstöcke als Deckung. Außerdem sank die Sonne immer weiter, färbte den Horizont über den fernen Berggipfeln blutrot. Die Schatten wurden länger. Lupin hatte es während seiner langen Jahre als Gesetzloser gelernt, sich auch in der Finsternis orientieren zu können. Insofern kam er mit der nun hereinbrechenden Nacht besser zurecht als Menschen, für die Dunkelheit keine Freundin ist.

Der aromatische Geruch starken Zigarettentabaks wurde zu ihm hinübergeweht. Der Meisterdieb verharrte einen Moment lang. Der Wind kam aus östlicher Richtung, also musste der rauchende Wächter irgendwo dort stehen. Wenn Lupin ungestört in das Landhaus eindringen wollte, musste er diesen Mann ausschalten. Oder hatten seine Sinne ihn getäuscht?

Nein, denn nun roch Lupin erneut den Qualm. Er schlug einen Bogen und bewegte sich nun direkt auf die Schmalseite des Hauses zu. Das dauerte einige Zeit, da er keine unnötigen Geräusche verursachen wollte. Das Tagesgestirn war inzwischen fast vollständig hinter der Horizontlinie versunken. Lupin erblickte vor sich ein winziges rötliches Aufglimmen. Offenbar hielt die Wache ihre Zigarette in der hohlen Hand, um aus weiterer Entfernung nicht bemerkt zu werden. Diese Vorsichtsmaßnahme war allerdings sinnlos, wenn der Gegner nicht von vorn, sondern von der Seite herankam.

So wie Lupin.

Er packte seinen Revolver fester. Die letzte Distanz zu dem Mann überwand er mit einem weiten Sprung. Die schemenhafte Gestalt vor ihm wirbelte herum. Doch bevor der Wächter reagieren konnte, schickte der Meisterdieb ihn mit einem wohldosierten Schlag des Waffengriffs gegen den Hinterkopf ins Traumland. Agares' Komplize sackte in sich zusammen. Lupin überprüfte an der Halsschlagader den Puls. Der Mann war bewusstlos. Der Meisterdieb zog ein Stück Schnur aus seiner Umhängetasche. Damit fesselte er seinen

Widersacher an Händen und Füßen. Außerdem knebelte er ihn mit seinem eigenen Halstuch.

»Jean?«

Der halblaute Ruf ließ Lupin zusammenzucken. Offenbar gab es noch einen zweiten Wächter, dessen Stimme durch die Dunkelheit an sein Ohr drang. Er konnte es nicht riskieren, dass dieser Kerl draußen frei herumlief. Lupin musste ihn ebenfalls kaltstellen.

»Was gibt es denn?«, fragte Lupin, wobei er seine Stimme ebenfalls dämpfte. Dabei versuchte er, mit einem leichten Pariser *Argot*-Tonfall zu reden. Er vermutete, dass der Oberst seine Schergen aus der Hauptstadt mitgebracht hatte. Schließlich benötigte Agares Leute, um den Chirurgen und dessen Tochter zu bewachen, auch auf dem weiten Weg von Paris in diesen abgelegenen Teil Frankreichs.

»Hast du noch eine Kippe für mich?«

»Wenn es sein muss«, entgegnete Lupin. »Komm rüber.«

Schritte näherten sich. Dem Meisterdieb war klar, dass er schnell sein musste. Wenn sein Widersacher keine Tomaten auf den Augen hatte, würde er den leblosen Körper auf dem Boden trotz der Dunkelheit bemerken. Und in diesem Moment wäre klar, dass etwas nicht stimmte.

Lupin spannte seine Muskeln an. Der zweite Wächter bog um die Ecke des Landhauses. Lupin stellte sich so hin, dass er den Bewusstlosen zumindest auf den ersten Blick verdeckte.

»Irgendwie klingst du heiser, Jean ... hey!«

Der Schurke reagierte schneller, als Lupin gehofft hatte. Er riss seinen rechten Arm hoch. Fahles Mondlicht fiel auf das blanke Metall einer Automatik-Pistole. Aber bevor er feuern konnte, hatte der Meisterdieb ihn abgeblockt. Ein Schlag mit der flachen Hand gegen den Kehlkopf nahm dem Verbrecher für einen Moment die Stimme und den Atem. Mehr Zeit benötigte der Meisterdieb nicht. Er verdrehte seinem Widersacher das Handgelenk, sodass die Schusswaffe zu Boden fiel. Der Gegner wollte sich wehren, doch Lupin brachte ihn mit einem Jiu-Jitsu-Wurf zu Boden und schlug ihn genauso wie den anderen Wächter mit dem Revolvergriff bewusstlos.

Auch dieser Mann wurde sorgfältig gefesselt und geknebelt. Dann vergewisserte sich der Meisterdieb, dass nicht noch weitere Wächter im Einsatz waren. Zumindest im direkten Umfeld des Gebäudes konnte er keine entdecken.

Lupin öffnete lautlos zwei Fensterläden im Erdgeschoss und drang unbemerkt in das Haus ein.

❃ 34 ❃

Dr. Charles Wilbourg kam sich vor wie in einem Albtraum, der niemals endet.

Das Unglück hatte mit der Entführung seines einzigen Kindes begonnen. Dem berühmten Chirurgen war eine Schachtel geschickt worden, die eine von Charlottes Locken enthielt.

Natürlich wäre es möglich gewesen, jedem beliebigen blonden Mädchen eine Haarsträhne abzuschneiden. Doch Dr. Wilbourg hatte nur an der Locke schnuppern müssen, um aus seiner Befürchtung Gewissheit werden zu lassen. Finsterlinge hatten seine Tochter verschleppt!

Der Arzt hätte gern sein ganzes Vermögen geopfert, um Charlotte wohlbehalten wieder in seine Arme schließen zu können. Doch der Unbekannte, der hinter dem ruchlosen Verbrechen steckte, wollte kein Geld. Stattdessen deutete er an, dass die beruflichen Kenntnisse des Chirurgen im Austausch für die Freiheit seines Kindes gefordert wurden. Er wollte sich kurzfristig erneut melden.

Tagelang hatte Dr. Wilbourg wie eine Maschine funktioniert. Seine Frau war selbstverständlich genauso mit den Nerven am Ende wie er selbst. Nur unter größter Willensanstrengung war es ihnen gelungen, nicht die Polizei zu verständigen. Denn die Drohung des Entführers war eindeutig gewesen: Sollte der Arzt die Ordnungsmacht um Hilfe bitten, würde Charlotte den nächsten Tag nicht überleben.

Während dieser entsetzlichen Tage und Nächte hatte Dr. Wilbourg oft genug seinen eigenen Ruhm verflucht. Für ihn gab es keinen Zweifel daran, dass seine Tochter jetzt nur wegen seiner hohen Qualifikation irgendwo in Gefangenschaft leiden musste. Warum nur war er kein einfacher Landarzt geworden, der irgendwo in der Provinz für alle Wehwehchen von der Warzenentfernung bis zum vereiterten Furunkel zuständig war? Wenn diese Widerlinge sich nun an seiner wehrlosen Charlotte vergingen? Nein, dieser Gedanke war einfach zu entsetzlich. Mehrere Male war der Chirurg kurz davor gewesen, den Verstand zu verlieren. Doch dann wurde er plötzlich auf dem Weg zu seiner Praxis in eine Benzindroschke gezerrt, die ihn direkt zum Gare de Lyon brachte. Seine Begleiter waren zwei Halsabschneider, gekleidet wie Apachen aus dem Montmartre-Viertel. Sie schafften ihn schweigend in ein Erste-Klasse-Abteil eines Zuges, der unmittelbar darauf abfuhr. Die Reise mit den beiden schweigsamen Verbrechern war ihm so unwirklich erschienen wie ein Fiebertraum. Einer von ihnen zeigte Dr. Wilbourg Charlottes Handtasche. Dieser Beweis reichte ihm, um sich still zu verhalten.

Der Chirurg wollte alles tun, um sein Kind wieder in Freiheit zu sehen. Auch die längste Reise geht einmal zu Ende, und nach einer Kutschfahrt von einem winzigen Bahnhof durch ein Weinanbaugebiet durfte Dr. Wilbourg endlich ein Landhaus betreten.

Dort wurde er von einem älteren Mann erwartet, dessen Ausstrahlung dem Arzt das Blut in den Adern gefrieren ließ. Auf den ersten Blick wirkte sein Gastgeber wie ein biederer Bürger. Im Gegensatz zu dem abenteuerlichen Aussehen der Apachen war dieser Herr in seinem dunklen Gehrock tadellos angezogen. Man hätte sich ihn in jeder Pariser Anwaltskanzlei oder als einen Beamten in gehobener Position vorstellen können.

Der Alte schickte die Verbrecher fort. Er machte eine einladende Geste, indem er auf einen Sessel in dem gediegen eingerichteten Salon deutete.

»Willkommen in meinem kleinen Reich, Dr. Wilbourg. Ich würde Ihnen ja gern eine alkoholische Stärkung anbieten, aber Sie werden heute noch operieren müssen. Daher ist ein klarer Kopf für Sie unabdingbar.«

»Wer sind Sie?«, fragte der Chirurg mit erzwungener Ruhe. »Und wo ist meine Tochter?«

»Mein Name ist Agares, Oberst der französischen Armee im Ruhestand. Und ich bin Ihr Patient. Sie werden mir diese Organe einsetzen.«

Mit diesen Worten zog der Alte ein weißes Tuch von einer Kommode. Darunter waren verschiedene mechanische Apparaturen verborgen gewesen, deren Zweck sich Dr. Wilbourg nicht sofort erschloss. Er kniff die Augen zusammen.

»Was soll das sein, um Himmels willen?«

»Herz, Lunge, Nieren, Milz und Bauchspeicheldrüse«, erwiderte Agares ruhig. »Natürlich nicht in der vergänglichen organischen Version, sondern als stabiler mechanischer Bestand.«

»Sind Sie verrückt?«, stieß der Mediziner unbedacht hervor. »Wenn ich Ihnen diese grotesken Apparate zu implantieren versuche, sterben Sie mir unter den Händen weg.«

»Das wäre bedauerlich«, knurrte der Oberst gefährlich leise. »In dem Fall wären nämlich nicht nur Sie, sondern auch Ihr Töchterchen ebenfalls dem Tod geweiht. Doch bevor Charlotte stirbt, werde ich meinen Männern erlauben, sich mit ihr zu vergnügen.«

Dr. Wilbourg ballte die Fäuste.

»Wenn Sie oder Ihre Leute meinem Kind auch nur ein Haar gekrümmt haben ...«

»Beruhigen Sie sich«, fiel Agares ihm ins Wort. »Bisher hat niemand Ihre süße Kleine auch nur mit dem kleinen Finger berührt. Sie soll doch schließlich als Jungfrau in die Ehe eingehen, wie es so üblich ist, nicht wahr?«

Dr. Wilbourg war zwar kein Nervenarzt. Trotzdem erkannte er, dass der Oberst den Verstand verloren haben musste. Der Mediziner saß in der Klemme. Wenn er Agares die Operation verweigerte, würde dieser alte Satan gewiss durchdrehen und sich an Charlotte vergreifen. Und der Eingriff selbst hatte garantiert den sicheren Tod des Obersten zur Folge. In dem Fall war das Schicksal des Operateurs und von dessen Tochter ebenfalls besiegelt. Dr. Wilbourg fiel aktuell nur eine Möglichkeit ein: Er musste irgendwie Zeit gewinnen.

»Diese Apparate sind sehr interessant«, murmelte er. »Wer hat sie hergestellt?«

»Darüber müssen Sie sich nicht den Kopf zerbrechen«, entgegnete Agares. »Also, werden Sie mir die künstlichen Organe einpflanzen?«

»Bisher hat nach meinem Wissensstand noch kein Mensch eine solche Operation vorgenommen«, begann der Chirurg. Doch als er die versteinerte Miene des Obersten bemerkte, fuhr er schnell fort: »Aber eine solche Herausforderung reizt mich natürlich ganz besonders. Sie werden mich aus gutem Grund für diese Aufgabe ausgewählt haben.«

»Sie sollen der Beste Ihres Fachs sein«, erwiderte der Oberst. »Ich habe Sie im Übrigen während der letzten paar Tage genau beobachten lassen. Sie sind nicht zur Polizei gelaufen. Diese Tatsache beweist mir, dass das Leben Ihrer Tochter Ihnen sehr viel wert ist.«

Dr. Wilbourg beglückwünschte sich innerlich dazu, dass er wirklich standhaft geblieben war. Nicht auszudenken, wenn er die Anweisungen des Entführers missachtet hätte!

»Ich werde Sie operieren, doch zuvor möchte ich kurz mit meiner Tochter sprechen. Ich muss sicherstellen, dass es ihr gut geht. Andernfalls fehlt mir die innere Ruhe für meine Aufgabe.«

Agares zuckte mit den Schultern.

»Solche Gefühlsduseleien sind mir fremd, doch wenn es Sie glücklich macht ...«

Er beendete den Satz nicht, sondern stieß einen schrillen Pfiff aus. Gleich darauf erschien einer seiner Handlanger auf der Bildfläche und schaute ihn fragend an.

»Bring das Mädchen!«, befahl der Oberst.

Der Kerl machte auf dem Absatz kehrt und verschwand. Der Mediziner fühlte, dass seine Handflächen vor lauter Aufregung feucht wurden. So etwas sollte einem Chirurgen eigentlich nicht passieren. Dr. Wilbourg hatte sich bisher immer sehr viel auf seine guten Nerven eingebildet. Vielen Menschen hatte er das Leben gerettet, weil er am Operationstisch kühl und überlegt geblieben war. Allerdings war seine Tochter bisher auch noch niemals von einem Patienten mit Schändung und Tod bedroht worden!

Dr. Wilbourgs Herz raste, sein Kreislauf machte ihm Schwierigkeiten. Nach einer Weile, die ihm wie eine halbe Ewigkeit vorkam, kehrte der Ganove zurück. Er stieß eine junge Frau vor sich her, die einen Getreidesack über dem Kopf trug. Ihr Kleid kam dem Arzt bekannt vor, er hatte es ihr im vorigen Jahr höchstpersönlich ausgesucht und gekauft.

Der Oberst scheuchte seinen Handlanger mit einer Handbewegung wieder hinaus. Dann sagte er: »Sie dürfen kurz mit Charlotte sprechen, aber dann müssen wir die Operation vorbereiten. Der Eingriff soll noch in dieser Nacht über die Bühne gehen.«

Der Arzt nickte nur. Agares zog den Sack vom Kopf der Frau.

Dr. Wilbourg rang nach Luft.

»Was für ein grausames Spiel treiben Sie mit mir, Oberst? Dieses Mädchen ist nicht meine Tochter!«

Während er sprach, ließ die Frau ihre Handfesseln fallen und richtete einen Revolver auf den Alten.

»Ihrer Tochter geht es gut, zumindest hoffe ich das«, sagte sie mit harter Stimme. »Und von Ihnen will ich gar nichts. Ich bin gekommen, um mit dem Oberst abzurechnen.«

❊ 35 ❊

Agares war nicht so leicht zu verblüffen.
Und er hatte ganz gewiss keine Angst vor einem
kleinen Mädchen, auch wenn es sehr hasserfüllt wirkte und eine geladene Waffe in der Hand hielt. Die Erfahrung zeigte, dass nichts so heiß gegessen wie gekocht wurde. Der Oberst würde seinen Kopf gewiss
aus der Schlinge ziehen können, wie es ihm schon unzählige Male zuvor gelungen war. Allerdings musste er
sich eingestehen, dass er nicht die geringste Ahnung
hatte, wer dieses Luder sein konnte.

»Ich weiß nicht, mit wem ich das Vergnügen habe ...«,
begann er deshalb und ging auf sie zu.

»Keinen Schritt weiter!«, blaffte die Kleine und
spannte den Revolverhahn. »Sie können mich Maria
nennen. Meinen Freund Joseph haben Sie grausam abgeschlachtet, als er Sie um Ihr Geld erleichtern wollte!«

Woher wusste sie, was mit dem Einbrecher geschehen war? Dafür gab es nur eine vernünftige Erklärung:
Maria musste von draußen als Augenzeugin gesehen
haben, was in seiner Wohnung geschehen war. Und sie
konnte aus naheliegenden Gründen nicht zur Polizei
gehen, um ihn anzuschwärzen. Ob sie dem Oberst mit
einem anonymen Anruf Inspektor Pollard und dessen
Assistenten auf den Hals gehetzt hatte? Der Oberst
wusste es nicht. Für ihn zählte nur, wie er Maria jetzt
möglichst schnell entwaffnen konnte.

Maria wandte sich nun an Dr. Wilbourg.

»Meinetwegen können Sie gehen, Monsieur. Sie haben mir nichts getan. Wenn Sie die Polizei rufen wollen, ist das auch in Ordnung. Bis die Flics hier sind, habe ich längst das Lebenslicht dieses alten Ekels ausgeblasen.«

Der Chirurg zögerte. Ob er sich in diesem Moment an seinen hippokratischen Eid erinnerte? Agares wusste es nicht. Für ihn zählte nur, dass Maria offenbar einen lästigen Zeugen loswerden wollte. Mit anderen Worten: Solange der Doktor anwesend war, konnte der Oberst sich relativ sicher fühlen. Agares musste eine Möglichkeit finden, seine angeheuerten Ganoven hereinzuholen. Warum hatten diese auf Wache stehenden Trottel nicht bemerkt, dass dieses Luder in das Landhaus eingedrungen war? Diese Frage konnte Agares sich selbst beantworten. Als Gefährtin des Einbrechers war Maria gewiss schon in viele fremde Behausungen eingedrungen. Eine solche Tätigkeit war sozusagen ihr tägliches Brot.

»Machen Sie sich nicht unglücklich«, sagte Dr. Wilbourg zu ihr. »Man wird Sie aufhängen, wenn Sie diesen Mann töten. Ich will ihn ebenfalls bestraft sehen, glauben Sie mir. Doch es wäre besser, wenn ein Gericht für Gerechtigkeit sorgen würde.«

Die junge Kriminelle lachte, aber sie klang nicht amüsiert.

»In welcher Welt leben Sie, Monsieur? Am Galgen landen immer nur die armen Leute. So ein reicher

Bonze wird sich immer wieder aus der Affäre ziehen können. Übrigens ist Ihre Tochter auf dem Weg zur nächsten Ortschaft. Wenn sie die Gendarmerie alarmiert, wird es hier bald von Uniformierten wimmeln. Also gehen Sie bitte. Oder wollen Sie zuschauen, wie ich dieses Ekel mit Blei vollpumpe?«

Der Oberst bedankte sich bei Maria innerlich dafür, dass sie so redselig war. Falls sie nicht gelogen hatte, lief ihm nämlich die Zeit davon. Wenn Agares etwas nicht gebrauchen konnte, dann war es eine polizeiliche Untersuchung auf seinem Weingut. Und das nicht nur wegen der schweren Jungs, die sich in seinen Diensten befanden. Auf dem Gelände waren dunkle Geheimnisse verborgen, die den Behörden auf keinen Fall unter die Augen kommen durften.

»Ich schlage vor, dass wir den Mann fesseln und ihn dann der Polizei übergeben«, sagte Dr. Wilbourg. Er trat vor, sodass er sich plötzlich zwischen dem Oberst und Maria befand. Wenn sie schoss, würde sie den Arzt treffen.

Auf den ersten Blick war das für Agares eine Chance. Andererseits: Wenn Dr. Wilbourg durch eine Kugel dieses Biests starb – wer sollte ihn dann operieren?

Der zweitbeste Chirurg Frankreichs reicht mir auch, dachte der Oberst. Er sprang zur Seite, riss eine Schublade seines Schreibtischs auf und holte eine Pistole hervor. Seine Menschenkenntnis hatte ihn wieder einmal nicht betrogen. Maria zögerte. Sie wollte zweifellos töten, aber eben nur *ihn*.

»Gehen Sie mir aus dem Weg, verflucht!«, fauchte sie den Arzt an.

Doch es war zu spät. Agares legte an, er hatte aus seiner jetzigen Position freies Schussfeld. Der Oberst musste nur noch den Zeigefinger krümmen, um der jungen Frau eine Kugel in den Kopf zu jagen.

In diesem Moment spürte er einen kalten, harten Gegenstand, der gegen seine Schläfe gepresst wurde. Es war eine Revolvermündung.

* * *

Nachdem Lupin die Wachen ausgeschaltet hatte, war es ein Kinderspiel, in das Landhaus einzudringen. Dort angekommen musste er nur noch in die Richtung schleichen, aus der das aufgeregt klingende Stimmengewirr kam. Niemand achtete auf ihn, als er in den Raum glitt.

Als der Oberst Maria erschießen wollte, hinderte der Meisterdieb ihn daran. Mit seinem großkalibrigen Revolver hielt er Agares in Schach.

»Lassen Sie die Pistole fallen«, sagte er ruhig zu seinem Widersacher. Agares drehte seinen Kopf ein wenig und warf Lupin einen heimtückischen Blick zu.

»Eine kleine Hure und ein Schollenbrecher, wirklich ein beeindruckendes Gespann.«

»Landarbeiter zu sein ist ein ehrbarer Beruf, auch wenn ich ihn gar nicht ausübe«, gab Lupin trocken zurück. »Maria, bist du in Ordnung?«

Die junge Frau runzelte die Stirn.

»Woher kennen Sie ... Lupin! Sie sind Lupin, nicht wahr?«

»Natalie hat sich um dich gesorgt. Sie sucht dich in Paris, offenbar vergeblich.«

»Es tut mir leid, dass ich ohne Abschied fortgegangen bin. Ich verschaffte mir Informationen über diesen alten Bastard, um endlich mit ihm abrechnen zu können. Er soll dafür bezahlen, dass er meinen Freund getötet hat.«

»Und wenn ich dir verspreche, dass er gehängt wird?«

»Das werden Sie wohl kaum garantieren können.«

Lupin wollte antworten, doch in diesem Moment kam einer der Wachtposten hereingetorkelt. Er musste es geschafft haben, sich von seinen Fesseln zu befreien. Und obwohl er offensichtlich angeschlagen war, eröffnete er sofort das Feuer. Der Meisterdieb warf sich instinktiv zur Seite. Die Kugel verfehlte ihn nur um eine Handbreit. Der Oberst griff sich die Petroleumlampe auf dem Schreibtisch und warf sie Richtung Fenster. Der Glaszylinder zerbrach, die Flüssigkeit verteilte sich auf dem Boden und ging sofort in Flammen auf. Das Feuer griff auf die Vorhänge über. Im Handumdrehen füllte sich der Raum mit dicken grauschwarzen Rauchwolken. Trotzdem konnte Lupin erkennen, dass Maria nun auf den Oberst schoss. Allerdings traf sie ihn nicht. Und bevor sie erneut feuern konnte, wurde sie durch Agares' Helfer niedergestreckt.

Lupin konnte es nicht verhindern. Aber es gelang

ihm, den Ganoven mit einem Schuss von den Beinen zu holen. Während die Kugeln durch den Raum sirrten, hatte Dr. Wilbourg sich bereits in Sicherheit gebracht. Es war das Beste, was er tun konnte, denn das Feuer verbreitete sich in Windeseile.

Lupin spannte seinen Revolverhahn erneut. Er kämpfte sich zwischen den Flammen durch. Für den Kriminellen, der für den Oberst arbeitete, kam jede Hilfe zu spät. Die Kugel musste ihn ins Herz getroffen haben.

Aber Maria lebte noch.

Sie blutete an der Flanke, ihr Atem kam stoßweise. Das Gesicht war totenbleich.

»Bitte ... lassen Sie mich nicht hier«, flüsterte sie. Lupin hatte ohnehin vor, sie zu retten. Er hob sie auf seine Arme. Es gab nur noch einen schmalen Durchgang, der ins Freie führte. Balken krachten, die Luft war fast zu heiß zum Atmen. Funken und Glut flogen, setzten den Saum von Marias Kleid in Brand. Der Meisterdieb drückte sie fest an sich und kämpfte sich mit ihr gemeinsam durch das flammende Inferno. Als Lupin schon glaubte, dass seine Lungen gleich platzen würden, taumelte er ins Freie.

Erst als er die unmittelbare Gefahrenzone verlassen hatte, legte er Maria vorsichtig auf den Boden. Mit dem Stiefel trat er das Feuer an ihrem Kleidsaum aus. Dann warf Lupin einen Blick zurück.

Das Landhaus brannte lichterloh. Der zweite Wachtposten hatte offenbar ebenfalls seine Fesseln abgestreift und war geflohen. Doch von Oberst Agares fehlte jede Spur.

Er schien das Haus nicht mehr rechtzeitig verlassen zu haben.

❊ 36 ❊

Rittmeister Rainer von Elmstetten saß auf der sonnendurchfluteten Terrasse vor dem Hotel de Paris in Monaco. Zwischen den Palmen und dem Springbrunnen vor ihm hatte der Offizier einen Panoramablick auf das Mittelmeer, wo gerade eine weiße Jacht den Hafen verließ und Kurs auf den afrikanischen Kontinent nahm. Der Rittmeister hätte mit sich und der Welt zufrieden sein können, doch es fehlte ihm an Gesellschaft. Doch während er an seinem Mokka nippte, führte ein Kellner eine elegante Dame an seinen Tisch.

»Ihre Schwester ist eingetroffen«, sagte der Bedienstete und entfernte sich wieder.

Natalie Noir ließ sich an dem Marmortisch nieder. Weder ihr pastellfarbenes Sommerkleid noch ihr nach neuester Mode kreierter Hut deuteten auf ihren Status als Witwe hin.

»Sie sehen beunruhigt aus, Lupin«, sagte sie leise. »Hatten Sie damit gerechnet, dass Inspektor Pollard mich erwischt hat?«

»Man sollte die Polizei nicht unterschätzen«, gab der verkleidete Meisterdieb zurück. »Da Sie sich aber zum Glück nicht im Gefängnis befinden, vermute ich, dass einfach nur der Zug Verspätung hatte?«

»Sie sagen es. Nachdem Ihr chiffriertes Telegramm bei mir ankam, habe ich alle Anweisungen befolgt. Ich soll Sie übrigens herzlich von Onkel Etienne grüßen.

Nur von Maria fehlt jede Spur. Sie muss eine Liebesnacht mit diesem grässlichen Sergeant Gracier verbracht haben. Doch danach verliert sich ihre Spur.«

»Ich habe sie wiedergefunden«, erklärte Lupin. Und dann berichtete er seiner Gefährtin, was sich auf Agares' Weingut abgespielt hatte. Die schöne Witwe runzelte die Stirn.

»Was wurde danach aus Maria?«

»Dr. Wilbourg, dieser Chirurg, hat sich um sie gekümmert. Aus Dankbarkeit für die Rettung seiner Tochter verzichtete er darauf, sie der Polizei auszuliefern.«

Natalie Noir lächelte und zwinkerte ihm zu.

»Wäre es möglich, dass Sie dabei Ihre Finger im Spiel hatten?«

Der Rittmeister hob die mit Epauletten versehenen Schultern.

»Das ist denkbar.«

»Und was geschah mit Oberst Agares?«

»Ich habe intensiv nach ihm gesucht, leider ohne Ergebnis. Vieles spricht dafür, dass er in den Flammen seines Hauses umgekommen ist.«

»Diesen Tonfall kenne ich, Lupin. Sie scheinen nicht daran zu glauben.«

»Es gibt ja die Redensart ,Unkraut vergeht nicht'. Ich könnte mir vorstellen, dass dieser Mann uns noch viel Ärger machen wird.«

»Ist das der Grund dafür, dass Sie mich hier treffen wollten? Weil Agares schon einmal in Monaco aufgetreten ist und Sie ihn hier zu stellen hoffen?«

Lupin schüttelte den Kopf.

»Ich finde, dass wir uns nach den Aufregungen der letzten Zeit einige erholsame Tage am Meer verdient haben. Falls wir heute Abend am Roulettetisch allerdings dem Oberst begegnen, sollten wir Maßnahmen gegen ihn einleiten.«

»Das wird mir ein ganz besonderes Vergnügen sein«, entgegnete Natalie Noir.

ENDE

Über den Autor

»Nichts ist spannender!«

Mit diesem Satz wurde in den Siebzigerjahren auf jedem Cover eines Jerry Cotton Romans geworben. Martin Barkawitz (geboren 1962) war damals schon fasziniert von den Abenteuern des New Yorker FBI Agenten und wollte eines Tages selbst so etwas schreiben.

1997 wurde aus dem Traum Wirklichkeit. Im Bastei Lübbe Verlag erschien »Kugeln für die Country Queen« als Band 2098 der Jerry Cotton Serie, verfasst von Martin Barkawitz.

Fast forward – zwanzig Jahre später: Bis heute sind fast 300 Heftromane, Taschenbücher, Hörbücher und E-Books von Barkawitz erschienen. Außer Krimis schreibt er Thriller, Abenteuer, Historisches und Fantasy – nicht nur unter seinem Klarnamen, sondern auch unter diversen Pseudonymen.

Maurice Leblance

Die Abenteuer des Arsène Lupin

Neuausgabe der Romanreihe bei Belle Époque:

Die Dame mit den grünen Augen

Die Insel der dreißig Särge

Der Kristallstöpsel

Der blaue Diamant

813

Der Zahn des Tigers

Das goldene Dreieck

(weitere Bände in Vorbereitung)

Martin Barkawitz

Mordkuhle

Die junge Polizistin Lea Kramer arbeitet noch nicht lange in dem
abgelegenen Provinzkaff Mönchsfelden, als sie mit einem bizarren Gewaltverbrechen konfrontiert wird. Eine nackte Tote liegt
an einem Platz, den die Einheimischen nur »Mordkuhle« nennen. Dort soll es angeblich spuken. Doch Lea glaubt nicht an Geis-
ter. Sie ermittelt mit vollem Einsatz, um den Killer aus Fleisch
und Blut zu stellen.

Taschenbuch, 280 Seiten, € 11,00 [D]
ISBN 978-3-96357-095-7